बेहया !

उपन्यास

बेहया!

विनीता अस्थाना

ISBN: 978-93-87464-98-8

प्रकाशक :
हिंद युग्म
सी-31, सेक्टर-20, नोएडा (उ.प्र.)-201301
फ़ोन- +91-120-4374046

मुद्रक : थॉमसन प्रेस
आवरण : नितिन सुशीला

पहला संस्करण : दिसंबर 2020
पाँचवाँ संस्करण : फ़रवरी 2025
मूल्य : ₹199

Behaya !
A novel by *Vineeta Asthana*

Published By
Hind Yugm
C-31, Sector-20, Noida (UP)-201301
Phone- +91-120-4374046
Email- sampadak@hindyugm.com
Website- www.hindyugm.com

First Edition : Dec 2020
Fifth Edition : Feb 2025
Price : ₹199

आभार

मेरे हर प्रयास और उसकी कामयाबी की वजह गुरु का आशीर्वाद, परिवार का प्रेम, दोस्तों का भरोसा और ईश्वर की असीम अनुकंपा है।

हिंदी में किताब लिखने की प्रेरणा देने और लेखन में उत्साह बढ़ाने के लिए अग्रज अनंत विजय जी को सादर धन्यवाद।

यह किताब पढ़िए और ढूँढिए अपने आस-पास की सिया जैसी तमाम महिलाओं को। कोशिश करिए कि आप उनकी ज़िंदगी के संघर्ष में उनका साथ दे सकें और एक बेहतर समाज का निर्माण कर सकें, जहाँ हर सिया सम्मान और प्रसन्नता से जी सके।

विनीता

1

छत के उस नाचते हुए पंखे पर उसकी निगाहों का सूनापन टिक गया था।

'मैं क्या सिर्फ़ एक शरीर भर हूँ? मैं बस शरीर भर तो नहीं हूँ, मैं एक आत्मा हूँ, एक दिल... जिसकी कुछ चाहतें हैं। एक दिमाग़ जिसकी अपनी सोच है। क्या ये वाक़ई मुझे प्यार करता है? या इसे सिर्फ़ सेक्स चाहिए?'

उसे कुछ भी फ़ील नहीं हो रहा था, सिवाय अपने ऊपर एक और शरीर के बोझ के। वह उसके जुनून और शिद्दत को ज़रा भी महसूस नहीं कर पा रही थी। उसकी निगाहें अब उस लड़के के चेहरे पर जम गयी थीं। वह उसके होठ चूमने ही वाला था कि अचानक उसने चेहरा घुमा लिया और सवाल किया।

"क्या तुम मुझसे प्यार करते हो?"

"क्या?" वह भौचक्का था।

"मैंने पूछा कि क्या तुम मुझसे प्यार करते हो?" नाम्या ने फिर से अपना सवाल दोहराया। इस बार आवाज़ थोड़ी तेज़ थी।

ऐसे वक़्त पर उठे इस अटपटे सवाल से उसका ब्वॉयफ्रेंड चौंक गया। उसने एक झटके में जवाब दिया, "बेशक़ मेरी जान! मैं तुमसे बहुत प्यार करता हूँ।"

"तो वो प्यार मुझे महसूस क्यों नहीं हो रहा?" नाम्या उसके जवाब से कन्विंस नहीं हुई।

"मैं पिछले दो घंटे से तुम्हें और क्या महसूस करा रहा हूँ? तुम्हें हुआ क्या है?" ब्वॉयफ्रेंड अब खिसियाने लगा था।

"मेरा मतलब 'ये' नहीं है..." वह कुछ कहना चाहती थी, मगर बोल नहीं पाई।

"ये मेरा प्यार ही तो है, मेरी जान।" उसने प्यार शब्द पर ज़ोर देते हुए कहा।

"हाँ! मुझे पता है कि यही तुम्हारा प्यार है। लेकिन मैं सेक्स के बारे में बात नहीं कर रही हूँ।" नाम्या ने सिरे से नकार दिया।

"भगवान के लिए सेक्स मत कहो। मैं तुमसे बहुत प्यार करता हूँ, जान! पता नहीं तुम मेरी भावनाओं को समझ क्यों नहीं पा रही हो।" वह कुछ समझाने की कोशिश में था पर समझा नहीं पा रहा था।

"कुछ भी? इसे जल्दी ख़त्म करो, मुझे जाना है।" नाम्या ने बेरुख़ी से कहा। ब्वॉयफ्रेंड का उत्साह ख़त्म हो चुका था।

नाम्या उलझन में वहाँ से निकली। उसे पहले ही दफ़्तर पहुँचने में देर हो चुकी थी। अपने डिपार्टमेंट में घुसते ही उसने किसी मनोरोगी की तरह चीखना शुरू कर दिया।

"क्या बकवास है। औरतें क्या सिर्फ़ एक जिस्म होती हैं? अजीब परिभाषा है ये प्यार की। एक मर्द के लिए प्यार में सिर्फ़ जिस्मानी प्यार ही मायने रखता है क्या?" उसने तेज़ी से दरवाज़ा बंद किया और मेज़ पर अपना बैग पटक दिया।

वह इतने ग़ुस्से में थी कि यह भी नहीं देख पाई कि उसके केबिन में मीरा के अलावा उसकी बॉस भी मौजूद थी।

"तुम एक मर्द से और उम्मीद भी क्या रख सकती हो?" सिया ने ठंडे लहजे में पूछा।

"ओह! मैम, माफ़ कीजिएगा मैंने देखा ही नहीं कि आप भी यहाँ हैं।" नाम्या वहाँ पर सिया को देखकर दंग रह गई।

"कोई बात नहीं बेटा, परेशानी को मन में मत रखो। तुम बता सकती हो।" सिया ने मुस्कुराते हुए उसकी पीठ थपथपाई और उसे एक गिलास पानी दिया।

"जी... मेरा मतलब है कि हाथों में हाथ लेकर, देर तक यूँ ही बैठे रहना। आँखों में आँखें डालकर गाने सुनना और बाँहों में झूमना। कॉफ़ी पीते

हुए किताबों और कविताओं पर बातें करना। बिना किसी प्लान के अचानक लॉन्गड्राइव पर चले जाना। बारिश में नाचना... कितना कुछ है ना, प्यार में।" नाम्या ने 'प्यार भरे रिश्ते' की अपनी परिभाषा बताई।

"हाँ ये तो है! लेकिन क्या कर सकते हैं, प्यार दरअसल इन्हीं ख़ूबसूरत चीज़ों से शुरू होकर आख़िर में बिस्तर पर जाकर ख़त्म हो जाता है। ज़्यादातर ऐसा ही होता है। मर्द शायद बंजारों जैसे होते हैं। एक मात्र तरीक़ा जिसके ज़रिये वे अपनी भावनाएँ, प्यार, जूनून और मर्दानगी सब साबित कर सकते हैं... वह है सेक्स। यही उनके लिए प्यार साबित करने का भी ज़रिया होता है। प्यार में जब तक बिस्तर नहीं आता, तब तक वो सारी प्यारी और ख़ूबसूरत यादें बनती हैं, जो तुमने अभी बताई। पर जैसे ही जिस्मानी रिश्ते शुरू हो जाते हैं तो बाक़ी सब बातें पीछे छूट जाती हैं। क्योंकि आदमियों के लिए ज़्यादा मायने यही रखता है कि वो अपना जुनून और प्यार सबसे इफ्फेक्टिवली कैसे महसूस करवा सकते हैं। ज़्यादातर आदमियों के लिए प्यार की यही परिभाषा है।" सिया ने सीधे सपाट शब्दों में अपनी बात समझाई।

"आपका मतलब है, जैसे ही रिलेशनशिप में सेक्स शुरू होता है, एक साथ वक़्त बिताने के बाक़ी तरीक़े ग़ायब हो जाते हैं? प्यार भी?" युवा एग्ज़ीक्युटिव नाम्या ने सवाल उठाया।

"देखो, प्यार निःस्वार्थ होता है, जबकि रिश्ते निभाए जाने के मोहताज होते हैं। रिश्ते निभाने के लिए ज़िम्मेदारियाँ उठानी पड़ती हैं। उम्मीदों पर खरा उतरना पड़ता है। अपने और दूजे, दोनों के ही हिस्से की ज़िम्मेदारियों का पालन करना पड़ता है। ऐसे में वो प्यार जिसकी हमें तलाश रहती है, इन्हीं सब बातों में कहीं दब जाता है। वैसे तुम्हारी उम्र क्या है?" सिया ने अपनी बात स्पष्ट करते हुए पूछा।

"24 साल।" उसने उत्तर दिया।

"ओके... प्यार दरअसल ग़ायब नहीं होता बस फीका पड़ जाता है। तुम्हें शायद ये बात 34 की उम्र तक समझ में आए। तब तक ज़िंदगी का आनंद लो। हर पल को भरपूर जियो।" सिया ने मुस्कुराकर जवाब दिया और फिर कहा, "अब अपने ईमेल देखो, बहुत सारा काम पेंडिंग पड़ा है। फटाफट लिखना शुरू करो। लाइफ़स्टाइल पोर्टल के लिए केवल आज ही का दिन बचा है।" नाम्या

को काम याद दिलाते हुए सिया उस केबिन से चली गई।

जैसे ही वह बाहर निकली मीरा ने टिप्पणी की, "कितनी घमंडी औरत है।"

"कौन? सिया मैम? ऐसा क्यों कह रही हो? अब उन्होंने क्या कर दिया?" पहले से ही परेशान नाम्या ने पूछा।

"उसकी मुस्कान और झप्पी पर फ़िदा होने की कोई ज़रूरत नहीं है। ये सब उसका ज़हर है।" मीरा हाथों से साँप का फन बनाते हुए बोली, "तुम कुछ नहीं जानती इस औरत के बारे में। वो अपना बिज़नेस बढ़ाने के लिए दूसरी औरतों से जिस्मफ़रोशी करवाती है। कितनी मासूम लड़कियों को इसने वेश्या बना दिया है। तुम बचकर रहना!" उसने नाम्या को चेतावनी देते हुए समझाया।

"तुम और तुम्हारी ये सोच! बस यही समस्या है, मीरा। किसी कामकाजी औरत के सफल होने का मतलब ये बिलकुल नहीं है कि उसने आगे बढ़ने के लिए अपने शरीर या फिर आकर्षण का इस्तेमाल किया हो। हम लोग भी तो नौकरी करते हैं और मुझे यक़ीन है कि लोग हमारे बारे में भी बकवास करते होंगे। तो क्या उनकी बातें हमारे चरित्र का प्रमाणपत्र है? और जहाँ तक रही मैम की बात, वो एक बहुत अनुभवी और अपने दम पर अपनी पहचान बनाने वाली महिला हैं।" नाम्या को मीरा की बातें बहुत बेतुकी लग रही थीं।

"ओह, तुम और तुम्हारी आदर्श मैडम! जिस औरत की ज़िंदगी में सब कुछ सपने जैसा ख़ूबसूरत हो, उसे भला काम करने की क्या ज़रूरत? फिर जिसकी शादी एक अरबपति से हुई हो। उसका रहन-सहन भी बड़ा हाई-फ़ाई है। इतना बड़ा बंगला है उसका, वो भी अमृता शेरगिल मार्ग पर। जानती हो... बंगला, न कि कोई अपार्टमेंट या पेंट हाउस!" बोलते हुए मीरा की आँखें हैरत से बड़ी हो गई थीं। उसने कहा, "सोचो कितना ज़्यादा अमीर होगा वो आदमी? सिया की हर ज़रूरत के लिए नौकर-चाकर हैं। क्या नहीं है उसके पास। कभी ध्यान दिया है, उसका तो स्कार्फ़ और पेन तक बड़े-बड़े ब्रांड का होता है। हर ज़रूरत के लिए सभी लक्ज़री ब्रांड है। विदेशों में छुट्टियाँ मनाती है। मशहूर हस्तियों के साथ पार्टी करती है और ये सब उसके उस पति की बदौलत जो उसे इतनी आज़ादी देता है! उस पर सिया का बोर और सिंपल पहनावा देखा है, क्या ये दिखावा नहीं? और उस पर एक मिडिल क्लास औरत की तरह

पैसा कमाने के लिए नौकरी करती है। ऐसा क्यों?" मीरा ने सिया की नीयत पर सवाल उठाया।

"ये कैसा तर्क है? बकवास!" नाम्या ने झल्लाकर बोला।

"अरे! उसे काम करने की क्या ज़रूरत है? उसे अपना वक़्त ही बिताना है तो किसी एनजीओ से जुड़ जाए या अपने पति के बिज़नेस में हाथ बँटाए! नौकरी ही क्यों? हम लोग मिडिल क्लास लोग हैं, हमें अपना घर चलाने के लिए पैसा चाहिए। पर उसे क्या चाहिए नौकरी से?" मीरा की आलोचना का सिलसिला जारी था।

"वाह! ये कौन-सी बात हुई? वह पढ़ी-लिखी हैं, हर औरत अपने पति की दौलत पर ऐश करे, ये ज़रूरी तो नहीं। वह ख़ुद एक समृद्ध महिला हैं। उन्हें अपनी ज़िंदगी चलाने के लिए किसी आदमी की ज़रूरत नहीं है और क्या नौकरी की, ज़रूरत की बात कर रही हो तुम? तुम्हें पता भी है कि क्या प्रोफ़ाइल है उनकी? इस कंपनी को इंडिया में उन्होंने जमाया है। पूरे दक्षिण और पूर्वी एशिया को हेड करती हैं। वो कोई यूँ ही छोटा-मोटा काम नहीं कर रही हैं। उनकी अपनी एक शख़्सियत है जो अपनी मेहनत और लगन के दम पर इस इंडस्ट्री में उन्होंने ख़ुद से बनाई है। मुझे पता नहीं तुम्हारी उनसे क्या खुन्नस है, मीरा। या तो तुम्हारी सोच गिरी हुई है या तुम्हें उनसे जलन है! कभी मत भूलना कि तुम उनकी ही कंपनी में काम करती हो और तुम्हें तनख़्वाह भी वही देती हैं।" नाम्या ने थोड़ा कड़े शब्दों में मीरा को समझाने की कोशिश की।

"हाँ हाँ... तुम बिलकुल सही कह रही हो। वो तुम्हें ज़्यादा पैसे इसीलिए तो देती हैं, ताकि तुम उस चुड़ैल की वकालत करो। मुझे यक़ीन है कि उसने तुम्हें हमारे बीच इसीलिए रखा है, ताकि वो हम पर जासूसी कर सके कि हम क्या बातें करते हैं।" मीरा ने भड़ककर जवाब दिया।

"सुनो मेरी बात! उन्हें इसमें कोई दिलचस्पी नहीं होगी कि कौन क्या बात करता है। वह दूसरों की ज़िंदगी में ताक-झाँक करके इस पोजीशन पर नहीं पहुँची हैं। वह हमेशा कहती हैं कि दूसरों के बारे में वही बात करते हैं जिनकी सोच छोटी होती है। महान लोग नए विचारों पर बात करते हैं।" नाम्या ने तपककर जवाब दिया।

"ओह! ऐसा है क्या? और तुम एक अच्छे बच्चे की तरह उसकी हर बात को मान भी लेती हो?" मीरा ने चिढ़कर बोला।

"मीरा, तुम्हें एक मनोचिकित्सक की ज़रूरत है। तुम्हारे जैसी औरतें ही नौकरीपेशा औरतों की दुश्मन होती हैं। केवल बकवास करो और अफ़वाहें उड़ाओ। काम का माहौल ख़राब करो और निगेटिविटी फैलाओ। जाओ, थोड़ी साँस ले लो!" दोनों के बीच बहस गर्म होती जा रही थी।

लेकिन इन सबसे दूर, सिया काँच के सामने खड़ी बाहर हो रही बारिश को निहार रही थी। वह कॉफ़ी पीते हुए कुछ देर पहले नाम्या के साथ हुई बातचीत को याद कर मुस्कुरा रही थी। 'प्यार और प्यार के रिश्ते... इन युवा लोगों को प्यार शब्द कितना लुभावना लगता है? मगर प्यार दर्दनाक होता है, कुछ समय बाद यह जीवन से सब कुछ छीन लेता है।' वह ख़ुद इस बात का जीता-जागता उदाहरण थी। सिया अपने आप पर मुस्कुरा दी। उसका मन अतीत में गोते खाने लगा।

सिया बेंचमार्क कंसल्टेंट्स प्राइवेट लिमिटेड में कंट्री हेड की पोजीशन पर थी। यह बहुराष्ट्रीय कंपनी कंटेंट और टेक्नोलॉजी के क्षेत्र में काम करती थी। वह इस कंपनी के भीतर साउथ-ईस्ट एशिया के सर्वोच्च पद पर थी। सिया को एक बेहद प्रभावशाली महिला के तौर पर जाना जाता था जिसके तार मीडिया, राजनीति और कॉर्पोरेट घरानों से जुड़े हुए थे। उसका जीवन और उसकी कामयाबी लोगों के लिए एक मिसाल थी। लोग उसकी जैसी ज़िंदगी पाने के सपने देखते थे।

सिया एक मध्यमवर्गीय परिवार से थी। उसका शुरुआती जीवन बहुत ही अनुशासन में बीता था। उसके परिवार से उसे स्वस्थ और सुसंस्कृत परवरिश मिली थी। उसके माता-पिता, दोनों ही नौकरीपेशा थे। वह अपने भाई-बहनों के साथ दादा-दादी के संरक्षण में बड़ी हुई थी। सिया की दादी एक धार्मिक महिला थी, जबकि उसके दादा एक सेवानिवृत्त सरकारी अधिकारी थे।

बचपन से उसे ऐसा माहौल दिया गया था, जहाँ भावनाओं की अहमियत पैसे से कहीं ज़्यादा थी। हालाँकि उसका परिवार संपन्न था। लेकिन उन्होंने यह सुनिश्चित किया था कि उनके बच्चे भौतिकता में ख़ुशियाँ न ढूँढ़ें, बल्कि इंसानियत और रिश्तों का सम्मान करें। सिया में भी यही संस्कार और मूल्य

कूट-कूटकर भरे थे। उसने हमेशा अपने घर में देवी-देवताओं और राजाओं की प्रेरणादायक कहानियाँ सुनी थीं। उसकी नींव भी यही थी- रिश्ते कैसे निभाए जाते हैं? कैसे बुराई पर अच्छाई की जीत होती है? कैसे त्याग से जीवन को बेहतर बनाते हैं? उसके बचपन की यादें ही उसकी सबसे सुहावनी यादें थी।

सिया अभी भी अपने बचपन की यादों में खोई हुई थी कि उसका मोबाइल बजने लगा। दूसरी ओर उसका अरबपति हसबैंड यशवर्धन राठौर था।

"हेलो!"

"सिया, मुझे देर हो जाएगी।"

"ठीक है।"

"7 बजे तक घर पहुँच जाना।"

"लेकिन..."

"क्या?"

"मुझे एक दोस्त से मिलना है, उसकी शादी टूटी है और उसे सहारे की ज़रूरत होगी।"

"तुम्हें घर आना पसंद क्यों नहीं है? ऑफ़िस के बाद सिर्फ़ घर ही होना चाहिए ना?"

"हाँ लेकिन..."

"वो एक तलाकशुदा औरत है, ऐसे लोगों से तुम्हें संबंध नहीं रखना चाहिए, ऐसे लोगों का जीवन पर ख़राब असर पड़ता है।"

"ठीक!" सिया ने ठंडी साँस ली।

सिया ट्रेनिंग पर एक नई परियोजना शुरू करने वाली थी। उसकी रिपोर्ट पढ़ते हुए भी उसका मन अतीत में ही उलझा था। यह पहली बार नहीं था जब उसे किसी से मिलने के लिए रोका गया था। उसकी ज़िंदगी उसके काम और घर के आस-पास ही घूमती है। यश को पसंद नहीं था कि वह किसी से ज़्यादा मिले-जुले। उसके पति के हिसाब से सभ्य और अच्छी महिलाएँ बस परिवार और क़रीबी दोस्तों के साथ ही उठती-बैठती हैं। यहाँ 'क़रीबी' का अर्थ सिर्फ़ यश का परिवार और उसके मित्र ही हैं। उसे बाहर जाने और अपने दोस्तों के साथ मिलने की भी इजाज़त नहीं थी। सिया मुस्कुराते हुए मन में सोच रही थी, 'क्या यही वह परफ़ेक्ट ज़िंदगी है, जो बहुत से लोग जीना चाहते हैं? मैं इस

बारे में सोचती ही क्यों हूँ? मेरे पास कोई दोस्त अब है ही कहाँ?' उसके पास दोस्तों के साथ मिलने या फिर घूमने-फिरने के लिए कभी वक्त नहीं रहा। उसे कभी-कभार भी किसी से मिलने की इजाज़त नहीं थी। केवल दो ही ऐसे लोग थे जिनसे वह कभी भी मिल सकती थी। उसके पति को भी इसमें कोई दिक़्क़त नहीं थी। वे उसकी बचपन की सहेलियाँ थीं। दूर के रिश्ते की बहनें थीं। और सबसे बड़ी बात वे महिलाएँ थीं। हालाँकि उनसे भी अब इस तरह का कोई क़रीबी रिश्ता नहीं बचा था कि वह मन की बात बाँट सके। फिर भी भगवान की कृपा से कहने को कोई तो था!

शादी के 13 साल, दो प्यारे बच्चे और एक 'प्यार' करने वाला पति। उसने जीवन में बहुत से उतार-चढ़ाव देखे थे। यश और सिया ने साथ-साथ हर मुश्किल का सामना किया और यह मुकाम हासिल किया था। सब कुछ बिखरने से पहले वे दोनों हमेशा ही एक-दूसरे के साथ थे, हर क़दम!

दोनों ने लव मैरिज की थी। यश को सिया से पहली नज़र में ही प्यार हो गया था। सिया के लिए भी यह पहला प्यार था। यश ने सिया को फ़ील्ड पर एक धरने के दौरान देखा था। तब वह एक मल्टीनेशनल कंपनी में नौकरी कर रहा था। निडर और सुलझी हुई पत्रकार सिया से यश ने मेल-जोल बढ़ाया और धीरे-धीरे दोनों एक-दूसरे के क़रीब आ गए। यश बेहद खुले विचारों का और इंटेलीजेंट इंसान था। दरअसल सिया को यश के व्यक्तित्व में सबसे आकर्षक यही लगता था। दोनों ने शादी के बाद अपने परिवारों से कोई मदद नहीं ली। उन दोनों ने साथ-साथ संघर्ष किया और कम उम्र में ही कामयाबियाँ उनके क़दम चूमने लगीं। यश के अंदर पैसे कमाने की भूख बढ़ती जा रही थी। सिया उसे ज़मीन पर रखने की बहुत कोशिश करती थी, लेकिन अब तक यश के अरमानों को पंख लग चुके थे। सिया कितना भी विरोध करे पर आख़िर में यश के प्यार और उसकी माँग के आगे घुटने टेक देती थी, फिर चाहे बात सही हो या ग़लत। सिया का यश को कड़ाई से मना कर पाना कभी संभव नहीं हुआ। दोनों एक-दूसरे को प्यार में बिगाड़ते जा रहे थे। उनका जीवन एक कभी न ख़त्म होने वाली पार्टी बनता जा रहा था। अलमारी में सर्वश्रेष्ठ ब्रांड के कपड़ों से लेकर बार में सर्वश्रेष्ठ शराब तक कुछ भी ऐसा नहीं था जो उनके पास न हो। पहले किराए के घर से, ख़ुद के फ़्लैट में पहुँचना और फिर वहाँ से पेंट

हाउस और फिर अमृता शेरगिल मार्ग पर एक शानदार बंगले तक का उनका सफ़र काफ़ी रोमांचक था। उनकी सफलता हर किसी की ईर्ष्या का कारण थी।

उनकी शादी के एक साल के भीतर ही दोनों एक सुंदर बच्ची के माता-पिता बन गए। प्यार से उस बच्ची का नाम उन्होंने अनन्या रखा। सिया बच्चे के साथ आई ज़िम्मेदारियों और काम के बीच बेहद व्यस्त हो गई। उसके पास अब यश के लिए भी वक़्त नहीं था। सिया अपनी बेटी को लेकर काफी प्रोटेक्टिव थी जिससे यश परेशान हो जाता था। सिया की व्यस्तता के चलते यश ने भी घर के बाहर दोस्तों के साथ समय बिताना शुरू कर दिया।

इस दौरान उनकी अपने जैसे दूसरे युवा जोड़ों से दोस्ती हुई जिनके पास उन्हीं की तरह छोटे-छोटे बच्चे थे। एक ऐसा ही परिवार उनकी ही सोसाइटी में था। यश का एक दोस्त और उसकी पत्नी भी इस ग्रुप में शामिल थे। इसके अलावा एक कपल निष्ठा और उसका पति। धीरे-धीरे उन्होंने आपस में मिलना-जुलना शुरू कर दिया। सभी को मज़ा आ रहा था। सबको अपना-अपना साथ मिल गया था। पुरुषों को अपनी कंपनी। महिलाओं और बच्चों को अपनी-अपनी। सब अच्छा चल रहा था कि धीरे-धीरे इस मिलने-जुलने के मायने बदल गए। अब यह सब केवल शराब पीने का ज़रिया बन गया। बढ़ती बातचीत के बीच बहुत-सी और चीज़ें भी बढ़ रही थीं जैसे आपस की तुलना, प्रतिस्पर्धा और कुंठाएँ।

सिया के एक मित्र प्रभात ने उसे एक युवा पत्रकार निष्ठा से मिलवाया था। निष्ठा को पहला बच्चा होने वाला था। वह एक टीवी जर्नलिस्ट थी और एक्टिव मीडिया के बाहर नौकरी की तलाश कर रही थी। प्रभात ने सिया से अनुरोध किया कि वह निष्ठा के अनुभव और तबीयत के मुताबिक़ एक स्थायी नौकरी पाने में उसकी मदद कर दे। सिया को पहली बार में ही निष्ठा भा गई थी। वह पूरी तरह से उसकी मदद में जुट गई। जल्द ही सिया ने एक प्रतिष्ठित मीडिया स्कूल में निष्ठा के लिए जगह बना दी और उसे सेटल कर दिया।

निष्ठा बेहद प्रतिभाशाली थी। उसने सिया को अपना आदर्श मान लिया था। निष्ठा का पति विशेष भी एक पत्रकार था। हालाँकि, सिया उसे बिलकुल पसंद नहीं करती थी, फिर भी सिया उससे ठीक से पेश आती थी। यश पहली बार टीवी से जुड़े लोगों से क़रीब से मिल रहा था। वह टीवी पत्रकारों के ग्लैमर

से प्रभावित था। विशेष की सोच धीरे-धीरे यश पर हावी होती जा रही थी। वह उसे अपनी गिरफ़्त में लेता जा रहा था। सिया ने भी शादी के पहले कुछ साल, टीवी न्यूज़ चैनल के साथ काम किया था, लेकिन वह कभी उस सर्किल में उठती-बैठती नहीं थी। इसलिए यश को पहले कभी भी उस ग्लैमर को क़रीब से देखने का मौक़ा नहीं मिला था।

चमकीली आँखों वाली निष्ठा बेहद गोरी और ख़ूबसूरत थी। उसकी हस्की आवाज़ उसे और भी ज़्यादा आकर्षक बनाती थी। निष्ठा, एक अच्छी पत्नी और बहू थी। वह कॉलेज में भी बहुत लोकप्रिय रही थी। उसने अपने बचपन के प्यार विशेष से शादी की थी, जो उसका क्लासमेट भी था। उसकी प्रतिभा और उसका व्यक्तित्व जल्द ही उसे अपने बॉस का फ़ेवरेट बना देता था। निष्ठा का करिश्माई व्यक्तित्व पुरुषों का काफी ध्यान आकर्षित करता था। बस यही बात उसके वैवाहिक जीवन में समस्या बनती जा रही थी।

विशेष निष्ठा पर शक़ करता था। उसे सिया और यश की परफ़ेक्ट कपल इमेज से भी चिढ़ थी। निष्ठा को लगा कि यश और सिया की ज़िंदगी से सबक़ लेकर विशेष बदल जाएगा। यश और सिया की छवि एक आधुनिक सामंजस्य वाले दंपति की थी। वे एक-दूसरे को सम्मान देने के साथ ही एक-दूसरे के निजी जीवन को 'स्पेस' देने के लिए जाने जाते थे। निष्ठा ने विशेष के सामने हमेशा यश को एक आदर्श पति के उदाहरण के रूप में पेश किया था। विशेष अक्सर निष्ठा पर यश को पसंद करने पर बदचलनी के इल्ज़ाम लगाता था। हालाँकि निष्ठा ने उसे बहुत स्पष्ट किया कि वह सिर्फ़ सिया जैसी आज़ादी चाहती है। वह अपनी प्रोफ़ेशनल और पर्सनल लाइफ़ दोनों से संबंधित सभी ज़रूरी फ़ैसलों पर सिया से सलाह लेती थी। उसने सिया को यह भी बताया था कि विशेष किस तरह उसे हर बात पर कटघरों में खड़ा करता है।

विशेष का शक़ इतना गहरा था कि उसे भरोसा नहीं था कि निष्ठा उसके ही बच्चे की माँ बनने वाली थी या फिर किसी और के? उसे यह भी लगने लगा था कि उसकी सीधी-सादी बीवी को सिया ने बिगाड़ दिया था। उसने पहले कभी निष्ठा में इतना आत्मविश्वास नहीं देखा था। अब निष्ठा उसे ख़ुद पर हावी नहीं होने देती थी। निष्ठा में आए बदलाव के लिए और अपनी बिखरती शादी के लिए वह सिया को ही दोषी मानता था। उसने सिया की ज़िंदगी और

शादी बरबाद करने की कई बार क़समें खाई थी, पर निष्ठा ने उसकी शराब में डूबी धमकियों को गंभीरता से नहीं लिया और कभी भी यह सब सिया को नहीं बताया।

विशेष सामने तो बहुत व्यवहार कुशल था, लेकिन किसी धीमे ज़हर की तरह वह यश को धीरे-धीरे अपने प्रभाव में लेता जा रहा था। आख़िर उसे सिया को तबाह जो करना था! उसने यश को सिया के बारे में मनगढ़ंत क़िस्से सुनाने शुरू किए। सिया की उपलब्धियों और उसकी असाधारण योग्यता से होते हुए उसकी कहानियाँ अब सिया के चरित्र पर सवाल उठाने लगी थीं। इतने कम समय में सिया की अचीवमेंट्स के पीछे क्या-क्या हो सकता था? कैसे मामूली नैन-नक़्श वाली सिया इतने बड़े ओहदों पर बैठे लोगों की क़रीबी थी? मालिकों के इतने नज़दीक कैसे थी? उसको मिलने वाले हर मौक़े के पीछे क्या वजह रही होगी? मीडिया का माहौल और हक़ीक़त यश के लिए अब राज़ नहीं था। यश का शक़ बढ़ता गया और विशेष का ज़हर काम करने लगा था।

ऐसे वक़्त में जब सिया व निष्ठा अपने पति और बच्चों के साथ सुनहरे भविष्य के सपने सजा रही थीं, यश की सोच सिया के लिए लगातार नकारात्मक होती जा रही थी। उसे सिया के प्रभावशाली व्यक्तित्व से समस्या होने लगी थी। उसने सिया को निष्ठा से दूर रहने की हिदायत दी, क्योंकि यश के मुताबिक़ निष्ठा अपने पति को धोखा दे रही थी और इस तरह के लोगों को बढ़ावा देना सिया को बंद करना चाहिए। सिया को निष्ठा की सच्चाई जानकर झटका लगा। वह उससे बात करना चाहती थी, लेकिन उसे निष्ठा से ज़्यादा अपने पति पर भरोसा था और इसलिए उसने ख़ुद को उससे दूर कर लिया।

विशेष का भरा हुआ ज़हर अब यश पर अच्छी तरह से काम कर रहा था। निष्ठा अकेली हो गई थी,लेकिन अब उसे किसी सहारे की ज़रूरत भी कहाँ थी? वह अब तक स्पष्ट सोच वाली, सशक्त महिला बन चुकी थी जो अपने अधिकारों को लेकर मुखर थी और जीवन में पति की बेवजह दख़लअंदाज़ी क़तई बर्दाश्त नहीं थी। निष्ठा ने विशेष के आरोपों और दमन पर विद्रोह करना शुरू कर दिया। वह जब भी उसे दबाने की कोशिश में झूठे इल्ज़ाम लगाता, निष्ठा उसे उसकी हैसियत बता देती थी। अपने बच्चे के जन्म के एक साल के भीतर ही निष्ठा ने विशेष के साथ अपनी शादी तोड़ दी। वह उसके इल्ज़ामों से

तंग आ चुकी थी। निष्ठा बच्चे को लेकर विदेश में नौकरी करने चली गई और विशेष हाथ मलता रह गया।

अपनी टूटी हुई शादी का दोष भी विशेष ने सिया पर ही मढ़ा। अगर निष्ठा को सिया का साथ न मिला होता, तो शायद वह सब सहती रहती और उसे छोड़ के कभी नहीं जाती। उसे अब बस सिया से बदला लेना था। अपने बेतुके और कुंठित कर्मों का दोष वह सिया पर मढ़ता रहा। जब तक सिया उसकी नीयत को समझ पाई तब तक बहुत देर हो चुकी थी। विशेष का बोया हुआ शक़ यश के ज़हन में फलने लगा था।

अब यश को सिया की हर बात से दिक़्क़त थी। वह क्या पहनती है ? क्यों पहनती है ? कहाँ जाती है ? किससे मिलती है ? उसे सिया की हर बात से गुरेज़ था। सिया के साथ काम करने वालों पर भी वह शक़ करने लगा था। उसका कहना था कि सिया पुरुषों का ध्यान आकर्षित करने में लगी रहती है। यश उसे नीचा दिखाने का कोई मौक़ा नहीं छोड़ता था। उधर सिया कई सालों तक हर प्रकार से यश को समझाने की कोशिश कर चुकी थी। पहले तो सिया ने अपना मायका, दोस्त, नौकरी सब कुछ छोड़ दिया, जैसा कि यश चाहता था। ख़ुद को दरवाज़ों के पीछे क़ैद करके भी वह यश का भरोसा जीतने की कोशिश करती रही, लेकिन उस पर कोई असर नहीं हुआ। उसने अपनी और यश की फ़ैमिली से भी बातचीत कर रास्ता निकालने की कोशिश की। उसे सलाह दी गई कि वह एक और बच्चा पैदा करे जिससे कि यश के साथ उसके रिश्ते मज़बूत हो सकें। इस सलाह पर अमल करते हुए उसने आदित्य को जन्म दिया। कुछ समय के लिए लगा भी कि चीज़ें ठीक हो रही हैं।

वह घर में अपने बच्चों के साथ ख़ुश थी। मगर बाद में अपने ही सर्किल के दबाव में यश ने सिया को फिर से काम करने के लिए कहा। सिया को लगा कि चीज़ें हमेशा के लिए ठीक हो रही हैं मगर यह सिर्फ़ एक कोरी कल्पना भर थी। लोगों के सामने यश आज भी एक उदार और आधुनिक सोच वाला पति था, लेकिन हक़ीक़त यह थी कि वह सिया के चरित्र को लेकर हमेशा संदेह करता था। वह सिया को अपमानित करता था और उसके आत्मविश्वास को तोड़ने में कोई कसर नहीं छोड़ता था। वह एक रूढ़िवादी और सिया को हमेशा क़ाबू में रखने वाला सनकी इंसान बनता जा रहा था, जो सिया को अपने परिवार

तक से नहीं मिलने देता था।

सिया ने जर्नलिज़्म बहुत पहले ही छोड़ दिया था। अब वह लेखन और कंटेंट के काम से जुड़ गई थी ताकि उसे देर तक घर से बाहर न रहना पड़े और यश को कोई दिक़्क़त न हो। सिया की शख़्सियत इतनी प्रभावशाली थी कि उसे नज़रअंदाज़ कर पाना किसी के लिए भी नामुमकिन था। उसकी व्यावहारिकता और कुशलता युवा उद्यमियों के लिए एक उदाहरण थी। अपनी मेहनत और बुद्धि के बल पर उसने नई बुलंदियों को छुआ था। अमेरिका की नामी कंपनी के साथ एक फ्रीलांस कंटेंट डेवलपर के तौर पर काम करने वाली सिया ने एशिया में उनके बिज़नेस को खड़ा कर दिया था। यह उसके करियर में एक और मील का पत्थर साबित हुआ। लेकिन यश ने उसकी हर सफलता की तरह इसे भी नेगेटिव ही लिया। उसका मानना था, पुरुषों के साम्राज्य में अगर एक औरत को पहचान और सफलता मिल रही है, तो ज़रूर उसने 'ग़लत तरीक़ों' का इस्तेमाल किया होगा जैसा कि विशेष भी कहता था। यश अक्सर यह सवाल उठाता कि वह महिलाओं की बजाय पुरुषों के साथ ज़्यादा काम क्यों करती है। यश के हिसाब से 'पुरुषों का ध्यान भटकाने में सिया को आनंद मिलता है, ताकि वह उन्हें रिझा सके।'

सिया सालों से यह सब बकवास सहती आ रही थी। इन बीते हुए सालों में सिया ने अपनी शादी बचाने के लिए क्या नहीं किया था! हर इल्ज़ाम, हर ज़ुल्म को बर्दाश्त किया। यश के ईगो की वजह से उसने अपना घर, परिवार, दोस्त सब छोड़ दिया। कितनी ही नौकरियाँ बदलीं, सब पति की सनक और पसंद के लिहाज़ से। वह शादी के इतने सालों के बाद भी यश के अहम को संतुष्ट करने की कोशिश करती रही थी और इस सब उठा-पटक के बीच अकेली और बेजान रह गई थी। अब उसके जीवन में एक ऐसा बिंदु आ चुका था, जहाँ वह अपने चरित्र पर कोई और सवाल बर्दाश्त नहीं कर पाती थी। सब कुछ भूलकर अपने दो बच्चों की ख़ातिर अपनी शादी, आपस के प्यार और विश्वास को बहाल करने की भरपूर कोशिश वह कर चुकी थी। वह बढ़ती उम्र के साथ आक्रामक हो रही थी। अब और इल्ज़ाम सुनना उसे गवारा नहीं था। वह अक्सर ही भड़क जाती।

"इस उम्र में तो मुझे बख़्श दो यार! तुम हर वक़्त एक ही राग कैसे आलाप लेते हो, सिर्फ़ इसलिए कि तुम्हारे मन में कुछ कुंठाएँ हैं।"

"कुंठाएँ? मुझमें या तुममें?"

"बेशक तुममें, यशवर्धन राठौर!"

"वाक़ई सिया! किसे लाइमलाइट में रहना पसंद है? किसको आकर्षण पसंद है?"

"कौन इसे पसंद नहीं करता है? मैं शादीशुदा हूँ, दो बच्चों की माँ हूँ और मुझे इस बात का एहसास है। मैं एक नौकरीपेशा औरत हूँ। हर आदमी जिसके साथ मैं बातचीत करती हूँ, वह मेरा प्रेमी नहीं होता। मैं हर उस व्यक्ति के साथ सोती नहीं हूँ, जिससे मैं बात करती हूँ, या फिर जिससे कारोबार के सिलसिले में मिलती हूँ।"

"मतलब! अब तुम यह भी करना चाहती हो? अब तुम सोना भी चाहती हो? यही लिमिट है तुम्हारी? क्यों?" यश ने ग़ुस्से में चिल्लाते हुए कहा।

"अब तुम इस बात को फिर से ग़लत दिशा में ले जा रहे हो।"

"सिया, सलीक़े से रहो या फिर मुझे छोड़ दो।"

यश के चिल्लाने के बाद वहाँ सन्नाटा पसर गया। आम तौर पर, ऐसे में सिया हार मान लेती थी या चुप हो जाती थी। आख़िरकार, वह करीब 13 साल से यही सब सहती आ रही थी ताकि शादी को बनाए रख सके। मगर अब और नहीं।

उसने ठंडे लहजे में जवाब दिया, "ठीक है, चलो अलग हो जाते हैं!"

"तुम्हारा दिमाग़ ख़राब है? मज़ाक़ समझा है क्या!" यश चौंक गया।

"नहीं, मैं सीरियस हूँ। इतने सालों में बहुत बकवास झेल चुकी हूँ मैं। आज मेरे पास अपना कहने को कोई रिश्ता नहीं बचा। मैंने सब कुछ छोड़ा, हर रिश्ता सिर्फ़ तुम्हारे लिए। दस साल से मैं अपने मायके भी नहीं गई हूँ। आज मेरे पास एक भी दोस्त नहीं है। फिर भी तुम मुझे ही दोष देते हो। तुम मेरे चरित्र पर सवाल उठाते हो। तो इस तरह के रिश्ते में रहने का कोई मतलब नहीं है, जिसमें न प्यार बचा हो और न ही भरोसा। अब तुम इस घर से बाहर जा रहे हो, या मुझे जाना चाहिए? बच्चों को तुम अपने पास रखोगे या मैं?" सिया ने पूछा।

इस प्रतिक्रिया से यश सन्न रह गया था। इस बार वह शांत रहा और

चुपचाप कमरे से बाहर निकल गया। पहली बार, सिया रोई नहीं थी। बस जैसे सुन्न हो गई थी।

वह अभी भी इसी बीते हुए समय में खोई हुई थी जब उसका फ़ोन दुबारा बजा। उसने फ़ोन को साइलेंट पर रख दिया और दीवार के सहारे खड़ी हो गई। फ़ोन लगातार वाइब्रेट हो रहा था। उसने फ़ोन को हाथ में उठाया, यह एक विदेशी नंबर था। ज़रूर भास्कर के ऑफिस से होगा। उसने फ़ोन उठाया।

"हैलो!"

"जी आप कौन?"

"अरे, आपने फ़ोन किया है, तो आपको बताना चाहिए कि आप किससे बात करना चाहते हैं।" सिया के बीते हुए वक़्त की सिलवटें उसकी झल्लाहट में साफ़ सुनाई दे रही थी।

"अरे, माफ़ कीजिएगा। मेरा नाम अभिज्ञान सूर्यवंशी है। क्या मैं मिस सिया रायज़ादा से बात कर रहा हूँ?" बहुत ही अदब से जवाब आया।

"जी हाँ। बताइए।"

"जी, सायमा ने मुझे आपसे बात करने के लिए कहा था। मैं सेल्फ़ डेवलपमेंट और कॉर्पोरेट ट्रेनर हूँ और उसने मुझसे कहा है कि आप मेरी जैसी ही एक प्रोफ़ाइल की तलाश कर रही हैं।"

"ओह! हाँ हाँ, बिलकुल। मैं आप जैसे ही किसी की तलाश कर रही हूँ, सायमा ने मुझे बताया था कि आप कॉल करेंगे। ओके! तो फिर कल मिलते हैं और अगर आप अपनी प्रोफ़ाइल की एक कॉपी मुझे मेल कर दें तो अच्छा होगा।"

"ओके। आप मुझे अपना ईमेल आईडी टेक्स्ट कर सकती हैं?"

"ठीक है। मैं कर दूँगी। बाय!"

"बाय!"

अतीत की यादों में गोते लगाती सिया को एहसास हुआ कि बहुत देर हो गई थी। सिया एक नए ट्रेनिंग वर्टिकल (प्रशिक्षण इकाई) के साथ अपनी कंपनी का विस्तार करना चाह रही थी।

2

बेंचमार्क कंसल्टेंट्स, एशिया में कंटेंट और टेक्नोलॉजी के क्षेत्र में नंबर दो की कंपनी थी। क्वॉलिटी ट्रेनिंग कार्यक्रम की ज़रूरत को देखते हुए सिया ने कई प्रस्तावों पर चर्चा की थी। वह इसे केवल फ़ायदे के लिए लॉन्च नहीं करना चाहती थी। उसके दिमाग़ में कई और भी चीज़ें थीं, जिसमें कुछ सरकारी प्रोजेक्ट और समाज कल्याण के लिए कुछ काम भी शामिल थे। सिया बेंचमार्क की छवि को क्वॉलिटी के साथ एक गुडविल ब्रांड के रूप में स्थापित करना चाहती थी। उसने अमेरिका में कंपनी के मालिकों के सामने इस प्रस्ताव को रखा था और वे उसके इस दृष्टिकोण से प्रभावित हुए। उन्होंने इसके लिए एक व्यक्ति के नाम का सुझाव दिया था। इसी व्यक्ति को सिया की मदद के लिए ऑस्ट्रेलिया से आना था ताकि इस विभाग की स्थापना में मदद कर सके। भास्कर ने इस फ़ैसले को सिया पर छोड़ दिया, लेकिन उस व्यक्ति से एक बार मिल लेने पर ज़ोर दिया।

अभिज्ञान सूर्यवंशी वही व्यक्ति था, जिसकी भास्कर और सायमा ने इस काम के लिए सिया से सिफ़ारिश की थी। पहली बातचीत में सिया ने उसे बुद्धिमान, सकारात्मक और रचनात्मक पाया। हालाँकि वह बहुत ही बातूनी था, शायद अपनी प्रोफ़ाइल के कारण। उसके ट्रेनिंग का दृष्टिकोण और ट्रेनिंग को लेकर सिया के विचार लगभग समान थे। उसके हिसाब से यह एक 'सीएसआर' यानी 'कॉर्पोरेट सोशल रिस्पांसिबिलिटी' थी, जबकि सिया इसे

समाज सेवा कहती थी। दोनों का एजेंडा एक ही था, वे समाज के लिए कुछ करना चाहते थे।

अभिज्ञान बेंचमार्क में शामिल हो गया। उसने मौजूदा कर्मचारियों के साथ अपनी एक टीम बनाई और ज़रूरत के हिसाब से कुछ और लोगों का चयन भी किया। भास्कर की सिफ़ारिश के चलते सिया ने उसे अपने तरीक़े से काम करने की आज़ादी दी थी, हालाँकि वह एक रिपोर्टिंग बॉस की हैसियत से उस पर बारीक़ी से नज़र रखे हुए थी। सिर्फ़ एक ही महीने में इस विभाग ने एक व्यवस्थित आकार ले लिया था। सिया इस तेज़ तरक़्क़ी से काफ़ी ख़ुश थी।

सिया ने जबसे यश से निडर होकर अलग होने की बात की थी, तब से वह बहुत सुकून में थी, हालाँकि वह एक अलग तरीक़े की अंदरूनी लड़ाई से जूझ रही थी। वह अपने इस व्यवहार से हैरान थी। उसने इतने सालों में, इस लहजे और साहस के साथ पहले कभी यश को जवाब नहीं दिया था। वह इससे राहत महसूस कर रही थी। फिर भी, तय नहीं कर पा रही थी कि वह चाहती क्या है? वह यश को चाहती है या एक सुखी वैवाहिक जीवन चाहती है। एक ख़ुशहाल परिवार चाहती है या फिर कुछ भी नहीं चाहती। बस वह अपने बच्चों को लेकर आश्वस्त थी, चाहे जो भी हो, वह यश को अपने बच्चे नहीं ले जाने देगी। वह जिन भी विकल्पों के बारे में सोचती जा रही थी, उनका हासिल कुछ भी नहीं था, न शांति, न प्रेम, न ही ख़ुशी। वह इस तरह के तमाम गुणा-भाग और सोच-विचार से बाहर आने के लिए बुरी तरह जूझ रही थी कि उसे एक आवाज़ सुनाई दी।

"आप ठीक हैं?" उसने देखा कि अभिज्ञान उसके काफ़ी क़रीब खड़ा था। उसकी आँखों में एक कशिश थी, सिया असहज हो गई।

"आप यहाँ क्या कर रहे हैं? आप अंदर कैसे..." इससे पहले कि वह अपनी बात पूरी कर पाती, बोलते हुए उसका गला फँस गया।

अभिज्ञान ने अपनी उँगली को सिया के होठों पर रखते हुए चुप होने का इशारा किया फिर एक गिलास पानी उसकी ओर बढ़ा दिया, "आप पहले पानी पी लीजिए, पी लीजिए प्लीज़। आपके सब सवालों के जवाब मिल जाएँगे, पीजिए।" उसने हक़ से ज़ोर देकर कहा और सिया एक बच्चे की तरह उसकी बात मान गई। सिया एक साँस में पूरा पानी पी गई। अभिज्ञान उसकी तरफ़

एकटक देख रहा था। फिर मुस्कुरा के बोला, "मैंने दो बार दस्तक दी थी, आप ख़ुद से बात कर रही थीं, पूरी तरह से पसीने में लथपथ और खोई हुई। मुझे लगा आपको कुछ मदद की ज़रूरत है, इसलिए मैं अंदर आ गया। अब आप ठीक हैं?"

सिया ने अपना सर हिलाकर उसे आश्वस्त किया। 'हे भगवान मैं खुद से बात कर रही थी? कहीं इसने कुछ सुना तो नहीं? हद करती हूँ मैं भी।'

"अरे! आप तो फिर से खो गईं? क्या बात है? वैसे आपको पता है ये काम करने का सही तरीक़ा नहीं है। बेहतर प्रोडक्ट बनाने के लिए आपको किसी किस्म के रीक्रिएशन को आज़माना चाहिए।" अभिज्ञान ने उसे समझाया।

"हम्म्म..." सिया अब भी सोच में थी।

"आपने काम से आख़िरी बार ब्रेक कब लिया था?" उसने फिर से सवाल किया।

वह मुस्कुराते हुए बोली, "आप मुझे क्यों ढूँढ़ रहे थे?" सिया ने जान-बूझकर अभिज्ञान के सवाल को काट दिया ताकि वह आगे कुछ न पूछ सके।

"आपको कुछ हॉली-डे पैकेज बेचने आया हूँ ताकि थोड़ी एक्स्ट्रा इनकम हो जाए!" वह तपाक से बोला और हँसने लगा, सिया भी उसकी हाज़िरजवाबी पर अपनी हँसी रोक नहीं सकी।

यह उन दोंनों की पहली अनौपचारिक बातचीत थी। अभिज्ञान सूर्यवंशी, लगभग 40 की उम्र का एक ज़िंदादिल और करिश्माई आदमी था। उसकी गहरी आँखों में अलग ही कशिश थी। जब वह पहली बार यहाँ आया तो बहुत औपचारिक-सा था और ऑफ़िस के माहौल में असहज महसूस कर रहा था। मगर कुछ दिनों में ही वह लोगों से साथ घुलमिल गया। उसके भीतर का जोश और गर्मजोशी लौट आई थी।

अभिज्ञान की छवि एक रमते जोगी जैसी थी, जिसने किसी भी रिश्ते को गंभीरता से नहीं लिया हो। उसका एक ही सिद्धांत था, इस ख़ूबसूरत ज़िंदगी को किसी एक पर क्यों बरबाद करना। वह भी तब जब आपके पास विकल्प हों, और ज़िंदगी को खुलकर जीने का अवसर हो। वह अपने काम के लिए पूरी तरह समर्पित था। वह एक जीनियस और परफैक्शनिस्ट था, जो अपने नियम और शर्तों के मुताबिक़ काम करना पसंद करता था। शुरुआत में उसे सिया के

अनुशासन भरे नेतृत्व में काम कर पाना मुश्किल लग रहा था।

वह अक्सर उससे पूछता था कि क्या वह अपनी ज़िंदगी से ख़ुश नहीं है? जवाब में सिया की नज़रें पूछ उठती थीं कि आपसे मतलब? वह क्यों उसकी ज़िंदगी में दख़लअंदाज़ी कर रहा है? वह शायद ही कभी अभिज्ञान से ऑफ़िस की मीटिंग के अलावा कुछ और बात करती थी। दूसरी ओर अभिज्ञान हमेशा सिया से बात करने के मौक़े ढूँढता रहता था। वह ऑफ़िस में चारों ओर घूमता रहता था, मसखरी करता, गिटार बजाता और कैफ़ेटेरिया में बैठकर गाने गाता। उसने पूरे ऑफ़िस को एक कॉलेज जैसा बना दिया था। ज़्यादातर लोगों को जिसमें विशेषकर पुरुष शामिल थे, अभिज्ञान पसंद नहीं था। वे उसे घमंडी समझते थे, जो अपने आगे किसी की सुनता नहीं था। इसे यूँ भी समझा जा सकता था कि ऑफ़िस की ज़्यादातर महिलाएँ उसे पसंद करती थीं।

अभिज्ञान अक्सर सिया के पास आ जाता था और उससे बातें करता था, ज़्यादातर काम को छोड़कर सबकुछ। यह एकतरफ़ा बातचीत थी। वह अपनी सारी बातें कहा करता था, सिया उसे शांति से सुनती थी। वह फालतू बातें करना पसंद नहीं करती थी। इतने सालों में उसने न कभी किसी से ऐसी बात की थी और न ही किसी को अपने साथ कुछ बाँटने का मौक़ा दिया था। हालाँकि, अभिज्ञान ने धीरे-धीरे उसके साथ सभी कुछ शेयर करना शुरू कर दिया था। वह समझ नहीं पा रही थी कि 'अभिज्ञान ये सब बातें जान-बूझकर करता है या यह उसकी मासूमियत है। लेकिन उसकी आँखों में सच्चाई थी। उसकी आवाज़ में जादू था।'

'ओह! ये मैं क्या सोच रही हूँ?' अपने विचारों पर लगाम लगाते हुए उसने सोचा कि उसे किसी के साथ दोस्ती करने की इजाज़त नहीं है। ख़ासकर एक आदमी से। सिया ने तय किया कि वह इस बारे में भास्कर सेनगुप्ता से बात करेगी। भास्कर, बेंचमार्क के मालिक हैं और अमेरिका में रहते हैं। सिया उनके साउथ और ईस्ट एशिया वेंचर को हेड करती है।

"वह कभी काम की बातें क्यों नहीं करता? सिर्फ़ आपकी वजह से मैं इस आदमी को बर्दाश्त कर रही हूँ। उसने यहाँ के माहौल को पूरी तरह बिगाड़ दिया है। अब मैं दूसरों से यह तो नहीं कह सकती कि वे भी ये सब झेलते रहें क्योंकि उसे नियम तोड़ना पसंद है। भास्कर! मैं अब उसे ज़्यादा दिन तक बर्दाश्त नहीं

कर सकती।" सिया ने फ़ोन पर शिकायत करते हुए कहा।

अभिज्ञान के सेलेक्शन से पहले ही भास्कर ने सिया को बता दिया था कि इस व्यक्ति को अपने तरीक़े से काम करने की छूट देनी होगी, क्योंकि वह काफ़ी क्रिएटिव और मौलिक सोच का धनी है। सिया को कम-से-कम छह महीने के लिए उसे बर्दाश्त करना ही होगा। भास्कर ने सिया को यही बात याद दिलाई और उसे शांत कराते हुए कहा, "वह बहुत ही क्रिएटिव आदमी है, सिया। मैं समझ सकता हूँ कि तुम एक प्रोफेशनल इंसान हो। लेकिन मुझ पर यक़ीन रखो, वह भी अपने काम में माहिर है। बस उसका काम करने का तरीक़ा भारतीय परिवेश से मैच नहीं करता है। बात समझने की कोशिश करो सिया, हमें इस वर्टिकल को जल्द-से-जल्द स्थापित करना है। उसे भी समझने की कोशिश करो और उसके काम को छोड़कर बाक़ी सब चीज़ों को इग्नोर करो। वैसे वह अपने काम में कैसा है ?"

"काम में तो अच्छा है।" उसने धीरे से जवाब दिया।

"देखो! इसलिए मैं तुमसे गुज़ारिश कर रहा हूँ कि फ़ोकस करो उसके काम पर। प्लीज़!"

"ओके!"

उसने फ़ोन को मेज़ पर रख दिया और रिसेप्शन पर जमा भीड़ में उसे ढूँढ़ने लगी। वह काँच की दीवार के पीछे खड़ी थी। उसने अभिज्ञान को रिसेप्शन की टेबल पर बैठे हुए देखा। उसने थोड़ा-सा दरवाज़ा खोला, ताकि सुनाई दे, कि आखिर हो क्या रहा है। वह गा रहा था 'लव विल कीप अस एलाइव', उसकी आवाज़ में जादू था। सिया ने अपनी आँखों को बंद कर लिया। वह हर एक शब्द को गहराई से महसूस करने लगी। जैसे कि यह गाना उसी के लिए लिखा गया हो। इतने सालों बाद, वह ख़ुद को गुनगुनाते हुए सुन सकती थी। तभी उसके फ़ोन पर एक मैसेज आया।

'आपको अपने केबिन से झाँकने और खिड़की से सुनने की ज़रूरत क्यों है, ब्रेक फ्री स्वीटहार्ट!'

सिया को लगा जैसे वह रंगे हाथ पकड़ी गई हो। उसे समझ नहीं आ रहा था कि वह क्या प्रतिक्रिया करे। अब ज़रूर उसको डाँटना होगा। तभी उसके पास दूसरा मैसेज आया, 'जब आप ब्लश करती हैं तो बहुत क्यूट लगती हैं।'

'क्या मैं वाकई शरमा रही हूँ? मैं कोई बच्ची नहीं हूँ, मुझे इस आदमी और उसके शरारती मैसेज पर लगाम लगानी होगी। पर करूँ क्या? भास्कर के कहे अनुसार उसकी हर चीज़ को इग्नोर भी करना है और बस उसके काम पर ध्यान देना है।' वह दोबारा खुद से बातें करने लगी थी!

रिसेप्शन एरिया में जमा भीड़ को हटाने के लिए सिया ने कॉन्फ्रेंस हाल में मीटिंग रखी। सभी के मोबाइल फ़ोन पर एक साथ मैसेज पहुँचा, 'अगले दो मिनट में कॉन्फ्रेंस हाल में मीटिंग के लिए पहुँचें।'

जिन लोगों को मैसेज मिला, वे फ़ौरन अपनी डेस्क की तरफ़ भागे और अपने साथियों को भी वहाँ से बुला लिया। वे यह भी सुनिश्चित कर रहे थे कि उनकी टीम के लोग भी रिसेप्शन से जा चुके हों। बस अभिज्ञान ही था, जो अब भी रिसेप्शन पर ही फ्रंट ऑफ़िस स्टाफ़ के साथ अकेला खड़ा था। तभी उसको भी एक रिमाइंडर मैसेज मिलता है।

नाम्या और मीरा अपनी-अपनी सीट की तरफ़ दौड़ीं।

"क्या पर्सनालिटी है!" नाम्या थोड़ा चहक कर बोली, जब उसने लोगों को सिया के एक आदेश पर भागते हुए देखा।

"कौन?" मीरा ने पूछा।

"और कौन, केबिन से बाहर कदम भी नहीं रखा और न ही चीखा-चिल्लाया और सब-के-सब अपने काम पर दोबारा वापस आ गए।" नाम्या ने मीरा की ओर देखते हुए कहा।

सिया बोर्ड रूम में मीटिंग कर रही थी। उसने सफ़ेद रंग की सूती साड़ी पहनी थी। माथे पर काले रंग की छोटी-सी बिंदी थी और कानों में झूमते चाँदी के डैंगलर थे। वह सौम्य होने के साथ-साथ कड़क भी दिखती थी। प्रोजेक्ट, स्टेटस, डेडलाइन के बारे में बात करते हुए वह पूरी टीम को क्वॉलिटी और डिलीवरी के बारे में निर्देशित कर रही थी। क्वॉलिटी पर ध्यान देना, अपनी पूरी टीम को प्रेरित करना, समस्या का हल निकालना, क्लाइंट की ज़रूरतों पर ग़ौर करना और नए ट्रेनिंग डेवलपमेंट डिपार्टमेंट को लॉन्च करने जैसी बातों पर वह निजी तौर पर नज़र रखती थी। प्रेजेंटेशन चल रहा था। उस काँच की दीवारों वाले कांफ्रेस हाल में आवाज़ आर-पार नहीं जा सकती थी, लेकिन वहाँ क्या

हो रहा है, ये साफ़ दिखाई दे रहा था। काँच के पार से वह पूरी तरह से मीटिंग में व्यस्त दिखाई दे रही थी।

मीरा ने नाम्या को मीटिंग में बैठे हर एक शख़्स को नोटिस करने के लिए कहा, जो सिया की तरफ़ देख रहे थे। उसने इसे 'चाहत से भरी निगाहों से देखना' बताया।

"मैं यही तो कह रही हूँ, देखो कितनी आसानी से उन्होंने इतनी बड़ी टीम और काम संभाला है। वो एक इंस्पिरेशन हैं। और हाँ इस उम्र में भी वे बेहद ख़ूबसूरत लगती हैं।" नाम्या ने जो महसूस किया, वह बोल दिया।

"हाँ, इस उम्र में भी वह एक वेश्या के जैसी है!" मीरा फुसफुसाई।

"तुम्हारी सोच कितनी छोटी है मीरा, तुम हमेशा उनके बारे में ग़लत बातें करती हो। तुम्हारी परेशानी क्या है?" नाम्या ने ग़ुस्से से पूछा।

"तुम्हें तब समझ में आ जाएगा, जब तुम किसी लड़के को पसंद करोगी और वो लड़का सिया को।" मीरा ने नाम्या को छेड़ते हुए कहा।

"तुम पागल हो!" नाम्या ने बात को ख़त्म करने की कोशिश की।

लेकिन मीरा चुप होने को तैयार नहीं थी, "नहीं, मैं सही हूँ!"

"24 साल के एक्ज़ीक्यूटिव से लेकर 55 साल के सीईओ और इन्वेस्टर्स तक हर कोई अगर उन्हें पसंद करता है, तो इसलिए नहीं कि वो ख़ूबसूरत हैं, बल्कि इसलिए कि वो अपने काम में माहिर हैं। पेशेवर और कामयाब होने के बावजूद कितनी शालीन और सॉफ्ट स्पोकन हैं। क्या ये अच्छी बात नहीं है?" नाम्या ने समझाते हुए कहा।

"सही में? क्या ये अच्छी बात है? ये लोग उनकी प्रशंसा नहीं करते, वे सब उनकी तमन्ना रखते हैं।" मीरा ने शब्दों के साथ खेलना शुरू कर दिया।

"ओह! बस भी करो! शब्दों से बात को घुमाने की कोशिश मत करो। प्रशंसक होने के लिए किसी तरह की आयु सीमा या फिर जेंडर की बंदिश नहीं है।"

"हाँ हाँ... परियों की कहानी चल रही है क्या? उनके कपड़ों को देखो।"

"उसमें क्या? वो जो पहनती हैं, वे उन्हें पसंद हैं। वैसे मैं तुम्हें बता दूँ कि वो कभी भड़काऊ और भद्दे कपड़े नहीं पहनतीं जैसा कि तुम कह रही हो। समझीं, मिस मोरल पुलिस! और हाँ, क्यों किसी महिला को अच्छे से तैयार नहीं

होना चाहिए, इसलिए कि कुछ लोग उसे पसंद न करने लगें?"

"इस तरह की औरतों के लिए पसंद या प्यार के कोई मायने नहीं होते। लोग उनकी कल्पना करके ही रोमांचित हो जाते हैं।"

"यह उन लोगों की अपनी मानसिकता है, उनकी सोच, उनकी समस्या है। तुम क्यों एक मोरल पुलिस की तरह बरताव क्यों कर रही हो?"

"मैं? नहीं। मुझे उनकी ज़िंदगी में कोई दिलचस्पी नहीं है।"

"ऐसा लगता तो नहीं हैं।" नाम्या मुस्कुराई। मीरा के कुछ कहने से पहले ही, ऑफ़िस ब्वॉय दौड़ता हुआ आया।

"मीरा मैम, आपको कॉन्फ्रेंस रूम में बुलाया जा रहा है।"

वह कॉन्फ्रेंस हॉल की तरफ़ भागी। दस दिन बाद पुणे में एक अर्जेंट मीटिंग होनी थी पर कुछ भी तैयार नहीं था। सारा काम रुका हुआ था, क्योंकि मीरा प्लानिंग टीम को पर्याप्त रिसर्च नहीं दे पाई थी। सिया मुस्कुरा रही थी। उसने टीम को शालीनता से समझाते हुए कहा, "क्यों हर काम सिस्टम के हिसाब से नहीं हो सकता। एक एमएनसी बेहद महत्त्वपूर्ण प्रेज़ेंटेशन के लिए किसी एक एम्प्लाई पर निर्भर कैसे हो सकती है?" फिर उसने पहले से सहमी हुई मीरा की तरफ़ देखा। "यू लुक ब्यूटीफुल मीरा, प्लीज़ सिट।"

"थैंक यू मैम।" मीरा वाक़ई डरी हुई थी। वह जानती थी कि अगर सिया मुस्कुरा रही है तो यह ऑफ़िस के लिए बहुत बुरा दिन होने वाला है।

सिया ने वापस अमन की तरफ़ देखा। अमन प्लानिंग टीम का हेड था। "अमन, तुम नेपोटिज़्म और ब्यूरोक्रेसी से भरे हुए सरकारी तंत्र का हिस्सा नहीं हो। तुम दुनिया की बेहतरीन कंटेंट और टेक्नोलॉजी कंपनी के साथ काम करते हो। ये आखिरी बार है जब मैं इस किस्म का बहाना सुन रही हूँ। इसके बाद एकदम नहीं। अगर आप दो विभागों के बीच कोऑर्डिनेट नहीं कर सकते हो तो ये ऑफिस तुम्हारे लायक नहीं है। मेरे पास समस्याएँ और बहाने लेकर मत आओ। मुझे सॉल्यूशन और बेहतरीन काम चाहिए, वो भी डेडलाइन से पहले। अगर एक व्यक्ति अपने काम को ठीक से नहीं करता है तो उसका असर पूरी कंपनी पर नहीं पड़ना चाहिए। हमें उस व्यक्ति पर निर्भर नहीं रहना चाहिए, जो समय सीमा को न समझता हो। आशा है कि मैंने सब कुछ स्पष्ट कर दिया है।" सिया ने मुस्कुराते हुए बड़े विनम्र शब्दों में कहा, "अब आप सब जा सकते हैं।

ऊँघना बंद करिए और फुर्ती से काम करना शुरू करिए।" उसने मुस्कुराते हुए सभी घबराए हए एक्ज़ीक्युटिव्स से कहा। हल्की-सी हँसी के साथ वह मीटिंग ख़त्म हो गई। सभी अपने-अपने वर्क स्टेशन की तरफ़ चल दिए।

अभिज्ञान बाहर से देख रहा था। एक महिला जो मुस्कुराते हुए मीटिंग लेती है और लगभग एक हल्के मज़ाक़ के साथ उस मीटिंग को ख़त्म कर देती है। "कितनी नरम दिल बॉस है ये।" उसने कहा।

इस पर मीरा ने उसे टोक दिया, "जिस दिन वह ज़्यादा और लगातार मुस्कुराए तो समझ लो कि वह हर किसी की हँसी छीनने वाली है। उस दिन तुम हर किसी को काम में जुटा हुआ पाओगे।"

उसने चारों ओर देखा। 'हाँ ये सही कह रही है। लेकिन सिया बिलकुल भी खड़ूस नहीं लगती है। वह एक भली, विनम्र और ज़िम्मेदार महिला है। यानी उसके कई पहलू हैं। वाक़ई दिलचस्प है!' उसने सोचा।

"वह अपनी मुस्कुराहट और तीखे कटाक्ष से किसी की भी जान ले सकती है। उसे किसी हथियार की ज़रूरत नहीं है। उसकी यह मुस्कुराहट बेहद घातक है।" मीरा ने अभिज्ञान की ओर देखते हुए कहा, जो अभी भी सिया की तरफ़ देखे जा रहा था।

"तुम बस उनसे जलती हो, क्योंकि वह कभी आवाज़ ऊँची नहीं करती हैं। उन्होंने अपनी ज़िंदगी में लगभग सब कुछ पा लिया है। उनका जीवन काफ़ी सुखद है। लोग उनकी इज़्ज़त करते हैं।" नाम्या ने चतुराई से जवाब दिया।

"अरे हम क्यों चुड़ैल के बारे में बातें करें, जबकि हमारे पास स्वयं कामदेव मौजूद हैं।" एक जूनियर कंटेंट राइटर गरिमा ने खिलखिलाकर अभिज्ञान की तरफ़ देखा। अभिज्ञान ने भी उसे देखकर एक शरारत भरी मुस्कान दी और फिर अपने केबिन में चला गया। लड़कियाँ वीकेंड की प्लानिंग में व्यस्त हो गईं।

'हाँ! नाम्या ठीक कहती है!' अभिज्ञान लगातार अपनी सीट से सिया को देखे जा रहा था। वह उसे गौर से देख और समझ रहा था कि तभी उसने सिया को अपनी ओर आता हुआ देखा। 'वो मेरे पास क्यों आ रही हैं? अरे! वो तो अमन के केबिन में चली गईं।' वह अपनी कुर्सी में छुप गया, 'हे भगवान! जब भी वो पास से गुज़रती हैं तो हर बार मेरे रोंगटे क्यों खड़े हो जाते हैं! मैं ये क्या सोच रहा हूँ? क्या हो गया है मुझे? क्या मैं उनके बारे में सोच रहा हूँ? ये सब

हो क्या रहा है, मुझे थोड़ा नार्मल होने की ज़रूरत है।' तभी किसी ने उसके केबिन में दस्तक दी।

"अंदर आ जाइए!"

"अभिज्ञान, आप मीटिंग के लिए तैयार हैं?" यह सिया थी।

"कौन-सी मीटिंग?" उसने दिमाग़ पर जोर डालते हुए और खुद को व्यस्त दिखाते हुए पूछा।

"पुणे वाली मीटिंग अभिज्ञान, क्या आपने कल अपना मेल चेक नहीं किया? आप और तृष्णा, डाटा मैट्रिक्स के कंटेंट और ट्रेनिंग आउटसोर्सिंग की ख़ातिर हमारे प्रपोज़ल को प्रज़ेंट करने साथ जा रहे हैं। ये एक महत्त्वपूर्ण प्रोजेक्ट है और हमें इसे हासिल करना है। तृष्णा अरोड़ा हमारी कंटेंट वर्टिकल की हेड है। मुझे विश्वास है कि ये प्रोजेक्ट हमें ही मिलेगा। ऑल द बेस्ट!" इतना कहकर वह बाहर चली गई।

'ओफ़्फ़...' उसने लंबी साँस छोड़ी। 'मेरे अपने प्लान थे, मैं उन्हें मना क्यों नहीं कर सका। वो जब भी मेरे आस पास होती हैं मैं ठीक से साँस भी नहीं ले पाता हूँ। क्या मैं उनसे डरता हूँ? या फिर उन्हें देखकर कहीं खो जाता हूँ। मुझे अपना ध्यान कहीं और लगाना होगा। ख़ैर छोड़ो भी ये सब... तृष्णा, सफ़र में एक बेहतरीन साथी हो सकती है। वह मॉर्डन और एक्टिव महिला है। काम तो ठीक है पर साथ-साथ कुछ मज़े भी होने चाहिए।' उसने मुस्कुराते हुए काँच की दीवार से तृष्णा की तरफ़ देखा और पाया कि वह ख़ुद भी अभिज्ञान की तरफ़ देख रही थी। 'परफ़ेक्ट! अब तो मेरे पास प्लान ही प्लान हैं, जैसे ड्राइव, डिनर और शायद वन नाइट स्टैंड भी!'

3

तृष्णा एक अत्यंत महत्त्वाकांक्षी और बुद्धिमान महिला थी, जिसने इस कंपनी में अपनी पोज़िशन अपनी प्रतिभा, मेहनत और बेशक़, अपनी सुंदरता के दम पर हासिल की थी। अपनी नुकीली पेंसिल हील से लेकर तीखी ज़ुबान तक, कब किसका कैसे उपयोग करना है, वह सब जानती थी। मर्द उसे पसंद करते थे और औरतें नापसंद। उसे बख़ूबी पता था कि बड़ी डील्स को हथियाने में उसे अपने रूप का कैसे इस्तेमाल करना है। वह लगभग तीस साल की बेहद चालाक और शातिर महिला थी।

महज़ तीन साल के भीतर ही उसने इस कंपनी में रिसेप्शनिस्ट से क्रिएटिव राइटर तक का सफ़र तय किया था। कुछ सालों में उसने एक और बड़ी छलांग लगाई और अब कंटेंट हेड बन चुकी थी। कुछ लोगों का यह भी सोचना था कि इस ओहदे तक पहुँचने के लिए वह अपने सभी बॉस के साथ सोई है। अफ़वाहें तो ये भी थीं कि तृष्णा काफ़ी समय से भास्कर को ख़ुश करती आई है, जिसके कारण उसे यह पद मिला है।

तृष्णा, सिया का बहुत सम्मान करती थी। उसके एक रिसेप्शनिस्ट से लेकर कंटेंट राइटर बनाने की ट्रेनिंग के पीछे सिया का ही हाथ था। युवा और उत्साही तृष्णा को सिया में एक सलाहकार और मार्गदर्शक मिला, जिसने उसके सीखने के जोश और कमाने की भूख को पहचाना। उसने तृष्णा को पहले छोटे रिसर्च वाले काम दिए और उसके बाद वह उसे महत्त्वपूर्ण मीटिंग्स में लेकर जाने

लगी। मीटिंग के टाइम कोआर्डिनेशन से लेकर डिस्कशन नोट्स तैयार करने तक तृष्णा ने सब कुछ बहुत जल्दी सीख लिया। इसके बाद सिया ने उसकी रुचि के अनुसार उसे राइटिंग असाइनमेंट्स देने शुरू किए। सिया जानती थी कि तृष्णा लिखने में बहुत अच्छी थी, बस उसे थोड़ी गाइडेंस की ज़रूरत थी।

तृष्णा तलाकशुदा थी। कुछ लोग यह भी मानते थे कि ख़राब शादी से निकलने में सिया ने ही, तृष्णा की मदद की थी, क्योंकि उसका पति शराबी और निकम्मा था। तब से तृष्णा के कई अफ़ेयर हुए लेकिन किसी भी आदमी के साथ वह सीरियस रिलेशनशिप में नहीं आई। उसके पास ख़ुशहाल ज़िंदगी जीने और घूमने-फिरने के लिए ढेरों दोस्त थे, जिनमें ज़्यादातर पुरुष थे।

अब तक अभिज्ञान के पास तृष्णा के बारे में काफ़ी जानकारी इकट्ठा हो गई थी। उसने तृष्णा से रोज़ बातचीत करनी शुरू कर दी ताकि उनके बीच पुणे की मीटिंग से पहले एक अच्छा तालमेल बन सके। मीटिंग के लिए बस दो ही दिन बचे थे। सब कुछ लगभग तैयार था। अभिज्ञान तृष्णा को और अच्छे से समझने के लिए डिनर पर साथ ले गया। वे साउथ दिल्ली के एक शानदार मॉल में आए थे। अभिज्ञान उसे अपनी पंसदीदा वीकेंड डेस्टीनेशन पर लेकर गया, एक टेरेस रेस्टोरेंट जिसमें लाइव म्यूज़िक भी था।

"तो!" उसने चुप्पी तोड़ने की कोशिश की।

"तो क्या?" वह मुस्कुराई।

"आपको ये जगह कैसी लगी?"

"बहुत अच्छी! यहाँ पर सिया मैम के साथ कई बार आना हुआ है। यह उनकी पसंदीदा जगहों में से एक है!"

'ओह... प्लीज़! उनका नाम मत लो। कोई भी नहीं, प्लीज़! कम-से-कम यहाँ तो मैं उनका नाम नहीं सुनना चाहता।' वह अपने मन में चिल्लाया, इसके बावजूद उसने ख़ुद को शांत और स्थिर रखते हुए पूछा, "आप क्या लेना पसंद करेंगी?"

"तुम्हारे पास क्या है पेश करने के लिए?" एक शरारती मुस्कान के साथ उसने पूछा।

"आप जैसी ख़ूबसूरत महिला के लिए मेरे पास देने को बहुत कुछ है। मैं बहुत शुक्रगुज़ार हूँ कि आपने मिलने के लिए थोड़ा वक़्त निकाला। मैं आप के

लिए वाइन ऑर्डर करूँ?" उसने एक सज्जन आदमी की तरह बातचीत करना शुरू किया।

"ओह! मुझे नहीं पता था कि तुम इतने जेंटलमैन टाइप हो और..."

"हाँ और... ?"

"अच्छे... और... रोमांटिक... और..."

"उम्म... और... ?"

"और बहुत ज़्यादा हॉट!"

"ओह! वाक़ई!" अभिज्ञान इस बात से ख़ुश था कि वह इतनी जल्दी बात को आगे बढ़ा रही थी।

"हाँ... मुझे यक़ीन है कि तुम ये जानते हो... और मैं कोई पहली औरत तो हूँ नहीं जो तुमसे ये कह रही है, बहुत सी होगीं! और उनमें से कुछ तो हमारे ऑफ़िस में ही हैं।"

"वॉउ! क्या मैं इतना पॉपुलर हूँ?"

"बैड ब्वॉयज़ पॉपुलर होते ही हैं!"

"वाक़ई! बैड ब्वॉय? फिर ऐसा क्या है जो इतनी ख़ूबसूरत और ज़हीन महिला को इस बैड ब्वॉय के साथ अकेले डिनर पर आना पड़ा?"

"आपके प्रपोज़ल को कौन मना कर सकता है? वाइन नहीं प्लीज़! मुझे स्कॉच पसंद है!" तृष्णा ने उसे एक सीधा संकेत दिया।

ड्रिंक और डिनर के बाद तृष्णा काफी नशे में थी। अभिज्ञान ने बार मैनेजर के साथ उसे पार्किंग तक जाने में मदद की।

"थैंक यू! इनकी गाड़ी यहीं पार्किंग में रहेगी। लगता है कि इनको मुझे ही ड्रॉप करना पड़ेगा।" उसने तृष्णा को अपनी कार में बैठाया। बार मैनेजर जा चुका था।

"मुझे लगता है कि आप ज़्यादा नशे में हैं, मैं आपको कहाँ ड्रॉप कर दूँ?"

"ड्रॉप? न...! मेरे घर या तुम्हारे घर?" उसने सीधे पूछ लिया।

"माई प्लेस, हनी! पर मैं नहीं चाहता कि कल सुबह आपको पछतावा हो, मेरे साथ को पहली बार एक्सपीरियंस करने के लिए तुम्हें नशे में नहीं होना चाहिए।" उसने बचने की कोशिश की।

"मैं नशे में नहीं हूँ, हॉटी! मैं तुम्हारे सुरूर में हूँ।" उसने उसे कसकर

पकड़ लिया। तृष्णा ने उसे ज़ोर से किस कर लिया और फिर दोनों ही एक-दूसरे को कुछ देर तक किस करते रहे।

इस बीच पार्किंग गार्ड ने खिड़की पर नॉक किया, "सर, मॉल अब बंद हो चुका है, आप अब अपनी गाड़ी ड्राइव कर लें। अब एक बज चुके हैं।"

"हाँ... बस एक मिनट।"

अभिज्ञान ने तृष्णा को ठीक से बैठाया, जो न सिर्फ़ नशे में थी बल्कि होश-हवास भी खो चुकी थी। वह उसकी आँखों में प्यास देख सकता था। अभिज्ञान उसे अपने घर ले गया। उसे बिस्तर पर लिटाया, उसकी हील्स उतारी और वहीं बैठ गया। उसके बिस्तर पर एक हॉट लड़की थी जो उसे पाना चाहती थी। फिर भी जाने क्या था जो अभिज्ञान को रोक रहा था? उसने ज़िंदगी भर औरतों के साथ यही तो किया था। सभी हॉट और ख़ूबसूरत औरतों के साथ अपनी सब इच्छाओं को पूरा किया था, वह भी सिर्फ़ उन्हें अपने प्यार में बाँधकर। उसके पास एक हैप्पी लव लाइफ़ थी, या सच कहें तो अच्छी सेक्स लाइफ़! लेकिन आज वह उस औरत को छूना भी नहीं चाह रहा था।

अभी वह तृष्णा के बारे में सोच ही रहा था कि तृष्णा ने उसे अपने पास खींच लिया और उसे किस करने लगी। इससे पहले कि वह कुछ रिएक्शन देता, तृष्णा ने उसके शर्ट के लगभग सारे बटन खोल दिए और अपना टॉप भी उतार दिया। इसके बाद वह खुद को रोक न सका। जल्द ही पूरे कमरे में उतरे हुए कपड़े पड़े थे। एकाएक हाँफने और आहों की आवाज़ों के बीच अभिज्ञान रुक गया। उसने उसके चेहरे को ग़ौर से देखा, 'ये तो वो नहीं है!' उसने अपनी दिलचस्पी खो दी थी। तृष्णा ने उसे और क़रीब खींच लिया।

"डोंट स्टॉप बेबी! डोंट स्टॉप... आई वांट मोर..."

"बिल्कुल..."

"यस... कम ऑन!"

उन्होंने उस रात कई बार सेक्स किया। हर संभव पोजीशन और अवस्था में। दोनों ही अपने लंबे लव मेकिंग सेशंस के बाद बहुत थक गए। तृष्णा सो चुकी थी। अभिज्ञान ने एक सिगरेट जलाई और बालकनी में बैठ गया। वह अपने आपको बहुत अलग महसूस कर रहा था। तृष्णा सेक्स में तमाम तरह के प्रयोग करने वाली महिला थी। उसने अभिज्ञान को सेक्स के दौरान तंत्र योग

सिखा दिया था। वह नहीं चाहती थी कि अभिज्ञान का मन फिर से उचट जाए। उधर अभिज्ञान ने भी सेक्स जैसी चीज़ के लिए कभी मना नहीं किया था। लेकिन आज कुछ अजीब ही स्थिति थी। एक ख़ूबसूरत महिला के साथ होते हुए भी उसे सबकुछ फ़ीका और बोरिंग लग रहा था। वह जितनी बार भी सब जल्दी से ख़त्म करने की कोशिश करता तृष्णा ऐसा नहीं होने देती, वरना वह उसे कब का बीच में ही छोड़ देता।

'ये हो क्या रहा है? मेरी उम्र ढल रही है? या ये कुछ और है? वह अपने दिमाग़ पर ज़ोर डालकर उस बात को याद करने की कोशिश कर रहा था जिसने उसे रोक दिया था।' उसे सही से कुछ याद नहीं आ रहा था। वह नशे में था और थका हुआ भी। सोफ़े पर ही उसकी आँख लग गई।

"गुड मॉर्निंग अभिज्ञान! उठो!" तृष्णा उसके सामने तैयार खड़ी थी।

"हू इज़ इट?" अभी भी नींद में ही था और बमुश्किल उसका चेहरा देख पा रहा था।

"मैं हूँ तृष्णा... उठो!" वह मुस्कुराई और उसने उसकी पीठ थपथपाई।

"तुम मेरे रूम में क्या कर रही हो?" अभिज्ञान ने आश्चर्य से पूछा।

"क्या तुम अभी भी होश में नहीं हो!" वह चिढ़ गई।

"वॉट! ओह! ओह मॉय गॉड... आई एम सॉरी! मुझे थोड़ा वक़्त दो।" वह खींसे निकालकर बोला।

वह भी मुस्कुराई, "सो..."

"हाँ तो! तुम तो जंगली हो। बिलकुल जंगली बिल्ली!" उसने अपनी हैरानी को ढँकने की कोशिश की।

"हाँ मैं हूँ, मैं ये जानती हूँ। लेकिन तुम्हें क्या हो गया था? मुझे तो तुमसे थोड़े और ज़्यादा की उम्मीद थी कि तुम हॉट हो, लेकिन ऐसा लगा कि तुम थके से और खोए-खोए थे।

"नहीं तो... ऐसा नहीं है। हाँ, बस थक गया था और यहाँ काम का बोझ भी बहुत है। मुझे इंडिया पसंद नहीं है।" उसने एक वाहियात बहाना बनाया।

"मैं समझ सकती हूँ। और तुम पूरी रात सो भी नहीं पाए।" तृष्णा ने एक शरारती मुस्कान बिखेरी।

वह मुस्कुराया। उसके होठों पर एक नक़ली मुस्कान थी। 'यानी तृष्णा को लगा कि मैं खो गया था! पर ऐसा क्यों? कम ऑन! अभिज्ञान... क्या कर रहे हो, तुम अपना नाम डूबो दोगे। ऐसा होने से रोकना होगा।' उसने ख़ुद से बात करते हुए अपना उत्साह बढ़ाना शुरू किया।

ऑफ़िस के रास्ते में उसने तृष्णा से पूछा, "तुम्हें ऐसा क्यों लगा कि मैं खो गया था। मैं तो बस तुम्हारी ख़ूबसूरती को अपनी बाँहों में और ज़्यादा महसूस करने की कोशिश कर रहा था।"

"सच! मैं कितनी नासमझ हूँ, मुझे लगा कि तुम मेरे अंदर किसी और को तलाश कर रहे हो, जिस तरह से तुम मुझे देख रहे थे। मुझे लगा कि तुम मुझे पहचान ही नहीं पा रहे हो।" उसने शरमाते हुए कहा।

"कम ऑन बेबी! मैं तुम्हें ही देख रहा था। तुम बहुत सुंदर लग रही थी। तुम्हारा चेहरा चमक रहा था। मैं तुम्हारी आँखों में अपने पैशन की झलक देख रहा था। अपने आप को देखो, तुम आज एक टीनेजर की तरह दिखाई दे रही हो।"

"अच्छा!" वह शरमाई।

जैसे ही दोनों साथ में ऑफ़िस में घुसे, खुसर-फुसर शुरू हो गई।

"गुड मॉर्निंग मैम!" तृष्णा ने सिया को विश किया और जवाब में सिया ने मुस्कुराते हुए सिर हिलाया।

सिया ने पीले रंग की साड़ी पहनी थी, जिसका बॉर्डर मैरुन था। वह साड़ी उनके ऊपर खूब जँच रही थी। बहुत हल्का सा मेकअप, एक छोटी-सी बिंदी और झुमके। वह नज़ाकत वाली ख़ूबसूरत लग रही थी। अभिज्ञान अपनी नज़रों को उसके चेहरे से हटा नहीं सका। वह प्रशंसा भरी नज़रों से बार-बार उसकी ओर देखने को मजबूर था।

"पकड़ लिया!" नाम्या ने उसके कान में धीरे से फुसफुसाया।

"क्या?" उसने मासूमियत से पूछा।

"मैंने आपको देखा!"

"एक्सक्यूज़ मी?"

"आप सिया मैम को घूर रहे थे!"

"तुम पागल हो क्या?"

“नहीं, पर शायद आप उनसे आकर्षित हो रहे हैं। आज वो कुछ ज़्यादा ही ख़ूबसूरत लग रही हैं! पता नहीं वो ब्राइट कलर्स क्यों नहीं पहनतीं। देखो न, ये उन पर कितना फबता है!”

“तुम गे हो नाम्या?”

“शटअप! नो!”

“सही में? मेरा मतलब है... जिस तरह से तुम सिया की हमेशा तारीफ़ किया करती हो, मुझे शक़ होता है।” उसने बात को बदल दिया और अपने केबिन की तरफ़ चला गया।

जैसे ही वह कुर्सी पर बैठा, उसने उसने एक सिगरेट जला ली और कंपनी में गुज़ारे पिछले कुछ हफ़्ते उसकी आँखों के आगे घूमने लगे। जो कुछ नाम्या ने कहा था, वह सब उसके दिमाग़ में चल रहा था। ‘मैंने कल सिया को देखा था! हाँ मैंने सिया को देखा था, हँसते हुए, मेरी बाँहों में। उफ़्फ! ये क्या था, कुछ पल का सपना था जैसे... जिसके चलते मैं... ओह! गॉड, नॉट अगेन! क्या यही वजह थी, जिसके चलते मैं तृष्णा को छूने में झिझक रहा था? क्या मैं तृष्णा के चेहरे में सिया को ढूँढ रहा था? जैसा कि तृष्णा को भी लगा था! क्या मुझे उससे प्यार हो रहा है?’ इतने कम समय में वह सिया को सब कुछ बता चुका था। एक पुराने और गहरे दोस्त की तरह। उसने हर एक बात उससे कह डाली थी, चाहे सिया ने कोई जवाब दिया हो या न दिया हो। ‘वह क्यों हमेशा सिया की प्रतिक्रिया और हर बात पर उसके फ़ीडबैक का इंतज़ार करता है? क्यों वह यह चाहता है कि सिया उसके गाने सुने?’ उसके पास बहुत सारे सवाल थे, जिनका वह जवाब चाहता था। वह फिर से प्यार में नहीं पड़ सकता। ‘ज़िंदगी में अब और झटके नहीं। बकवास! नॉट अगेन! ये सब ज़रूर उसके ख़यालों, उसकी कल्पनाओं का चक्कर है।’ उसके चेहरे पर एक घटिया सी मुस्कुराहट आ गई। वह अपने ख़यालों को ख़ारिज करने की कोशिश रहा था, ख़ुद को समझा रहा था कि यह बस शारीरिक आकर्षण है। ‘ये कैसे हो सकता है? इस उम्र में आकर मैं एक 16 साल के लड़के की तरह बरताव नहीं कर सकता, जिसे पहली दफ़ा किसी से प्यार हो गया हो... और ये सब उसके बारे में सोचकर जो पहले से ही शादीशुदा है! मुझे इसे ठीक करना होगा। ये सब मेरे

साथ नहीं हो सकता।' अभिज्ञान अपने ही ख़यालों में खोया हुआ था कि उसने सिया की आवाज़ सुनी।

"वॉच ऑउट!"

"...और अब मुझे उनकी आवाज़ भी सुनाई दे रही है", वह बड़बड़ाया। तभी सिया ने उसे हाथ से पकड़कर अपनी तरफ़ खींचा। वह लगभग उसकी बाँहों में था। सिया उस पर बरस पड़ी, "क्या आप पागल हैं? करना क्या चाहते हैं आप? आप अपना हाथ जला रहे हैं और ब्लाइंड्स भी। क्या आप होश में नहीं हैं? पूरा ऑफिस जला डालेंगे क्या?" वह बहुत ग़ुस्से में थी। पूरा ऑफ़िस इकट्ठा हो चुका था। सिक्योरिटी गार्ड ने तेज़ी से फैलती हुई आग को बुझाना शुरू कर दिया।

वह बस उसे घूरे जा रहा था और कुछ भी नहीं बोल सका। कुछ सहयोगी उसे मेडिकल रूम ले गए और तृष्णा ने तुरंत उसकी हथेली पर मरहम लगा दिया। तृष्णा चिंतित थी। उसकी आँखें नम हो गईं। अभिज्ञान याद करने की कोशिश कर रहा था कि आख़िर क्या हुआ और कैसे हुआ? हालाँकि वह अभी भी कुछ सोच पाने की स्थिति में नहीं था। उसने अपने चारों तरफ़ देखा तो समझा कि अभी-अभी उसने किया क्या है? जब वह अपने ख़यालों में खोया हुआ था, शायद ग़लती से उसने अपनी सिगरेट से ब्लाइंड्स को जला दिया! यह एक बहुत बड़ा एक्सीडेंट हो सकता था, अगर सिया उसके पास टाइम पर नहीं आती। 'लेकिन वह मेरे केबिन में क्या करने आई थी?' वह अभी भी सिया के बारे में सोच रहा था।

"दर्द हो रहा है?" तृष्णा ने उससे पूछा।

"ज़्यादा नहीं।" उसने वर्तमान में लौटने की और फिर से न खोने की कोशिश की।

"तुम आख़िर सोच क्या रहे थे। कल भी तुम ऐसे ही खोए हुए थे।" तृष्णा ने शिकायत भरे लहजे में कहा।

"आउच! ये जलन तुम्हारे साथ जलने से बेहतर नहीं है।" अभिज्ञान ने तृष्णा की तरफ़ देखते हुए जवाब दिया।

तृष्णा शरमा गई। यह जान लेने के बाद कि ज़्यादा नुक़सान नहीं हुआ है और आग के बढ़ने की उम्मीद नहीं है, तब सिया मेडिकल रूम में आई।

“प्लीज़ इन्हें थोड़ा पानी दीजिए।” सिया ने ऑफ़िस ब्वॉय से कहा। “तो मिस्टर अभिज्ञान सूर्यवंशी, अब आप कैसा महसूस कर रहे हैं?”

“फ़ीलिंग बेटर!” उसने एक सहमे हुए स्कूली बच्चे की तरह जवाब दिया।

“ग्रेट! तो मैं आपके केबिन के रेनोवेशन को आपके प्रोफ़ेशनल चार्जेज़ में एडजस्ट कर दूँगी। ये ठीक रहेगा, आपको कोई समस्या तो नहीं इससे?”

“मैं मानता हूँ कि मेरी ग़लती है।” उसने अपने आपको थोड़ा निडर दिखाने की कोशिश की।

इस गंभीर बातचीत को देखते हुए तृष्णा और बाक़ी लोग रूम से बाहर चले गए। सिया बैठ गई। उसने उसके जले हुए हाथ को देखा। फिर उसे फ़ायर सेफ़्टी और कंपनी पॉलिसीज़ के बारे में बताया। सिया की आवाज़ बस उसके कानों तक ही पहुँच रही थी, क्योंकि वह सुन कुछ भी नहीं रहा था। ‘कितनी ख़ूबसूरत आवाज़ है इनकी!’ वह सिया की आँखों में डूब रहा था। गेहुआँ-सुनहरा-सा रंग, मखमली होठ, लंबे बाल... ओह यस! कितने ख़ूबसूरत बाल हैं, लंबे और चमकदार! और साड़ी इनके फ़िगर को कितना सूट करती है। ये साड़ी बहुत अच्छे से पहनती हैं और जो कुछ भी पहनती हैं, उसमें कितनी अच्छी दिखती हैं। ऐसे ही होना चाहिए। सभी कुछ क़रीने से पहनना चाहिए।’ अभिज्ञान मन ही मन बातें कर रहा था और हैरान-सा नज़र आ रहा था।

“अभिज्ञान! क्या आप मुझे सुन पा रहे हैं? अभिज्ञान!” सिया ने उसकी फैली हुई आँखों के सामने अपना हाथ लहराया।

“अरे हाँ! बिलकुल।” उसने ध्यान से सब कुछ सुनने का दिखावा किया।

“मुझे लगता है कि आपको ब्रेक की ज़रूरत है। कब से आपने ब्रेक नहीं लिया?”

“नो! हाँ शायद...!”

“मुझे लगता है कि शायद आपको भी कुछ रीक्रिएशन की ज़रूरत है।”

“तो, आज आप मुझे होलीडे पैकेज बेच रही हैं!” अभिज्ञान ने सवाल किया।

वे दोनों ठहाके मारकर हँसने लगे। अभिज्ञान सही था, वह सिया ही थी जिससे वह सबसे ज़्यादा और हर तरह की बातें करने लगा था। वह उसके साथ अपनापन महसूस करता था और कभी-कभार बेचैनी भी।

"क्या आपको एहसास है कि मैं हर बात आपके साथ शेयर करता हूँ। पर्सनल, प्रोफ़ेशनल, सब कुछ!" उसने कहा।

"ओके।" सिया काफ़ी धैर्य से सुन रही थी।

"वॉट ओके?" वह ओके से कुछ ज़्यादा की उम्मीद कर रहा था।

"हाँ। मुझे पता है कि आप बहुत बातें करते हैं... तो?" उसने पूछा।

"सिया, आपको इस बात पर नाज़ होना चाहिए। मैं इस दुनिया में कभी किसी को कुछ भी नहीं बताता। अपने दोस्तों के साथ भी कुछ शेयर नहीं करता। लेकिन मैं आपको सब बताता हूँ।" उसने अपनी प्ले ब्वॉय की इमेज बरक़रार रखने की कोशिश की।

"हम्म!"

"क्या हम्म!" उसके छोटे जवाब और सपाट चेहरे को देखकर वह बैचेन हो उठा।

"ओके अभिज्ञान, आप मुझे इसी बात पर नोबेल पुरस्कार के लिए नॉमिनेट करें!" उसने हँसते हुए कहा।

"बेशक़! आप इसके लायक़ हैं। लेकिन मैं सीरियस हूँ, सिया। मैं आपके साथ सब कुछ शेयर क्यों करता हूँ। इतने सालों में मैंने कभी किसी के साथ ज़्यादा बात नहीं की।" वह गंभीर होकर बोल रहा था।

"मुझे कैसे पता होगा?" सिया ने बेपरवाह होकर कहा।

"आप जानती हैं। आप एक अच्छी श्रोता हो और आप किसी को बेवजह जज भी नहीं करती हैं। आप टाँग नहीं अड़ातीं और आप दख़ल भी नहीं देती हैं। क्या हम दोस्त बन सकते हैं?" उसने बेहद औपचारिक तरीक़े से पूछा।

"क्या हम पहले से ही दोस्त नहीं हैं?" सिया ने पूछा

"इस तरह नहीं। आप मेरे साथ फ्रेंडली हैं, मेरे लिए अच्छा सोचती हैं।" उसने उत्तर दिया।

"फिर किस तरह?" वह उत्सुक थी।

"उम्म... लाइक फ्रेंड्स... बडीज़। मेरा मतलब है, एकदम पक्के वाले दोस्त जो ज़रूरत वक़्त एक-दूसरे के लिए खड़े हों। आप समझ रही हैं..."

"अपने दिमाग़ पर ज़्यादा ज़ोर मत डालिए अभिज्ञान। दोस्त बनाए नहीं जाते, आप किसी के साथ भी दोस्त बन सकते हैं। ख़ासकर जब आप किसी

के साथ सहज हों। तो परेशान मत होइए... छोड़िए इसे।" उसने बात को ख़त्म करते हुए कहा।

"हाँ। सहज होना! पर क्या आप हमेशा से ऐसी हैं?"

"कैसी?"

"जैसे कि डिक्टेटर टाइप!"

सिया सिर्फ़ मुस्कुराई, "हाँ!"

"...और आप सबकी ज़िंदगी अपने मुताबिक चलाना चाहती हैं?"

"बिलकुल भी नहीं।"

"अच्छा! तो चारों तरफ़ देखिए! लोग आपसे डरते हैं और फिर भी वे इस ऑर्गनाइज़ेशन को नहीं छोड़ते। आपने उन्हें फँसा कर रखा है, लेकिन वो शिकायत भी नहीं करते। आप उन पर एक क्वीन की तरह शासन करती हैं।"

"आपका मतलब तानाशाह!"

"हाँ वही!"

"अभिज्ञान, आप लगभग 45 मिनट से बात को घुमा-फिरा रहे हैं। प्लीज़ मुद्दे पर आ जाएँ।" उसने कहा।

"नहीं, मैंने ठीक कहा। हाँ, मैं केवल यही कहना चाह रहा था!" उसने मुश्किल से जवाब दिया।

"पक्का?"

"हाँ यक़ीनन।"

"ग्रेट! ऑल द बेस्ट! आपकी मीटिंग और ट्रिप के लिए। फिर मिलते हैं।" वह रूम से बाहर चली गई।

और अभिज्ञान अब सोच रहा था, 'ये मुझे क्या हो जाता है जब वह मेरे आस-पास होती हैं। मैं अच्छी बातें कहना चाहता था और मैंने उन्हें एक तानाशाह कह दिया! मैं क्या कर रहा हूँ? क्या मैं कंट्रोल खो रहा हूँ?' उसने ख़ुद को पुणे, डील और तृष्णा पर फ़ोकस करने की याद दिलाई। 'ओह! अब अगले तीन दिनों के लिए कोई और एजेंडा नहीं।'

4

रात के लगभग 11 बजे सिया का मोबाइल बजा।

यश चिल्लाया, "सिया तुम्हारा फ़ोन इतनी रात में क्यों बज रहा है और ये अभिज्ञान कौन है, जो कॉल कर रहा है?" उसने उसका फ़ोन बेड पर फेंक दिया।

सिया ने बहस नहीं की। अपना फ़ोन लिया और कमरे से बाहर चली गई।

"हैलो!"

"सिया!"

"हाँ, अभिज्ञान क्या बात है?"

"क्या आप मेरे घर आ सकती हैं? प्लीज़! एक इमरजेंसी है!"

"क्या? क्यों? क्या हुआ?" सिया ने घबराहट में पूछा।

"ज़्यादा सवाल मत पूछिए, ये बेहद ज़रूरी है।" उसने फिर से ज़ोर देकर कहा।

"नहीं, मैं नहीं आ सकती। चलिए सुबह बात करते हैं।" उसने शालीनता से जवाब दिया।

"ओ गॉड! सिया फ़ोन मत रखना प्लीज़! तृष्णा का एक्सीडेंट हो गया है।" उसने संक्षेप में बताया।

"ओ गॉड! कब? कैसे?" उसने पूछा।

"प्लीज़! ज़्यादा सवाल मत पूछिए। मैं इस शहर में ज़्यादा लोगों को नहीं जानता हूँ। क्या आप आ सकती हैं?" अभिज्ञान ने उससे अनुरोध किया।

"ठीक है, मुझे पता मैसेज करिए, मैं पहुँच रही हूँ।" उसने फ़ौरन जवाब दिया।

"थैंक्स!" उसने फ़ोन रख दिया।

वह कपड़े बदलने के लिए दौड़ी। यश पहले से ही उसके पीछे खड़ा था। वह उससे टकरा गई।

"तुम इस टाइम कहाँ जा रही हो, सिया?" उसने अधिकारपूर्ण तरीक़े से पूछा।

"तृष्णा का एक्सीडेंट हो गया है।" उसने जवाब दिया।

"सीरियसली, तुम तृष्णा के लिए जा रही हो? तुम्हारे अलावा तृष्णा की देखभाल करने वाला कोई नहीं है?" यश ने तृष्णा के लिए सिया की चिंता पर सवाल उठाया।

"वह मेरी इम्प्लॉई है।" उसने ग़ुस्से में जवाब दिया।

"ये क्या मज़ाक़ है?" उसने अपना हाथ हवा में झटक दिया। सिया आगे बढ़ने लगी।

"ये अभिज्ञान कौन है, और क्यों अभिज्ञान ने रिपोर्ट करने के लिए कॉल किया? तृष्णा उसके साथ क्या कर रही थी?" यश ने फिर सवाल किया।

"मैं लोगों की जासूसी नहीं करती, मुझे पहले ख़ुद पता करने दो। मैं तुम्हें वहाँ पहुँचकर अपडेट कर दूँगी।" उसने स्थिरता से जवाब दिया और चली गई।

बात कुछ महीने पहले की होती तो यश के रिएक्शन से बचने के लिए देर रात सिया घर से बाहर नहीं जाती। अभिज्ञान एयरपोर्ट के पास एक स्टूडियो अपार्टमेंट में रहता था। वह जगह सिया के घर से लगभग 30 मिनट की दूरी पर थी। सिया रात के तकरीबन 12 बजे वहाँ पहुँची। अभिज्ञान ने दरवाज़ा खोला।

"कहाँ है, वह?" उसने घर में घुसते ही तृष्णा के बारे में पूछा।

"बेडरूम में।" अभिज्ञान ने बताया। वह उसके पीछे रूम में गई। तृष्णा के हाथ की नस कटी हुई थी और वह बेड पर थी। एक प्राइवेट डॉक्टर उसके पास खड़ा था। वह बेहोश थी।

"ये अब ठीक हैं, चिंता करने की कोई बात नहीं है। नो डेंजर।" डॉक्टर ने कहा।

"थैंक्यू फ़ॉर द हेल्प!" अभिज्ञान ने राहत की साँस ली और उसके साथ बाहर चला गया।

जैसे ही वह कमरे में आया, सिया ने सवालों की झड़ी लगा दी, "क्या आप मुझे बताएँगे कि यहाँ क्या हुआ है? किस तरह से ये एक्सीडेंट हुआ?"

"मुझे एक मिनट दीजिए, प्लीज़ और बैठ जाइए। प्लीज़! प्लीज़!" अभिज्ञान ने उसे कंधे से पकड़कर कुर्सी पर बैठाया। "वो बस मेरी दोस्त है। मेरा उसके साथ कोई अफेयर नहीं है।" उसने समझाया।

"मुझे आपकी निजी ज़िंदगी में कोई दिलचस्पी नहीं है और वैसे भी आपको ये सब बताने की ज़रूरत नहीं है। पर 'ये' कैसे हुआ?" उसने तृष्णा की कलाई पर बँधे बैंडेज की तरफ़ इशारा करते हुए पूछा।

"ओके! यस, हमारे बीच फ़िज़िकल रिलेशनशिप हैं। सिर्फ़ दो दिन से। मात्र फ़िज़िकल रिलेशनशिप जो कि उसने शुरू किए थे।" उसने दोबारा ज़मीन की तरफ़ देखना शुरू कर दिया।

"बकवास बंद करिए अभिज्ञान।" सिया को उसकी निजी ज़िंदगी से कोई लेना-देना नहीं था। उसे अजीब भी लग रहा था कि वह अपने निजी संबंधों के बारे में उसे क्यों बता रहा है।

"लेट मी फ़िनिश, प्लीज़! जब तक मैं आपको सारी बात नहीं बता देता, मुझे चैन नहीं मिलेगा। आज दूसरा दिन था, और वो मुझसे मिलने के लिए ज़िद कर रही थी लेकिन मैं मिलना नहीं चाहता था। वो मुझे फ़ोन पर गालियाँ दे रही थी और धमका रही थी। तो मैंने उसके कॉल का जवाब देना बंद कर दिया। फिर वो अचानक यहाँ आ गई और मुझसे जबरदस्ती करने लगी। मैंने जब मना किया तब उसने ख़ुद के साथ ये सब कर लिया।" उसने धीमी आवाज़ में कहा।

"मुझे आप पर भरोसा नहीं।" सिया ने उसकी कहानी पर प्रतिक्रिया देते हुए कहा।

"किसी को नहीं होगा। लेकिन आपको मुझ पर भरोसा करना होगा सिया!" अभिज्ञान ने उसकी आँखों में देखा।

"क्यों? तृष्णा ऐसा क्यों करेगी?" सिया यह सब सुनने के बाद सकते में थी। उसका दिल कह रहा था कि अभिज्ञान झूठ नहीं बोल सकता। वह उस पर विश्वास करना चाहती भी थी। लेकिन उसका दिमाग़ ऐसा करने से रोक रहा था।

सिया को असमंजस में देख अभिज्ञान ने धीरे से कहा, "मुझे पता है कि इस पर विश्वास करना मुश्किल है, क्योंकि ये आपके ज़्यादा क़रीब है। लेकिन यक़ीन कीजिए..." तभी उसने अपना फ़ोन निकाला और तृष्णा के साथ दिन भर हुई सारी बातचीत को दिखाया, "इसे पढ़िए।"

वह सही था। तृष्णा ने ही उस पर अनचाहे फ़िज़िकल रिलेशनशिप के लिए दबाव डाला था। 'ओह गॉड! एक औरत कैसे?' उसके दिमाग़ में सैकड़ों सवाल थे। अभिज्ञान उठा, एक सिगरेट जलाई और बालकनी की तरफ़ चला गया। सिया पीछे से आई।

"आई एम सॉरी।" उसे समझ नहीं आ रहा था, कि वह अभिज्ञान को सांत्वना दे भी तो कैसे।

"कोई बात नहीं। मेरी इमेज ही ऐसी है, मैं समझ सकता हूँ।" उसने मुस्कुराने की कोशिश की।

"नहीं, मुझे लगता है ये हमारी सभ्यताओं के शुरुआत से चला आ रहा था कि हमने औरतों के लिए पीड़ित और आदमियों के लिए उत्पीड़क की मानसिकता पाल रखी है। मैं आप पर विश्वास करती हूँ। लेकिन तृष्णा के साथ ये सब हुआ तो मुझे लगा... आई एम सॉरी।" उसने बिना बहस के माफ़ी माँग ली।

"इट्स ओके! सिगरेट?" उसने सिया को स्मोक के लिए पूछा।

"हाँ।" सिया ने सिगरेट सुलगाई।

"जानती हैं, मैं एक वांडरर हूँ और मैंने एक बंजारे की तरह ज़िंदगी जी है। शायद मैं समाज की गुड ब्वॉय इमेज में फ़िट न हो सकूँ, क्योंकि मुझे डबल स्टैंडर्ड सोसाइटी में भरोसा नहीं है। लेकिन इसका मतलब ये नहीं है कि मैं औरतों की रिस्पेक्ट नहीं करता! मैं करता हूँ, मैं उनकी वैल्यू करता हूँ, उनका आदर करता हूँ। मैं किसी भी औरत के साथ कभी ग़लत नहीं कर सकता, जैसे कि स्टॉकिंग, ब्लैकमेलिंग, फोर्सिंग, ब्लेमिंग और भी बहुत कुछ। लेकिन हाँ...

मैं यहाँ किसी की सेक्सुअल डिज़ायर को पूरा करने के लिए नहीं हूँ और किसी की हवस के लिए तो कभी भी नहीं। जब भी फ़िज़िकल रिलेशनशिप हो, अपने पार्टनर की सहमति का होना ज़रूरी है।" सिगरेट के कश के बीच उसने सिया को अपने और तृष्णा के बीच हुई हफ़्ते भर की सारी बातचीत और दो दिन पहले के वन नाइट स्टैंड के बारे में भी बता दिया। उसने साथ-ही-साथ ये भी डिसकस किया कि वह कैसे कई रिलेशनशिप में रहा लेकिन कभी किसी के साथ कमिटेड नहीं हुआ और यह उसकी ओर से हमेशा से साफ़ था। उसने कभी किसी औरत को धोखा नहीं दिया। उसकी आँखों में ईमानदारी थी।

सिया को अभिज्ञान के लिए बुरा लगने लगा था। पहली बार, उसने बिना किसी लाग-लपेट के सीधा-सादा सत्य सुना था जिसमें पुरुष के अहम की छाया तक नहीं थी। उसने हमेशा उन औरतों को परामर्श और सांत्वना दी थी जिन्होंने ऐसी घटनाओं का ज़िंदगी में सामना किया था या जो अपने सहकर्मियों और मेल पार्टनर के उत्पीड़न का शिकार हुई थीं। वह असमंजस में थी कि एक मर्द को कैसे सांत्वना दी जाए, जो ऐसे ही किसी उत्पीड़न का शिकार हुआ है। उसने अपना हाथ उसके कंधे पर रखा और धीमी आवाज़ में कहा, "मैं समझ सकती हूँ।" सिया ने जैसे ही अपना हाथ उसके कंधे पर रखा, वह पलटा और उससे लिपट गया, "आपको पता है, अभी मैं... मैं बहुत अकेला महसूस कर रहा हूँ। मुझे माँ की बहुत याद आ रही है।"

सिया ने उसकी पीठ पर हाथ फेरते हुए कहा, "सब कुछ ठीक हो जाएगा, हिम्मत रखिए। आप बहुत अच्छे इंसान हैं और मैं आपको बता दूँ कि मैं आपकी और भी ज़्यादा इज़्ज़त करने लगी हूँ।" उसे अब ख़राब नहीं लग रहा था, वह ख़ुद भी अपने इस बदलाव से हैरान थी।

"आप बहुत उदार हैं सिया और सॉरी अगर मैंने आपको डराया हो तो!" अभिज्ञान ने मुस्कुराने की कोशिश की तो आँखों से आँसू गालों पर लुढ़क गए।

"बिल्कुल नहीं। उम्मीद है कि आप अब कुछ बेहतर महसूस कर रहे होंगे।" उसने अभिज्ञान की तरफ़ पानी का गिलास बढ़ाया।

"हाँ।" वह अब भी सिसक रहा था। उसकी आँखों में आँसू थे और वह मुस्कुरा रहा था। वह उस इमेज से एकदम अलग दिखाई दे रहा था, जैसा कि लोग अक्सर उसके बारे में सोचते और बातें करते रहे हैं। सिया इस तरह के

आदमी की कैटेगरी को समझने की कोशिश कर रही थी, जिसका नाम अभिज्ञान था।

दोनों तृष्णा के रूम में वापस चले गए। वह अभी भी बेहोश थी। सिया ने अभिज्ञान को आराम करने के लिए कहा। वह दूसरे रूम में चला गया। सिया बेड के पास सोफ़े पर बैठ गई और सोचने लगी, 'ऐसी कौन सी चीज़ थी, जिसके कारण तृष्णा ने यह सब किया। यह कोई पहली बार नहीं था, जब तृष्णा किसी आदमी के साथ फ़िज़िकल रिलेशनशिप में थी। लेकिन वह अभिज्ञान को मजबूर करने की हद तक क्यों चली गई ? उसने ऐसा क्यों किया ? या फिर वह किसी तरह की बीमारी से पीड़ित है ! तृष्णा को इन सब पर बात करने की ज़रूरत है। वह इस तरह की साइको नहीं थी शायद ! और फिर एक आदमी जो शादीशुदा नहीं है और जो ख़ुद औरतों की सहमती की इतनी इज़्ज़त करता है। ऐसा वाक़ई बहुत कम देखने को मिलता है। क्योंकि शादीशुदा आदमी को जब भी सेक्स चाहिए होता है, वे इसे हासिल करना चाहते हैं और चाहे कुछ भी हो, वे इसे हासिल करके ही मानते हैं।' सिया का चेहरा उतर गया। वह डर से काँप रही थी। उसकी आँखों से आँसू निकल रहे थे। उसने अपने आपको शाल से कस के ढक लिया और उसी काउच पर सो गई।

सुबह हो चुकी थी। अभिज्ञान सिया को देखने आया था कि वह ठीक है या नहीं ? उसने देखा कि वह एक बच्चे की तरह काउच पर सो रही थी। उसके पैर मुड़े हुए थे और हथेली चेहरे के नीचे थी। शायद उसे ठंड लग रही थी। उसने एक कंबल उठाया और उसे ओढ़ा दिया। पर उसके कदम वहीं ठहर गए। वह वहीं बैठ गया और सिया को देखने लगा। उसके बाल उलझे से थे, पर बँधे हुए थे, फिर भी वह आलौकिक लग रही थी। कुछ तो ऐसी बात थी कि उसका चेहरा किसी एंजेल की तरह चमक रहा था। इतनी बड़ी टीम संभालते हुए, उसने एक एमएनसी में सबसे बड़ी पोजीशन हासिल की थी। उसके नीचे हज़ारों लोग काम करते हैं। लोग उसे कठोर कहते हैं, लेकिन वह कभी सख़्त नहीं हुई। वह कैसे यह सब मैनेज करती है ? उसे सिया बहुत ही कोमल और प्यारी लग रही थी, एक छोटे से बच्चे की तरह।

'पर ये क्या ! इनके चेहरे पर सूखे हुए आँसू ? शायद उन्हें मेरे लिए बुरा लग रहा होगा।' वह मुस्कुराया।

फिर उसने तृष्णा को देखा। डॉक्टर ने उसे नींद के लिए हाई डोज़ वाली पेन किलर दी थी। एक बेहद ही मज़बूत और संवेदनशील लड़की। लेकिन उसने यह सब क्यों किया? वह अभी भी रात के हादसे से उबर नहीं पाया था। सिया फ़ोन की आवाज़ से उठ गई। जैसा कि अंदाज़ा था, फ़ोन पर यश था।

"तुम कहाँ हो? सुबह के 6 बज रहे हैं!" उसने ग़ुस्से में पूछा।

"मैं... मैं तृष्णा के साथ हूँ। उसके हाथ की नस ग़लती से कट गई थी। मुझे उसे नर्सिंग होम में एडमिट कराना पड़ा। कुछ देर में आती हूँ।" उसने हकलाते हुए कहा। वह झूठ नहीं बोलना चाहती थी। लेकिन वह यह नहीं बता सकती थी कि वह पूरी रात तृष्णा की देखरेख के लिए अभिज्ञान के घर पर थी।

"भगवान के लिए सिया! क्या तुमने उसे अडॉप्ट कर लिया है या बात कुछ और है? मेरे सब्र का इम्तिहान मत लो। जल्दी वापस आओ। बच्चे तुम्हें पूछ रहे हैं।" उसने कड़क आवाज़ में बात की और बिना सुने कि वह क्या कहना चाहती है, फ़ोन काट दिया।

सिया ने चारों ओर देखा। तृष्णा वहाँ पर नहीं थी। उसने अधीरता से उसे और अभिज्ञान को ढूँढ़ना शुरू किया। वो दोनों हॉल में डायनिंग टेबल पर बैठे थे। तृष्णा चुप थी और अभिज्ञान भी, जो बहुत कम होता था। तृष्णा ने देखा कि सिया उसकी तरफ़ आ रही है। उसने खड़े होने की कोशिश की।

"नहीं नहीं... बैठो।" सिया ने उसे आराम करने को कहा।

"आई एम सॉरी! मैम, मुझे नहीं पता कि क्यों इसने इतनी छोटी-सी बात के लिए आपको परेशान किया।" तृष्णा ने सिया को डरी हुई निगाहों से देखा। वह कामना कर रही थी कि अभिज्ञान ने उसे कुछ न बताया हो।

"यह कोई छोटी बात नहीं है और अभिज्ञान से माफ़ी माँगो। वह तुम्हारे लिए परेशान था।" वह मुस्कुराई।

"मुझे पता है कि मैं बहुत नशे में थी। यक़ीन कीजिए। मुझे कुछ भी याद नहीं कि मैंने क्या किया। कोई बखेड़ा खड़ा करने का मेरा कोई इरादा नहीं था।" उसने अभिज्ञान से नरमी से कहा।

"इट्स ओके!" अभिज्ञान ने ठंडेपन से कहा और सिया से पूछा, "आप क्या लेंगी, चाय या कॉफ़ी?"

"कुछ नहीं। अब मुझे चलना चाहिए।" वह जल्द-से-जल्द घर पहुँचना चाहती थी।

"ओके! इस मदद के लिए बहुत शुक्रिया!" अभिज्ञान ने आभार प्रकट करते हुए कहा।

वह मुस्कुराई और कहा, "ध्यान रखना।" सिया दरवाज़े की ओर बढ़ी।

"सुनिए सिया!" अभिज्ञान ने उसे रोका। "आप इसे भी अपने साथ ले जाइए, रास्ते में ड्रॉप कर दीजिएगा, मुझे ऑफ़िस के लिए देर हो जाएगी।" उसने तृष्णा की ओर इशारा करते हुए कहा।

"नो प्रॉब्लम।" सिया समझ रही थी कि अभिज्ञान तृष्णा के साथ अकेले नहीं रहना चाहता। तृष्णा भी उठी और सिया के पीछे चलने लगी। सिया तृष्णा को छोड़ने के बाद घर पहुँची। उसे यह देखकर राहत मिली कि यश घर पर नहीं था।

वह जैसे ही ऑफ़िस पहुँची, उसने बोर्ड रूम से आते हुए हल्के-हल्के म्यूजिक को सुना। उसने अंदर झाँका तो देखा अभिज्ञान ही था, जो गिटार बजाते हुए गाना गा रहा था। एक ऐसा गीत, जो उसने पहले कभी नहीं सुना था। गीत के बोल बहुत अच्छे थे। शानदार कॉम्पोज़ीशन और मंत्रमुग्ध कर देने वाली आवाज़। अभिज्ञान दरवाज़ा बंद करने के लिए पीछे मुड़ा तो उसने पाया कि सिया सामने खड़ी है। सफ़ेद लिनेन का कुर्ता और पैंट पहने, उस पर नीले रंग का स्टोल डाले हुए। वह सफ़ेद रंग में काफ़ी फ्रेश लग रही थी, शायद यह उसका फ़ेवरेट कलर है।

"कोई भी अंदाज़ा नहीं लगा सकता है कि बीती रात आपने क्या झेला है? आप तो बिलकुल फ्रेश लग रही हैं! आख़िर कैसे ये सब मुस्कुराते हुए मैनेज कर लेती हैं आप?" अभिज्ञान ने उससे सवाल किया।

"फिर तो हम एक जैसे हुए न! कोई भी अंदाज़ा नहीं लगा सकता है जो कल आपने झेला है। देखिए, आप भी ख़ुश और एनर्जेटिक दिखाई दे रहे हैं।" सिया ने उसी जोश से जवाब दिया।

"हाँ, ये तो है। सिया आपको अपनी ज़िंदगी में पाकर, मैं ख़ुश हूँ। मैंने आपको कल, अपने बारे में सब कुछ बता दिया। ख़राब से ख़राब बात भी। आपको पता है, मुझे बहुत अच्छा और हल्का लग रहा है। थैंक यू! मैं आपको

परेशान करता रहूँगा।"

सिया केवल मुस्कुराई। "पर आपकी इस बेहतरीन शख़्शियत के पीछे का राज़ क्या है? मेरे ख़याल से, एक ख़ुशहाल और सपोर्टिव फ़ैमिली... राइट? वरना इतने बड़े बिज़नेस को मैनेज करना इतना आसान नहीं होता।" उसने संक्षेप में कहा।

सिया मुस्कुराई और टॉपिक बदलते हुए बोली, "हम्म... आपने तो कहा था कि आपको देर हो जाएगी।"

"हाँ, मगर फिर मैंने सोचा कि अगर मैं देर से पहुँचा, तो बॉस ग़ुस्सा हो जाएँगी इसलिए मैं दौड़ता हुआ आ गया।" वह हँसने लगा।

"यस... खासकर तब जब बॉस इज प्रिटी अनाइंग! है ना?" उसने मस्ती में जवाब दिया।

अभिज्ञान ने दो शब्दों को ज़ोर से दोहराया, "प्रिटी... और अनाइंग..."

सिया ने बातचीत की दिशा को मोड़ दिया, "आपकी आवाज़ बहुत अच्छी है और वह गाना कौन-सा था?"

"ओह, वो... मेरी अपनी कॉम्पोज़ीशन है।" उसके चेहरे पर गर्व तैर रहा था।

"आपकी?" सिया ने मुँह बिचकाया।

"सिया, मैं लिखता हूँ, कम्पोज़ करता हूँ और गाता हूँ। आप जानती हैं कि मैं एक म्यूज़ीशियन भी हूँ।" उसके रिएक्शन को भाँपते हुए अभिज्ञान ने जवाब दिया।

"वाक़ई! कितने क्रिएटिव हैं आप!" उसने एक मुस्कुराहट के साथ जवाब दिया।

"थैंक्यू मैडम!" उसने नाटकीय रूप से सिर झुका दिया। सिया हँसने लगी। उन दोनों ने बीती रात हुई घटना के बारे में एक शब्द भी नहीं कहा।

डाटा मैट्रिक्स की मीटिंग सिर पर थी और अब तृष्णा वहाँ नहीं थी। सिया ने कंटेंट और प्लॉनिंग टीम के साथ ही ट्रेनिंग टीम को भी मीटिंग के लिए बुलाया।

"तृष्णा का कल रात एक्सीडेंट हो गया। वो लगभग एक हफ़्ते तक ऑफ़िस ज्वॉइन नहीं कर सकेगी। डॉक्टर ने उसे आराम करने की सलाह दी है।" सिया ने मीटिंग की शुरुआत की। "तो कल रात तक हमारे पास अभिज्ञान

और तृष्णा की टीम थी जो डाटा मैट्रिक्स की मीटिंग व प्रेज़ेंटेशन के लिए जा रही थी ताकि हम डील फ़ाइनल कर सकें। ये तीन दिन लंबी बिज़नेस ट्रिप है। क्या कोई है, जो इस परेशानी के वक़्त तृष्णा की जगह जा सके?"

"मैं जा सकता हूँ।" अमन ने कहा।

"ग्रेट! तो आइए यहाँ, हम डेमो प्रेज़ेंटेशन के साथ शुरुआत करते हैं। अभिज्ञान, क्या आप इन्हें असिस्ट करना चाहेंगे?" सिया ने अभिज्ञान की तरफ़ देखा जो तेज़ी से अमन और उसकी टीम के साथ तैयारी में लग गया। अगले तीस मिनट में दोनों डेमो प्रेजेंटेशन के लिए तैयार थे।

अभिज्ञान ने अपना प्रेज़ेंटेशन शुरू किया और फिर अमन को कमान सौंप दी। अमन शायद थोड़ा नर्वस था और कई कोशिशों के बाद भी बीच-बीच में अटक जा रहा था। दो-तीन कोशिशों के बाद फिर सिया ने हस्तक्षेप किया।

"हे! हे... वेट अ मिनट।"

"सॉरी मैम, इस प्रेजेंटेशन को बनाने में सबसे ज़्यादा योगदान मेरा है, इसके बावजूद मैं ठीक से प्रेजेंट नहीं कर पा रहा।" अमन ने उसके कुछ कहने से पहले ही मायूस होकर बोला।

"कोई बात नहीं। मैं समझ सकती हूँ ये अचानक से तुम्हारे सर आ गया है। तुम अपने काम में बेहतरीन हो अमन, खासकर कॉन्सेप्ट डिज़ाइनिंग और डेवलपिंग में। तुम ही बताओ क्या इस प्रेज़ेंटेशन को हम इंटरनेशनल क्लाइंट के सामने इस तरह से पेश कर सकते हैं? नहीं ना? इसमें तुम्हारी कोई ग़लती नहीं है। कंटेंट तुम्हारी ज़िम्मेदारी नहीं है। मैं ख़ुश हूँ कि तुमने कोशिश की। लेकिन अगर तुम यहाँ अपने ऑफिस में, अपने साथियों के सामने इतना हिचक रहे हो तो पुणे के फ़ॉरेन डेलीगेट्स और क्लाइंट्स को कन्विंस करना और भी मुश्किल होगा। अच्छी कोशिश थी, लेकिन तुममें बेहतर कर पाने के क्षमता है।" उसने बड़ी नम्रता से प्लानिंग हेड और साथ ही कॉन्फ्रेंस रूम में मौजूद सभी सीनियर्स को समझाते हुए कहा, "मैं चाहती हूँ कि क्लाइंट्स हैंडलिंग में और लोगों को तैयार किया जाए, सिर्फ़ एक तृष्णा पर ही सारी ज़िम्मेदारी क्यों? बाक़ी किसी डिपार्टमेंट में तो इस तरह की प्रॉब्लम नहीं है, फिर कंटेंट टीम में क्यों हमारे पास लीडर्स की कमी है? मैं इस डिपार्टमेंट पर ख़ुद ध्यान दूँगी, मुझे चार-पाँच लीडर्स और चाहिए। आख़िर ये हमारी कंपनी का सबसे बड़ा और इम्पोर्टेंट

डिपार्टमेंट है। मैं इस पर बाद में बात करूँगी। अभी कल के प्रेज़ेंटेशन का मुद्दा ज़्यादा ज़रूरी है। मीरा? अंशू?" सिया ने मीटिंग में कुछ और चेहरों की तरफ़ देखा, लेकिन कोई भी इस असाइनमेंट के लिए पूरी तरह से तैयार नहीं लगा।

"नो प्रॉब्लम, आप लोग जा सकते हैं।" उसने निर्देश दिया, "मीरा प्लीज़। मेरे लिए एक किट तैयार करो। मुझे सब कुछ 2 बजे तक तैयार चाहिए। ओके!"

"यस, मैम।" मीरा ने फ़ौरन दौड़-भाग शुरू कर दी। उसने पहले से तृष्णा के लिए बिज़नेस किट तैयार कर ली थी। लेकिन सिया मैम के लिए वह चाहती थी कि हर चीज़ परफ़ेक्ट हो। मीरा, तृष्णा के लिए पिछले कई सालों से काम कर रही थी। वह जानती थी कि तृष्णा कभी भी किसी को आगे बढ़ने का मौका नहीं देती थी। ख़ासकर बात जब क्लाइंट डीलिंग की हो। उसे लगता था कि लोग सीखेंगे और आगे बढ़ेंगे तो उसकी क़दर कम हो जाएगी। मीरा उसको ख़ुश करने में लगी रहती थी ताकि एक रोज़ उसे मनचाहा एक्सपोज़र मिल सके। सिया के लिए सीधे काम करने का यह मीरा का पहला मौक़ा था।

केवल सिया और अभिज्ञान ही अब बोर्डरूम में बचे थे। अभिज्ञान ने पूछा, "तो फिर... कौन जाएगा? हालाँकि मैं इसे अकेले मैनेज कर सकता हूँ और कंटेंट पार्ट को भी। भरोसा कीजिए।"

"मुझे पता है अभिज्ञान, आप इसे कर सकते हैं। लेकिन चिंता मत करिए। इस मीटिंग के लिए आपके साथ मैं जाऊँगी।" उसने जवाब दिया।

"यू!" अभिज्ञान ने आश्चर्य से पूछा।

"यस मी! दुखी हो गए? अब आपको कोई हैपेनिंग सी कंपनी नहीं मिलेगी!" सिया ने उसे चिढ़ाते हुए कहा।

"ओह! ये बड़ी नाइंसाफ़ी है, भगवान बचा लो मुझे।" उसने ठिठोली की।

अभिज्ञान इस सुखद बदलाव से बहुत ख़ुश और उत्साहित था। वह सिया के साथ कुछ अच्छा वक़्त बिताना चाहता था ताकि उसे और बेहतर तरीक़े से समझ सके।

5

शाम की फ़्लाइट थी। सिया और अभिज्ञान रात 8 बजे पुणे पहुँच गए। वहाँ तृष्णा और अभिज्ञान के लिए पहले से होटल बुक थे। तृष्णा ने 'सन एंड सैंड' में दो इंटरकनेक्टेड रूम की बुकिंग की थी। इतनी आपाधापी में अभिज्ञान बुकिंग चेंज करना भूल गया। उसके दिमाग़ में यह बात तब आई जब दोनों होटल पहुँच गए। ऐसे में उसने चुप रहना ही बेहतर समझा।

दोनों ने चेक इन किया। स्टाफ़ ने उन्हें ऐसे बधाई दी जैसे कि वे अपने हनीमून पर हों! सिया एक स्मार्ट महिला थी। वह अभिज्ञान के बॉडी लैंग्वेज से समझ गई कि वह कुछ तो छिपा रहा था। लिफ़्ट में सिया ने उससे धीरे से पूछा "तो अभिज्ञान, क्या प्लॉन है?"

"वॉट प्लॉन? कोई प्लान नहीं है!" वह सन्न था।

सिया ने मुस्कुराते लिफ़्ट मैन को देखा और अपनी शरारत जारी रखी, "बेबी... आर यू श्योर, नो प्लॉन?"

अब तक अभिज्ञान ने ब्लश करना शुरू कर दिया, "क्या मैं आपको रूम में चलकर बता सकता हूँ, प्लीज़!"

"ओह! बेबी... तुम कितने शर्मीले हो।" सिया को मज़ा आ रहा था।

जैसे ही वे रूम में गए, बेल ब्वॉय ने उनका सामान लगेज स्टैंड पर रखा। पूरा कमरा गुलाब की पंखुड़ियों और ख़ुशबूदार मोमबत्तियों से सजा हुआ था। सिया ने कोई प्रतिक्रिया नहीं दी। उस लड़के ने उन्हें फिर से विश किया और

रूम से चला गया। अभिज्ञान ने झेंप कर रूम लॉक किया।

"आप बताना चाहेंगे कि क्या चल रहा है, अभिज्ञान?" सिया ने साफ़ पूछा।

"उफ़्फ़! देखिए यहाँ दो कमरे हैं, बस वो एक-दूसरे से इंटरकनेक्टेड हैं, लेकिन यह बिल पर नहीं दिखेगा। आप चिंता मत करिए। और मुझे इसके बारे में जानकारी थी, लेकिन कल रात से इतना कुछ हुआ है कि मेरे ज़ेहन से निकल गया था। मैं बुकिंग चेंज करना भूल गया। पर मैं आपको बता दूँ कि ये मेरा प्लॉन नहीं था, ये तृष्णा का प्लान था। पर तब तक मुझे इससे कोई आपत्ति नहीं थी। आप चाहें तो हम बुकिंग चेंज कर सकते हैं।"

"बेशक़! इसे तुरंत चेंज करिए!" सिया ने निर्देश दिया।

"क्यों? आपको मुझ पर भरोसा नहीं है?" उसने हिचकते हुए पूछा।

"बिलकुल भी नहीं!" वह मुस्कुराई।

"कम ऑन यार, हम दोस्त हैं।" अभिज्ञान लज्जित महसूस कर रहा था।

"हाँ! मैं एक प्लेब्वॉय की दोस्त हूँ!" सिया ने अभिज्ञान को कनखियों से देखते हुए कहा, "...लेकिन मैं आपकी दोस्त हूँ इसीलिए मुझे ऐसे इंटरकनेक्टेड रूम की कोई ज़रूरत नहीं है।" उसने चीज़ें और भी साफ़ कर दीं।

सिया ने ख़ुद ही रिसेप्शन में कॉल करके बुकिंग चेंज करने का निर्णय किया। उन्हें उसी फ़्लोर पर दो अलग-अलग रूम मिल गए। जब तक वे सेटल हुए, एक बज चुका था। दोनों अपने-अपने रूम में जाकर प्रेज़ेंटेशन की तैयारी करने लगे।

कुछ देर बाद अभिज्ञान ने सिया के रूम का दरवाज़ा नॉक किया।

"कम इन!" वह लेटे हुए अपने लैपटाप पर काम कर रही थी। उसके बाल खुले थे और आँखों पर चश्मा लगा था। "प्लीज़, जाते हुए दरवाज़ा बंद कर दें और किसी से कहिए कि मेरा पानी का जग भर दे।" वह बिना ऊपर देखे हुए बोली। सफ़ेद रंग के मिडी में वह लापरवाही से बिस्तर पर लेटी थी, उसे लगा होगा कि रूम सर्विस स्टाफ़ है।

"यस मैम, मैं करता हूँ।" अभिज्ञान ने पूरे जोश से उत्तर दिया।

"अभिज्ञान, आप हैं!" सिया ने हैरत से ऊपर देखा।

सिया बिस्तर से उठी और उसने पिंक कलर का एक स्टोल शाल की तरह लपेट लिया। सिल्क स्टोल जिस पर तरह तरह के पिंक शेड्स की तितलियाँ बनी हुई थीं। वह सफ़ेद और गुलाबी कॉम्बीनेशन में बड़ी मोहक लग रही थी। और चश्में में तो एकदम पढ़ाकू बच्ची दिखती थी। कौन कहेगा कि वह दो बच्चों की माँ है? वह इतनी कोमल लग रही थी, नाज़ुक सी गुलाबी तितली। अभिज्ञान मंत्रमुग्ध था।

"आप कितने साल की हैं?" वह अचानक पूछ बैठा।

"वॉट?" सिया ने कन्फ़र्म करने के लिए पूछा। क्या अभिज्ञान ने वही पूछा है, जो उसने सुना है।

"मैंने कहा, आपकी उम्र क्या है सिया?" उसने अपना सवाल बाआवाज़ बुलंद दोहराया।

"क्यों?" वह उसके सवाल के संदर्भ को नहीं समझ सकी।

"आप सवाल बहुत करती हैं। ज़्यादा क्यों और क्या मत कीजिए। बस जवाब दीजिए।" उसने ज़ोर देकर कहा।

"कैसा बेतुका सवाल है?" उसने फिर से टाल दिया।

"ओके! तो मैं आपको बता दूँ, सिया रायज़ादा कि मैं आपसे प्यार करता हूँ। अब आप शादीशुदा होने का दावा करें या दो बच्चों की माँ होने का और चाहे आप साठ साल की बूढ़ी औरत की तरह बरताव करें, मुझे अब फ़र्क़ नहीं पड़ता! मुझे आपसे बेपनाह मोहब्बत है और इस दुनिया में ऐसा कोई नहीं है जो अब मुझे रोक सके, मैं बस इस प्यार में डूबता जा रहा हूँ।" वो सिया को एकटक देख रहा था।

"अभिज्ञान सूर्यवंशी, आपकी कोई बदमाशी मुझ पर काम नहीं करेगी। प्लीज़, प्रिटेंड मत कीजिए। मुझे पता है आप मुझे हिटलर, डॉन, गब्बर और न जाने क्या-क्या बुलाते हैं! इसलिए, आप मुझे बुद्धू बनाने में इतनी आसानी से तो कामयाब नहीं होने वाले।" सिया ने मुस्कुराते हुए उसके प्रपोज़ल ठुकरा दिया।

वह खीझ गया, "सीरियसली! ये क्या जवाब है? इस तरह के ख़ूबसूरत प्रपोज़ल का कोई ऐसे जवाब देता है क्या? अगर आपकी जगह कोई और महिला होती तो मुझसे फ़ौरन इम्प्रेस हो जाती। इससे बेहतर जवाब मिल सकता था मुझे!" वह शिकायती लहजे में बोला, "वैसे क्या खूब पकड़ा है आपने, मैं

बस मस्ती कर रहा था। जब आपने मुझे लिफ़्ट में बेबी कहा तो मुझे लगा कि मुझे भी आपकी खिंचाई करनी चाहिए। लेकिन आप तो जाल में फँसी ही नहीं।"

"मैं आपको बहुत अच्छी तरह से जानती हूँ। आपको कुछ काम था क्या?" उसने आने का सबब पूछा।

"हाँ, मैं प्रेज़ेंटेशन पर काम कर रहा था और उसमें कुछ चेंजेज़ करने हैं। मैं नोट्स शेयर करना चाहता था।" उसने जवाब दिया।

"जानते हैं, मैंने भी कुछ चेंजेज़ किए हैं और मैं आपको बताने ही जा रही थी।" उसने उसे बैठने का इशारा किया।

उन्होंने नोट्स में हुए बदलाव के बारे में डिस्कस करना शुरू कर दिया। जल्दी ही वे जान चुके थे कि उनके चेंजेज़ एक जैसे थे, बस शब्दों का चुनाव ही अलग था। उन्होंने एक-दूसरे की तरफ़ देखा। अभिज्ञान ख़ुद को यह कहने से रोक नहीं पाया, "वाह, क्या कमाल की कम्पैटिबिलिटी है!"

"यस, हमारी प्रोफेशनल एप्रोच काफ़ी एक जैसी है। वैसे हमें कल जल्दी उठना है और मगरपट्टा जाना है, जो यहाँ से काफ़ी दूर है।" उसने ज़ोर देते हुए कहा।

"हाँ, वो हडपसर है। मैं जानता हूँ। वैसे आप शब्दों पर इतना ज़ोर क्यों देती हैं? आप नॉरमल नहीं रह सकतीं क्या?" अभिज्ञान ने सवाल किया।

"ये बिलकुल नॉरमल है, मैं बस क्लैरिटी चाहती हूँ। मुझे कन्फ़्यूज़न पसंद नहीं है।" उसने स्पष्ट किया।

"रिलैक्स सिया। अपने दिमाग़ को क़ाबू में रखना और भावनाओं पर कंट्रोल करना ठीक है, पर उन्हें दबाना अच्छी बात नहीं। थोड़ा सहज रहने की कोशिश कीजिए। हर लम्हे को खुलकर आज़ादी से जीना चाहिए। कुछ चीज़ें ऐसी भी होती हैं, जिन्हें आप कंट्रोल नहीं कर सकतीं, मिस रायज़ादा... गुड नाइट! स्वीट ड्रीम्स!" उसके अंदर के ट्रेनर ने कुछ ज्ञान बाँटा और जैसे ही आगे बढ़ा लड़खड़ा गया।

"गुड नाइट! संभाल के, गिरना मत।" सिया ने याद दिलाया। वह पलटा और हँसने लगा।

अभिज्ञान अपने रूम में वापस चला गया, पर हज़ार कोशिशों के बाद भी उसे नींद नहीं आ रही थी। उसका दिमाग़ अभी भी सिया पर फ़ोकस्ड था,

'एक औरत हर वक़्त इतना सतर्क क्यों रहती है? उसे क्या परेशान कर रहा है? सिया बात करते समय इतनी सावधान क्यों रहती हैं? कभी भी वो रिलैक्स्ड नहीं रहतीं। वह क्या छिपाती रहती हैं? मेरे साथ सिया की बातचीत औरों से एकदम अलग है। हालाँकि वह सामान्य और कूल दिखने की कोशिश करती हैं, बावजूद इसके वो मुझे लेकर कुछ ज़्यादा ही सतर्क हैं? क्या मेरी इमेज से घबराती हैं?' अभिज्ञान ह्यूमन सॉइकोलॉजी के तहत सारी चीज़ों को मथ रहा था और सिया के परफ़ेक्ट टाइप के व्यवहार का भी विश्लेषण कर रहा था। तभी उसके दरवाज़े पर किसी ने नॉक किया, 'ज़रूर सिया होगी। वो भी मेरे बारे में सोच रही होगी।' इस ख़याल ने उसे ख़ुश कर दिया। उसने दरवाज़ा खोला तो पाया कि बाहर रूम ब्वॉय था।

"जी?" उसे सिया को दरवाज़े पर न देखकर उसे निराशा हुई।

"सर, मैम सो चुकी हैं और उनके रूम का दरवाज़ा अभी भी लॉक नहीं है।" लड़के ने कहा।

"ओह... मैं देखता हूँ। थैंक्स!" अभिज्ञान ने यह सोचते हुए जवाब दिया कि 'वह एक अंजान जगह पर इतनी लापरवाह कैसे हो सकती है, बस सारे नियम मेरे लिए हैं क्या?' वह सिया के रूम में गया। डोर लैच नहीं था, इसलिए ऑटोलॉक नहीं हुआ। हो सकता है हाउसकीपिंग वाले लड़के ने रूम से निकलते हुए ठीक से बंद नहीं किया। और सिया शायद काम करते-करते सो गई हों या फिर सोचते-सोचते।

वह कमरे के अंदर गया। रात के 3:30 बज रहे थे। छोटी सी बात के लिए अभिज्ञान उसे जगाकर उसकी नींद ख़राब नहीं करना चाहता था. 'वैसे वो कल रात भी नहीं सोई थीं और अभी उठ गईं तो फिर शायद दोबारा आँख न लग पाए, मैं ही लॉक कर देता हूँ।' यह सोचकर वह जाने के लिए मुड़ा लेकिन पाँव उठ नहीं रहे थे। अजीब सी कशिश थी सिया के चेहरे में। एक तरफ़ अभिज्ञान का दिमाग़ उसे जाने के लिए कह रहा था पर दिल सिया को क़रीब से देखने के लिए मचल रहा था। दिल और दिमाग़ की लड़ाई में दिमाग़ अक्सर हार जाता है। दिल की ज़िद के आगे कई बार दिमाग़ घुटने में आ जाता है, यानी घुटने टेक देता है! वह सिया के बेड के सिरहाने जाकर ज़मीन पर बैठ गया और एकटक उसके सौम्य चेहरे को देखता रहा।

वह अपने पेट के बल सो रही थी। लैपटॉप ऑन था, बस स्क्रीन बंद थी। सफ़ेद रंग उस पर बहुत जँचता है। 'सिया कितनी प्यारी और मासूम हैं, बहुत ही ख़ूबसूरत और नाज़ुक सी और... कुछ उदास भी हैं! लेकिन उदास क्यों हैं?' अभिज्ञान ने ग़ौर से देखा 'हाँ, वो तनहा और उदास हैं। इतनी प्यारी और कोमल तितली जैसी हैं सिया, पर तितलियाँ तो चंचल होती हैं... फिर क्या है जो इनकी उदासी की वजह बन गया है! कुछ तो ज़रूर है... मुझे पता लगाना ही होगा।' वह झटके के साथ उठा, सिया को कंबल ओढ़ा कर दरवाज़े की ओर चल पड़ा। दरवाज़ा लॉक किया और अपने रूम में लौट गया।

कई सालों से वह किसी रिश्ते में बँध कर नहीं रहा था। बिना किसी बंधन और ज़िम्मेदारी वाली रिलेशनशिप में बस मौज करना उसकी आदत बन चुकी थी। उसे अपनी पर्सनालिटी और पेशे की वजह से अटेंशन की कभी कमी नहीं रही। लेकिन यह पहली बार था कि वह किसी बॉडी या ख़ूबसूरत चेहरे को एडमॉयर नहीं कर रहा था। उसे किसी की खोई हुई ख़ुशियों की फ़िक्र थी। अपने भीतर के इस बदलाव से वह ख़ुद हैरान था। वह अपने आपको को समझा रहा था। सिया को पसंद करने की बजाय, उसके शरीर, सिर्फ़ उसकी बॉडी पर फ़ोकस करने को कह रहा था। लेकिन जैसे ही वह आँखे बंद करता, उसे सिया के हँसते हुए चेहरे पर एक जोड़ी उदास आँखें दिखती थीं। वह अपनी कल्पनाओं को उसके चेहरे से नीचे धकेलने की कोशिश करता तो उसे सिया की सुंदर हथेलियाँ दिखतीं तो कभी उसकी आँखों के बीच लगी छोटी काली बिंदी, कभी उसके झूमते हुए झुमके तो कभी उसकी साड़ी का आँचल। 'क्या आदमी हो यार! तुम एक शादीशुदा औरत के लिए पागल हो रहे हो। अपने आप को सँभालो।' वह अपने ख़यालों की दिशा जबरदस्ती मोड़ देना चाहता था पर दिल के आगे उसकी एक न चली। दिल की आवाज़ दबाने के लिए उसने तेज़ आवाज़ में गाने चला लिए, 'आई डोंट वांट टू मिस ए थिंग...'

उसने जल्दी से गाना बदल दिया और अगला गाना बजा- "तुमको देखा तो ये ख़याल आया..." जैसे आज पूरी कायनात ही उसकी दुश्मन हो गई थी... वह सिया के साथ बीते पिछले कुछ हफ़्तों को स्कैन करने लगा।

अगली सुबह अभिज्ञान ने यह तय किया कि वह केवल काम पर ध्यान देगा और सिया के साथ लिमिटेड बात ही करेगा ताकि उसे कम परेशानी हो।

वह लगातार उसे देख रहा था, फिर भी उसने अपनी बॉडी लैंग्वेज में एक 'प्रोफ़ेशनल डिस्टेंस' को मेंटेन रखा। वह सिया को एक दोस्त के रूप में खोना नहीं चाहता था। इतने सालों के बाद तो उसे कोई मिला था, जिससे वह कोई बात बिना झिझक के बाँट लेता था। वह किसी भी क़ीमत पर अपने दिल के बहकावे में आकर इस ख़ूबसूरत रिलेशनशिप को खोना नहीं चाहता था। मगर सिया की मुस्कान के पीछे का दर्द और उदासी की वजह जानना अब और ज़रूरी हो गया था, जो शायद केवल उसी को महसूस हो रहा था।

प्रेज़ेंटेशन अच्छा गया। अभिज्ञान और सिया की प्रोफ़ेशनल अंडरस्टैंडिंग बेहतरीन रही। डाटा मैट्रिक्स की टीम और उनके इंटरनेशनल काउंटरपार्ट्स पहले राउंड की मीटिंग और प्रेज़ेंटेशन में सहमत दिखे। पूरे दिन उन्होंने लगातार अलग-अलग डिपार्टमेंट के प्रतिनिधियों के साथ मीटिंग की। कंटेंट, ट्रेनिंग और फ़ाइनेंस सभी कुछ डिस्कस हो चुका था, और लगभग फाइनल भी था। सिया और अभिज्ञान का पूरा दिन केवल कॉफ़ी और स्नैक्स पर गुज़रा था। डाटा मैट्रिक्स ने लंच का इंतज़ाम किया था, फिर भी सिया ने काम के चलते लंच नहीं किया। मीटिंग में ज़्यादा व्यस्त होने की वजह से अभिज्ञान ने भी लंच पर टाइम वेस्ट नहीं किया। टेक्निकल टीम की कुछ शंकाए थी, जो इस सेशन में आने की उम्मीद नहीं थी, इसलिए उसे अगले दिन एड्रेस करना था। अंत में उन्होंने प्लान किया कि वे अपने टेक्निकल हेड को पुणे कॉल करेंगे, लेकिन डाटा मैट्रिक्स के अधिकारीयों ने कहा कि यह काम स्कॉइप पर किया जा सकता है। इस तरह से डाटा मैट्रिक्स के ऑफिस में इनका पहला दिन ख़त्म हुआ।

दोनों होटल की तरफ़ वापस लौट रहे थे। रास्ते भर अभिज्ञान कार में मीटिंग की सक्सेस की बातें करता रहा। उसे उम्मीद थी कि इस डील से बेंचमार्क कंपनी कंटेंट व ट्रेनिंग में एक लीडिंग कंपनी बन जाएगी। सिया बस सुन रही थी और उसने कुछ नहीं कहा। वह काफ़ी थकी दिख रही थी। अभिज्ञान केवल प्रोफ़ेशनल चीज़ों पर बात करने की कोशिश कर रहा था। उसने सिया से पूछा भी की वह ठीक है ? सिया ने बस अपना सिर हाँ में हिला दिया।

वे दोनों होटल पहुँचे। अभिज्ञान लिफ़्ट के दरवाज़े की तरफ़ देखते हुए उसके खुलने का इंतज़ार कर रहा था, उसी वक़्त उसने अपनी दायीं कोहनी पर सिया के हाथों की पकड़ महसूस की। वह मुड़ा तो सिया ने फुसफुसाते

हुए कहा, "मैं बेहोश हो सकती हूँ... मैं बेहोश हो सकती हूँ।" जब तक वह कुछ समझ पाता कि सिया को क्या हो रहा है, वह उसकी बाँहों में झूल गई। अभिज्ञान ने मदद के लिए होटल स्टाफ़ को आवाज़ दी और सिया को बाँहों में उठाकर अपने रूम में ले गया। होटल स्टाफ़ ने मेडिकल हेल्प के लिए कॉल कर दिया था। अभिज्ञान सिया के पीले पड़ चुके चेहरे को देखकर परेशान था। वह समझ नहीं पा रहा था की सिया की तबियत के बारे में उसकी फ़ैमिली में किसको फ़ोन करे? तृष्णा के आख़िरी ड्रामे को देखते हुए उसे भी कॉल नहीं कर सकता था। उसने सिया के होश में आने तक इंतज़ार करने का फ़ैसला किया। सिया अब भी बेहोश थी। अभिज्ञान अपने-आप से नाराज़ था। वह सुबह से ही अपने-आपको प्रोफेशनल दिखाने के लिए व्यस्त होने का नाटक करता रहा और उसे पता भी नहीं चला कि कब वह इतनी बीमार हो गई। रूम की घंटी बजी तो उसने दरवाज़ा खोला।

"सर, डॉक्टर!" मैनेजर मेडिकल हेल्प के साथ अंदर आया।

"थैंक्यू सो मच, प्लीज़ कम इन।"

"क्या हुआ?" डॉक्टर ने कमरे में अंदर आते हुए पूछा।

"पता नहीं। ये लिफ़्ट में बेहोश हो गईं।" अभिज्ञान ने बताया।

"क्या ये प्रेग्नेंट हैं?" डॉक्टर ने पूछा।

"मुझे कैसे पता होगा?" उसने डॉक्टर के अटपटे सवाल का जवाब दिया।

"आई एम सॉरी। मुझे लगा ये आपकी पत्नी हैं।" डॉक्टर ने शर्मिंदा होते हुए कहा।

"कयास लगाने की वजह से मैं यहाँ के लोगों को और उनकी धारणाओं को पसंद नहीं करता हूँ। हम कलीग हैं, दिल्ली से पुणे एक मीटिंग के लिए आए हैं। मीटिंग के बाद यह लिफ़्ट में बेहोश हो गईं। बस मुझे इतना मालूम है।" उसने स्पष्ट किया।

"ओह! ओके!" डॉक्टर ने उसे अच्छी तरह से चेक किया।

"क्या आप मुझे बता सकते हैं कि इन्होंने लंच में क्या लिया था?" क्या उन्हें किसी चीज़ से कोई एलर्जी है? क्या कोई हेल्थ प्रॉब्लम जैसे डॉयबिटीज़ या ब्लडप्रेशर?"

"नो लंच! हमने आज लंच नहीं किया, बस दो बार कॉफ़ी ली है। कोई रोग... पता नहीं।" उसने अपने दिमाग़ पर ज़ोर दिया। 'तृष्णा ने कहा था- ब्लडप्रेशर प्रॉब्लम... लेकिन कौन सी? सिया ने ख़ुद भी कहा कि वह ऑफ़िशियली स्वीट है... क्या इसका मतलब!' सोचने के बाद बोला, "वन सेकेंड... वह ब्लड प्रेशर पेशेंट हैं। मुझे पता नहीं कि हाई या लो। और शायद डायबिटीक भी।" अभिज्ञान ने कहा।

"ओके... थैंक्यू!" डॉक्टर ने सिया का बीपी और शुगर लेवल चेक किया और फिर उसे दो इंजेक्शन दिए। डॉक्टर की मदद करने के लिए अभिज्ञान को उसके हाथ पकड़ने पड़े। अपने हाथों में सिया के हाथों का होना उसके लिए रोमांचित कर देने वाला था मगर उसने ख़ुद को संयत रखने की कोशिश की।

उसने डॉक्टर से पूछा, "हुआ क्या है?"

"इनका शुगर लेवल और बीपी दोनों डिप हो गया था। इन्हें इस तरह से अपनी डाइट पर लापरवाह नहीं होना चाहिए। इन्हें पता होगा कि लो बीपी और लो शुगर लेवल का कॉम्बिनेशन बेहद घातक है, साइलेंट हार्ट अटैक हो सकता था। ये तो अच्छा हुआ कि आपने होटल स्टाफ़ को बुला लिया और उनकी मदद ली। प्लीज़ ये दवाइयाँ ले आइए और चिंता मत कीजिए, इन्हें कुछ घंटों में होश आ जाएगा।" डॉक्टर ने विस्तार से बताया।

उसने डॉक्टर का शुक्रिया अदा किया। पर्चा लिया और होटल स्टाफ़ से दवाइयाँ लाने को कहा क्योंकि वहाँ सिया की देखरेख करने के लिए कोई मौजूद नहीं था। वह उसके पास आकर बैठा ही था कि उसके पास दिल्ली के ऑफ़िस से कॉल आई।

"यस, अभिज्ञान दिस साइड।"

"सर, सिया मैम अपना फ़ोन नहीं उठा रही हैं।" किसी ने फ़ोन पर दूसरी तरफ़ से बोला।

"वह सो रही होगीं, बड़ा लंबा और थकाऊ दिन था। अगर कोई काम है तो आप मुझे बता सकते हैं।" अभिज्ञान ने सिया की तबीयत के बारे में बताना सही नहीं समझा।

"सर, मैम ने दोपहर में क्लाइंट की कुछ नई ज़रूरतें बताई थीं, हमने उसके मुताबिक़ टेक्निकल प्रेज़ेंटेशन अपडेट करके ईमेल कर दिया है। मैं इसे आपको

भी फ़ॉरवर्ड कर देता हूँ। कृपया इसे देख लें और कुछ भी ज़रूरत हो तो ज़रूर कॉल करें।" टेक्निकल हेड सुमित दर्शन ने कहा।

"श्योर... थैंक्यू!" अभिज्ञान ने जवाब दिया और फ़ोन काट दिया। ईमेल देखने के लिए वह लैपटॉप ढूँढ रहा था कि उसे याद आया कि सिया को लिफ़्ट से अपने रूम तक वह अपनी बाँहों में लेकर आया था, तो फिर उसका सामान किसने उठाया? 'ओह! गॉड!' इतना कहकर अपने लैपटॉप बैग्स और सिया के पर्स को ढूँढ़ने के लिए वह तेज़ी से कुर्सी से उठा और रिसेप्शन व सिक्योरिटी को फ़ोन किया। उन्हें पूरी घटना बताई और बैग को ढूँढ़ने के लिए मदद माँगी। होटल स्टाफ़ ने उसे सिक्योरिटी कैमरों के ज़रिये सब पता करने का आश्वासन दिया। कुछ देर में एक होटल ब्वॉय भीतर आया। उसने बताया कि उनका सामान वह ख़ुद लाया था और जब वह सिया मैडम को सेटल कर रहे थे तो वही सीटिंग कॉर्नर में रख कर चला गया था। सामान कुर्सी के पीछे ही था। उसने लड़के को गले लगा लिया।

"थैंक्यू सो मच! बहुत सुकून मिला, मैं परेशान हो गया था।"

लड़का हैरान हो गया और मुस्कुराते हुए वहाँ से चला गया।

उसका लैपटॉप पूरी तरह से डिस्चार्ज हो चुका था। अभिज्ञान ने उसे चार्जिंग पर लगा दिया और सिया का लैपटॉप खोल लिया। उसे वाई-फ़ाई से कनेक्ट किया और मेल चेक करने लगा। बहुत सी ईमेल्स थीं ऑफिस से। उसने टेक्निकल टीम को दूसरी आवश्यकताओं के लिए रिप्लाई किया। जब वह अपना ईमेल एकाउंट लॉग ऑफ़ कर रहा था, उसने सिया की डेस्कटॉप पिक्चर देखी। दो बच्चे- एक लड़का और एक लड़की। बहुत प्यारे। उसके दिमाग़ ने फिर से चेतावनी दी, 'क्या उनके पर्सनल लैपटॉप को ऐसे चोरी-छिपे देखना चाहिए? नहीं, बिलकुल नहीं।' उसके अंदर के फ़रिश्ते ने कहा। 'सिर्फ़ तस्वीरें...' अंदर के शैतान ने आग्रह किया और फ़रिश्ता सहमत हो गया।

अभिज्ञान और तस्वीरों की तलाश में सिया के लैपटॉप में ब्राउज़िंग करने लगा। उसने एक बार सिया की ओर देखा, वह अब भी इंजेक्शन के असर में सो रही थी।

अभिज्ञान ने पिक्चर फ़ोल्डर खोला। उसके अंदर करीने से लेबल किए हुए कई फोल्डर थे। वह कितनी ज़्यादा सुगढ़ और व्यवस्थित महिला हैं, सोचते

हुए उसने उसकी तस्वीरें देखना शुरू किया, जिसमें वह अपने बच्चों और पति के साथ छुट्टियों पर थी। 'ओह! वह फ़िट ड्रेस में कितनी अच्छी दिखती हैं। फिर वह ऑफिस में अक्सर ही सिर्फ़ ढीले कुर्ते क्यों पहनती हैं? ज़्यादातर बोरिंग कपड़े ही क्यों?' वह एक फ़ोल्डर से दूसरे फ़ोल्डर घूम रहा था। इसी बीच उसने एक फ़ोल्डर देखा- 'एक्साइल' यानी निर्वासन या वनवास। अब ये कौन-सी जगह है? उसने उस फ़ोल्डर को खोला। एक भी तस्वीर नहीं थी, पूरा फ़ोल्डर अनगिनत डॉक्यूमेंट से भरा हुआ था। उन पर कोई नाम नहीं था, सिर्फ़ डॉक्यूमेंट-1, डॉक्यूमेंट-2 लिखा हुआ था। यह उसे बहुत उबाऊ लगा सो उसने फ़ोल्डर बंद कर दिया और फ़ोल्डर का नाम दोबारा पढ़कर वह ठिठक गया- 'एक्साइल'। 'पर एक्साइल क्यों? किसका एक्साइल? क्या वह किसी जंगल सफ़ारी पर गई थीं या किसी रिट्रीट में जंगल में गई थीं? हो न हो अपनी रचनात्मक सोच के जूनून के चलते ऐसा नाम रखा दिया होगा। लेकिन है क्या इन डाक्यूमेंट्स में? कविताएँ या मेमॉयर?' वह मुस्कुराया और उसे दोबारा खोला।

6

पहला डॉक्यूमेंट जो अभिज्ञान ने खोला वह सिया और उसके पति के रिलेशनशिप के बारे में था। एक बार फिर अंतरात्मा ने उसे सिया की निजी ज़िंदगी के बारे में बिना पूछे पढ़ने के ख़िलाफ़ सचेत किया। 'लेकिन फिर मुझे उनकी उदासी की वजह कैसे पता चलेगी?' उसने अपने दिमाग़ को तसल्ली दी और एक के बाद एक डॉक्यूमेंट्स पढ़ता चला गया। उसके चेहरे पर चिंता गहराती जा रही थी। एक्साइल उसकी उलझी हुई शादीशुदा ज़िंदगी और यश के लगातार आक्रामक व्यवहार का ब्यौरा था। जैसे कोई डायरी लिखता है, सिया ने एक्साइल में 11 सालों से सहे हुए अत्याचारों के संस्मरण लिखे हुए थे। 'ओह, तो ये कारण है उनकी उदास आँखों का। जैसे वह बात करती हैं, मुझे लगा उनकी फैमिली सपोर्टिव होगी और पति बेहद प्यार करने वाला।' अभिज्ञान को अपने पढ़े हुए पर विश्वास नहीं हो रहा था।

फ़ोल्डर में कई राइट-अप्स थे, जो काफ़ी तकलीफ़देह थे। सिया एक ऐसे आदमी के साथ रह रही थी, जो उस पर ज़रा भी विश्वास नहीं करता था और उसे मानसिक और शारीरिक यातनाएँ देता था।

अभिज्ञान रैंडम्ली पढ़ने लगा. एक राइट-अप में दर्ज था- "मैं शायद डिप्रेशन में जा रही हूँ। कभी-कभी मुझे लगता है कि मैं कहीं भाग जाऊँ, या ट्रेन के आगे कूद जाऊँ, सोचती हूँ कि नशे में धुत हो जाऊँ और नींद की गोलियाँ खा लूँ। समझ नहीं आता कि किसे बताऊँ कि यश को लगता है अनन्या और

आदित्य उसके बच्चे नहीं हैं। कई सालों से वह इसी कुंठा में जीता आया है। यही कारण है कि जिस भी आदमी के साथ मैं बात करती हूँ या साथ काम करती हूँ, वह उस पर शक करता है। मैं समझती हूँ कि वह ख़ुद भी बहुत दुखी है... पर उसने मेरी ज़िंदगी को नर्क बना दिया है। मैं इसे और झेल नहीं पाऊँगी। अपने पति के सिवा मेरे किसी के साथ फ़िज़िकल रिलेशनशिप नहीं रहे हैं। कई सालों से यश का शक़्क़ी रवैय्या मुझे बहुत परेशान कर रहा था। वह पहले ऐसा नहीं था। मैंने पॉज़िटिव रहने की कोशिश की, लेकिन बीते वैलेंटाइन डे पर मुझे पता चला कि उसके दिमाग़ में चल क्या रहा है? उसे मेरी वफ़ा पर शक़ है। मुझे लगा कि वह ज़िंदगी के कठिन वक़्त से गुज़र रहा है, इसलिए वह मेरे साथ भी थोड़ा चिड़चिड़ा है। ऐसा हो जाता है कभी-कभी। लेकिन हाल ही में मैंने दोबारा इस पर बात की। उसे 200 फ़ीसदी यक़ीन है कि आदित्य उसका बेटा नहीं है। ये इल्ज़ाम मेरे लिए बहुत है। मैं एक डीएनए टेस्ट करवा के ये प्रूव कर दूँगी कि दोनों ही बच्चे उसके हैं फिर बच्चों समेत उससे अलग हो जाऊँगी। मैंने इस शादी को निभाने की कोशिश केवल अपने बच्चों के लिए की है, क्योंकि वे अपने डैड से बहुत प्यार करते हैं। पर ये इल्ज़ाम मेरे बर्दाश्त के बाहर है।"

अभिज्ञान ने एक और डॉक्यूमेंट पढ़ा- "रोज़ मुझे ख़ुद पर तरस आता है, बात मेरे आत्मसम्मान की है और उससे कोई समझौता नहीं कर सकती। आज मैं समझ सकती हूँ कि देवी सीता को ऐसे आरोपों के बाद अपने पति राम के साथ आयोध्या वापस जाने की बजाय धरती में समा जाना क्यों बेहतर लगा? धोखे के इल्ज़ाम मुझसे अब और सहे नहीं जाते। मैं रोई, उसे समझाया, उन गलतियों की माफ़ी भी माँगी जो मैंने कीं ही नहीं। अपनी बेगुनाही साबित करने के लिए उसने जैसी भी परीक्षा माँगी, मैं देने को तैयार हो गई। लेकिन उसने एक भी न सुनी। उसे मेरे आँसुओं से ख़ुशी मिलती है। वह मुझे कुछ नहीं समझता। मुझे पूरी रात सॉरी कहने के लिए फ़र्श पर बिठाए रखता है। मैं ये सब करती हूँ ताकि उसे सटिस्फैक्शन हो जाए पर क्या फायदा! जितना ज़्यादा मैं अपनी शादी को बचाने की कोशिश करती हूँ, उतना ही वह मुझे ज़लील करता है।"

उसने अगला डॉक्यूमेंट पढ़ा- "कभी-कभी मुझे लगता है कि मुझे भी कोई अफेयर कर लेना चाहिए। क्या होगा अगर मैं उसके सब इल्ज़ामों को सच कर दूँ तो? उसे भी दुख दूँ जैसे वह मुझे टॉर्चर करता है, तब? उसे भी वह कष्ट

महसूस होना चाहिए, जो मैं महसूस करती हूँ। मेरा क़सूर क्या है? क्या यह कि मैं उससे प्यार करती हूँ और अपनी शादी को बचाना चाहती हूँ? कभी-कभी मेरा ख़ुदख़ुशी करने का मन करता है। मुझे लगता है कि ख़ुद को ख़त्म कर लूँ। और न जाने अपने साथ क्या-क्या कर लूँ। मैं डिप्रेशन में हूँ। शायद मुझे डॉक्टर की मदद की ज़रूरत है। जब भी वह शराब पीता है, मुझे और टार्चर करता है। अनाप-शनाप बोलता है, जैसे उस पर किसी का साया हो। उसके बाद वह घंटों रोता है, फिर माफ़ी माँग लेता है। कभी-कभी वह ख़ुदकुशी करने की कोशिश भी करता है। वह न तो मुझे जीने देता है और न ही मरने देता है। मैं यश से बस इतना चाहती हूँ कि वह इमोशनली सेटल हो जाए, ताकि मुझ पर उसे डिप्रेशन में छोड़ देने का इल्ज़ाम न लगे। मैं बस उसे ये प्रूव कर देना चाहती हूँ कि आदित्य उसका ही बेटा है, पर यश का आदित्य पर कोई अधिकार नहीं है क्योंकि वह इस बच्चे के बारे में घटिया सोच रखता है। मैं अपने बच्चों के साथ अकेले रहना चाहती हूँ, बिना उसकी किसी मदद के। मैं क्या करूँ? इतने आरोपों के बाद मैं उसके साथ नहीं रह सकती। पर ये भी है कि मैं उससे बहुत प्यार करती हूँ। मुझे लगता है कि मैं शायद उसके बग़ैर जी नहीं सकती।"

अभिज्ञान ने एक छोटा-सा डॉक्यूमेंट उन धमकियों के बारे में पढ़ा जो यश उसकी ख़ुशियों को तबाह करने के लिए देता था- "मुझे बारिश बेहद पसंद है। बारिश में भीगकर ऐसा लगता है जैसे दिल दिमाग़ के सारे बोझ उतर गए हों। सारे दुख, दर्द और तकलीफ़ कुछ समय के लिए धुल जाते हैं। यश ने कहा कि वह इंश्योर करेगा कि बारिश मुझे और ज़्यादा रुलाए। पहले मैं डर जाया करती थी और लगता था कि वह इस रिश्ते को और भी बदतर करने के लिए न जाने अब और क्या करेगा? अब मैं उसकी परवाह नहीं करती। ज़िंदगी इससे ज़्यादा ख़राब नहीं हो सकती। बारिश, तुम मेरी सारी परेशानियों को धो देती हो। आई लव यू रेन... कोई भी मुझसे मेरी मुस्कान को नहीं छीन सकता और तुम्हारे प्रति मेरे प्यार को भी नहीं।"

एक नोट और था, एक ऐसे शख़्स के बारे में जो सिया को स्टॉक किया करता था- "मुझे ये भी याद नहीं कि आख़िरी बार कब मैंने प्यार महसूस किया था? मैं अपने वर्कप्लेस पर अक्सर परेशानियों का सामना करती रही हूँ। लेकिन इस आदमी ने मेरी अटेंशन पाने के लिए बहुत ही अजीब हरकतें की हैं। हालाँकि

उसने मुझे छूने की हिम्मत नहीं की, पर मैं उसकी बॉडी लैंग्वेज से नफ़रत करती हूँ। वह घटिया आदमी है। उसके बारे में भास्कर को बताने के अलावा मेरे पास कोई रास्ता नहीं था। थैंक गॉड! उसने इसे नौकरी से निकाल दिया। पर वह अब भी मुझे स्टॉक कर रहा है और इंटरनेट पर अलग-अलग बनाए एकाउंट से धमकी दे रहा है। मैं एक एकाउंट ब्लॉक करती हूँ, तो वह दूसरा बना लेता है। मुझे पक्का पता है कि ये वही आदमी है। मुझे नहीं मालूम कि मैं क्या करूँ। अगर मैं पुलिस के पास जाती हूँ तो यश को इसके बारे में पता चल जाएगा। वह उल्टा मेरे ही चरित्र पर कीचड़ उछालना शुरू कर देगा। मैं सोचती हूँ काश कोई तो ऐसा होता जिससे मैं इस आदमी के बारे में बता पाती। मैं चाहती हूँ कि हर औरत अपने साथ होने वाली ज़्यादतियों पर बात कर सके। बिना ये परवाह किए हुए कि लोग उसके चरित्र पर सवाल उठाएँगे। आई विश...!"

कहीं-कहीं पर तो सिया ने अपनी ख़राब शादीशुदा ज़िंदगी का दोष अपने नाम पर ही मढ़ रखा था- "मैं बार-बार कहती हूँ कि मैं रामायण की सीता से ख़ुद को काफ़ी रिलेट करती हूँ। सीता ने अपने पति के पास लौटने के बजाय अपने आप को ज़मीन में समा देना उचित समझा। एक औरत अपने चरित्र और वफ़ा को हमेशा साबित करती नहीं रह सकती। हमेशा उसके ही चरित्र पर सवाल क्यों किए जाते हैं? क्यों कभी किसी आदमी को उसकी वफ़ा सिद्ध करने और परीक्षा देने की ज़रूरत नहीं पड़ती? मेरे पैरेंट्स ने मुझे सीता का नाम दिया। देवी सीता की तरह ही क्या मेरी भी नियति है? मैं उन्हीं की तरह महसूस कर रही हूँ। शादी के कुछ समय बाद ही उन्हें अपने पति के साथ वनवास जाना पड़ा। रावण ने उनका अपहरण कर लिया और उन्हें सालों तक क़ैद में रखा। गर्भवती होने पर पति ने दूसरों के शक़ के चलते उनका त्याग कर दिया। उन्होंने ज़िंदगी भर संघर्ष किया। क्या यही मेरी भी नियति है? मैं इस साल अपनी शादी के 14 साल पूरे कर रही हूँ। क्या मेरा भी वनवास कभी ख़त्म होगा?"

"मैंने अपना घर और आराम सब कुछ छोड़ दिया। अपने पति के साथ उसके जीवन के लक्ष्य को पाने के लिए संघर्ष किया। लेकिन इस सफ़र में ख़ुशी और भरोसा दोनों कहीं गुम हो गए। यश कितना भी दम क्यों न भरे कि वह मुझसे बेहद प्यार करता है, पर मेरे लिए ये सब बेमानी है। रिश्ते में अगर भरोसा और इज़्ज़त नहीं है तो ऐसा प्यार बेकार है। मैं कई सालों से इसी तरह के

वनवास में हूँ, जहाँ मेरा पति जिसे मैं राम समझती थी, शादी के बाद अचानक एक रोज़ रावण बन गया। मैं उसकी क्रूरता के इस सफ़र को रोक नहीं सकी। मैं क्या करूँ? क्या मुझे किसी और राम के आने का इंतज़ार करना चाहिए, जो मुझे यहाँ से आज़ाद करा सके। क्या होगा अगर मुझे सीता की ही तरह लंबा वनवास मिल गया? मैं अपनी नियति को कैसे बदलूँ? क्या नाम को बदल लेना मेरी क़िस्मत बदल देगा?"

अभिज्ञान कब से सिया की उदासी का कारण जानने की कोशिश कर रहा था। उसके सदा मुस्कुराने वाले सौम्य चेहरे पर एक जोड़ी उदास आँखें भी थीं। तब भी अभिज्ञान ने कभी नहीं सोचा था कि वह ऐसे नर्क में जी रही है। वह चकित था, 'आख़िर क्यों औरतें इन सारी ही चीज़ों पर अपने परिवार और जीवनसाथी से बात कर इन्हें हल नहीं करतीं? क्यों ये सोसाइटी वर्किंग वुमेन के लिए इतनी जजमेंटल है? ये सारे ही राइट-अप्स उसके आत्मसम्मान और उसके बच्चों की ख़ुशी के बीच बुरी तरह उलझे उसके संघर्ष को बयाँ करते हैं।'

कुछ राइट-अप्स पढ़ने के बाद अभिज्ञान यह भी जान चुका था कि वह अपनी पति से कितना प्यार करती है। सिया उस दर्द को भी महसूस करती है जो उसके पति को यह सोचकर मिला होगा कि सिया उसे धोखा दे रही है। वह उसे समझती है, मगर फिर यह आदमी सिया को इतनी तकलीफ़ क्यों देता है? बीच में कहीं-कहीं वह स्ट्रॉन्ग भी दिखाई देती है, जब उसने लिखा- "मैंने अपने आत्मसम्मान और अपनी गरिमा को इस प्यार के ऊपर चुना। मैं बस अपने बच्चों को जल्दी से सेटल कर देना चाहती हूँ। जितना ही मैं यश को देखूँगी, उतनी ज़्यादा मुझे रोज़ तकलीफ़ होगी। मैंने शांत और सामान्य रहने की कोशिश की है। इन सारी चीज़ों के बारे में सोचते रहना मुझे तिल-तिल मारता जा रहा है"

अभिज्ञान के दिमाग़ में बहुत सारे सवाल उठ रहे थे। वह सशक्त है, शिक्षित और सुलझी हुई है। फिर भी वह इमोशनली उस इंसान के साथ फँस गई है, जो उसकी परवाह नहीं करता। वह सिया को ग़ौर से देख रहा था। वह अभी भी सो रही थी। आख़िरी डॉक्यूमेंट दो महीने पहले की तारीख़ का था। 'उसने पिछले दो महीनों से कुछ क्यों नहीं लिखा? वह उसे छोड़ क्यों नहीं देती? क्या डीएनए टेस्ट हो चुका है? या शायद यश अब एक बेहतर इंसान बन चुका है और उनके बीच अब सब कुछ ठीक हो चुका है? या पिछले महीने कुछ ख़ास

नहीं हुआ। लेकिन अब भी वह दुखी क्यों हैं? अतीत के घाव हैं शायद?' उसने फ़ोल्डर में सेव किए हुए बाक़ी नोट्स को पढ़ना जारी रखा।

जो उसने अभी-अभी पढ़ा, उससे अभिज्ञान दहल गया था। पहली लाइन पढ़ते ही मानो अभिज्ञान के पैरों तले ज़मीन खिसक गई हो- "आई एम रेप्ड... ये लिखते हुए मेरे हाथ काँप रहे हैं। आज मैं 3 साल बाद ये एडमिट कर पाई हूँ। हाँ मेरे साथ मेरे पति ने पिछले कई सालों में हज़ारों बार रेप किया है। ताने और तंज़ शायद उसके हिसाब से कम चोट पहुँचाते हैं। उसने मेरे फ़ोन पर एक फ़ॉर्वर्डेड मैसेज पढ़ लिया था। भेजने वाला एक मेल कलीग था, बस इसलिए मैं बाज़ारू हो गई और मेरे पति को मुझे सज़ा देना ज़रूरी लगा। ये जो हर छोटी बात पर तुम मुझे नीचा दिखाते थे, वह मानसिक टार्चर कम था जो तुम इतना गिर गए यश! तुम्हें क्या लगता है ये चोटें और घाव, बच्चों को नहीं दिखते? क्या मेरी चीखें उन्हें सुनाई नहीं देतीं? क्या बचपन दे रहे हो उनको? ओह सॉरी, तुम्हारे हिसाब से तो वे तुम्हारे बच्चे हैं ही नहीं, इसलिए तुम्हें क्यों तकलीफ़ होगी? ये अजीब इंसाफ़ है तुम्हारा यश, डीएनए टेस्ट भी नहीं करवाना है और मुझ पर ग़ुस्सा भी निकालना है! ये सिगरेट के दाग़ तुम जान-बूझकर ऐसी जगह देते हो जो किसी को दिखाई न दें। और मेरी आत्मा पर जो दाग़ तुमने लगाए उनका क्या? कोई हिसाब है? मेरे दर्द से तुम्हें ख़ुशी मिलती है... ये घाव देकर जब तुम हँसते हो न, मुझे नफ़रत होती है कि कैसे मैंने तुमसे कभी प्यार किया था। मैं अब तुम्हारे साथ नहीं रहने वाली।" अभिज्ञान सिया का दर्द पढ़कर तड़पने लगा।

इस राइट-अप के दो दिन बाद का एक और डॉक्यूमेंट था- "वह क्रिमिनल बनता जा रहा है। पहले इमोशनल ब्लैकमेलिंग, मेंटल टार्चर फिर रेप। उससे भी दिल नहीं भरा तो अब बच्चों को मारने की धमकी! मैं तो रेप रिपोर्ट करना चाहती थी लेकिन यश ने मेरी माँ को कॉल करके बताया कि एक्सीडेंट हो गया है। फिर कहा कि आदि और माँ को मार देगा अगर मैंने घर छोड़ने की कोशिश की। उसने माँ की चाय में एसिड डाल दिया था। अगर वह पी लेती तो? वह ख़ून कर सकता है। वह पागल हो चुका है। मेरे पास उसकी बात मानने के सिवा कोई चारा नहीं है। मैं कैसे बचाऊँ ख़ुद को और अपने परिवार को?" सिया की घुटन और उसकी मजबूरी उसके हर लफ़्ज़ में सुनाई दे रही थी।

तड़प से अभिज्ञान की आँखों में आँसू आ गए। इन डॉक्यूमेंट्स में सिया को दी गई यातना और रेप का ब्यौरा था। पिछले कुछ सालों में उसके अपने पति ने उसका रेप किया। उसकी फ़िल्म तक बनाई। उसने एक और डॉक्यूमेंट पढ़ा- "वह एक घिनौना अमीर व्यक्ति है, अपने घिनौने चरित्र की तरह। मैं जानती हूँ कि इस शादी के अलावा भी उसके कई रिलेशनशिप हैं। मुझे बिस्तर पर उन वेश्याओं के क्लिप दिखाकर और फिर मुझसे उनकी ही तरह बरताव कर वह अपना फ़ेवरेट गेम खेलता है। अब तृष्णा... यश के साथ उसका भी नाजायज़ रिश्ता है। मैं दूसरों को समर्थ बनाने में मदद करती हूँ और मुझे बदले में ये मिल रहा है ? आख़िर कर्म फल क्या होता है ? मिलता है क्या लोगों को ?"

एक और डॉक्यूमेंट पढ़ा जिसका सार कुछ ऐसा था- "आज मैंने अपने बच्चों के साथ घर छोड़ने की कोशिश की, पर यश ने हमें निकलने नहीं दिया। मैंने सारी उम्मीदें छोड़ दी हैं। शायद हिम्मत भी नहीं रही। आज उसने मेरे कोमल पौधे पर तेज़ाब डालकर जला दिया। वह कहता है कि वह मुझे और बच्चों को भी ऐसे ही जला देगा, अब हम घर भी नहीं छोड़ सकते। बच्चे डर से काँप रहे थे। उनके चेहरे तो यश की क्रूरता के एसिड से पहले ही मुरझा गए हैं। आख़िर उन्होंने देखा कि कैसे एक बूँद एसिड ने मेरे पैर पर घाव कर दिया। बढ़ते हुए बच्चों के लिए ये माहौल बहुत ख़राब है, कहीं प्यार और शादी से उनका भरोसा न उठ जाए। अनन्या अब सब कुछ समझने लगी है। कभी-कभी वह विरोध भी करती है। मैं शायद अपने लिए खड़ी ना हो पाऊँ मगर मैं अपने बच्चों को तकलीफ़ नहीं उठाने दूँगी।"

अभिज्ञान ने एक और डॉक्यूमेंट पढ़ा- "अब मैं रिएक्ट नहीं करती। मैं विरोध भी नहीं करती। मुझे दर्द नहीं होता। मैं एक मुर्दे की तरह लेट जाती हूँ, वह जितना मर्ज़ी ख़ुद को सैटिस्फाई करे। लगता है कि मेरा ज़ीरो रिएक्शन उसे कमज़ोर बनाता है। वह हताश हो जाता है, जब मैं रोती नहीं हूँ। अब मैं ख़ुद को बचाने के लिए भागती भी नहीं हूँ। मैं अब कुछ नहीं कहती। जब मैं उसकी शारीरिक यातनाओं पर कोई प्रतिक्रिया नहीं करती तो वह तेज़ आवाज़ में चुभने वाली बातें बोलता है। मैं उस पर भी रिएक्ट नहीं करती। उसे कुछ भी सोचने दो, उसे आरोप लगाने दो। उसे यह भी मान लेने दो कि मैं ही दोषी हूँ और इसी के चलते वह मुझे सज़ा दे रहा है। इस सबसे मेरी ज़िंदगी पर कोई फ़र्क़ नहीं

पड़ता। वह मुझे कभी भी डीएनए टेस्ट नहीं कराने देता। इस बारे में बच्चों से बात भी नहीं करने देता। मुझे यक़ीन है कि वह अच्छे से जानता है कि अनन्या और आदित्य उसके ही बच्चे हैं। शायद इसलिए भी वह उन्हें इन सबके बारे में जानने नहीं देता जो हमारे बीच लंबे समय से चलता आ रहा है। अगर वह ये सब जानता है, तो फिर हमेशा मुझे दोष क्यों दिया करता है? शायद अब सॉरी बोलने के लिए काफ़ी देर हो चुकी है, जो कुछ भी उसने मेरे साथ पिछले तेरह साल में किया। शायद वह जीवन भर इस लड़ाई को जारी रखना चाहता है। उसे इसी में ख़ुशी मिलती है।"

अभिज्ञान की पीड़ा हद से बढ़ गयी। उसने लैपटॉप बंद कर दिया। कैसे एक आदमी एक औरत को नीचा दिखाने के लिए इस हद तक गिर सकता है और वह भी ख़ुद की पत्नी को? सिया का रेप हुआ, उसे प्रताड़ित किया गया, धोखा दिया गया और उसने बहुत कुछ सहा। कोई अंदाज़ा भी नहीं लगा सकता कि उसके साथ क्या हो रहा है? अभिज्ञान को ग़ुस्सा आ रहा था। लेकिन वह ख़ुद को बेबस महसूस कर रहा था। उसने अपने लिए एक ड्रिंक बनाई और ड्रिंक की हर घूँट के साथ वह सिया को देख रहा था। एक इंडिपेंडेंट महिला और वह भी ऐसी रुतबे वाली, आख़िर कैसे किसी आदमी के सनकीपन को बर्दाश्त कर सकती है? उसका पति कैसे इतना घिनौना हो सकता है? कामकाजी औरतों को हमारे समाज में ग़लत तरीक़े से देखा जाता है। अगर आप गूगल पर वेश्या का समानार्थी शब्द तलाश करोगे तो उसका एक मतलब 'वर्किंग गर्ल' भी होता है। क्या सभी औरतों को इसी तरह की यातनाओं से गुज़रना पड़ता है? इसी तरह की ग़लत व्यवहार से दो चार होना पड़ता है? ज़िंदगी में इसी तरह की बंदिशों को झेलना पड़ता है? और यह सब महज़ इसलिए क्योंकि वह अपने पैरों पर खड़ी है और उसकी अपनी समझ है। इसलिए उन्हें एक बाज़ारू वेश्या के रूप में टैग किया जाता है?

तभी उसे अपने वॉट्सएप फ्रेंड्स ग्रुप पर एक पिक्चर मैसेज आया, जिसमें बैड गर्ल और गुड गर्ल के चरित्र के बारे में बताया गया था। बहुत ही भद्दा पिक्चर मैसेज था। वह औरत जो स्मोक करती है, ड्रिंक करती है, जिसके मेल फ्रेंड्स हैं, अच्छा खाना नहीं बना पाती, वह बैड गर्ल की कैटेगरी में थी। उसने मन में सोचा कि क्या टाइमिंग है इस मैसेज की! यह सिर्फ़ सिया के बारे में

नहीं है, यह उसके जैसी बहुत-सी औरतों के बारे में है। वह इस सोच और सनक को बढ़ने नहीं दे सकता। उसने उस वॉट्सएप ग्रुप को छोड़ने से पहले इस तरह की मानसिकता रखने वाले आदमियों के लिए आँखें खोल देने वाला करारा जवाब भेजा। उसका दिमाग़ जवाब माँग रहा था कि वह इस सबको बदलने के लिए क्या कर सकता है? शायद औरतों को प्रेरणा और सहयोग की ज़रूरत होती है, ऐसे पिंजरे से निकलने के लिए। वह एक प्रोफ़ेशनल के रूप में सिया की प्रशंसा करता था। 'एक्साइल' पढ़ने के बाद वह सिया की और भी अधिक इज़्ज़त करने लगा। 'वह जानती है कि तृष्णा ने उसके पीठ पर कैसे वार किया है? फिर भी उसने तृष्णा को दोष नहीं दिया। वह हिम्मती तो है लेकिन वह अपने तथाकथित पति के ज़रिये इस हद तक ब्लैकमेल की गई है कि वह उसका सामना करने और उसे अपनी ज़िंदगी से बाहर निकालने का आत्मविश्वास खो चुकी है।'

अभिज्ञान ने फिर से सिया के लैपटॉप को ब्राउज़ करना शुरू कर दिया। चीज़ों को ठीक से समझने के लिए वह दोबारा पढ़ने लगा। पहला राइट-अप जो 13 साल पहले लिखा गया था, से लेकर आख़िरी राइट-अप तक, जो उसकी ज्वॉइनिंग के 2 महीने पहले लिखा गया था। उसने पाया कि वह एक ख़ुश और आदर्श कपल थे। फिर आख़िर कैसे यश को सिया के बारे में किसी एक शख़्स के कारण इतनी ग़लतफ़हमी हो गई!

सिया का एक पड़ोसी था आकाश आहूजा जो सिया से प्यार करने लगा था और उसे स्टॉक करता था। उसने उनकी ज़िंदगी में काफ़ी परेशानियाँ खड़ी कर दी थीं। वह सिया के लिए इस क़दर जुनूनी हो गया था कि उसने एक बार सिया को किडनैप करने की भी कोशिश की। अब वह सलाखों के पीछे था।

'लेकिन सिया एक आदमी के पागलपन के लिए अपने आपको ज़िम्मेदार क्यों ठहरा रही हैं?' अभिज्ञान ने ख़ुद से सवाल किया।

फिर वह एक दूसरे राइट-अप में गया। यह विशेष नाम के आदमी के बारे में था। विशेष ने सुनियोजित तरीक़े से षड्यंत्र करके यश को बरगलाया था। उसने सिया के सीनियर्स और कलीग्स को उसके प्रशंसक और प्रेमियों के गैंग के रूप में यश के सामने पेश किया, जिनका वह अपना काम निकालने के लिए इस्तेमाल करती है और बदले में वह लोगों के साथ नाजायज़ संबंध रखती है।

विशेष, उसकी दोस्त का एक्स हसबैंड था। बेरोज़गार था सो वह यश के साथ फ्री में शराब पीने और उनकी ज़िंदगी की समस्याएं बढ़ाने में लगा रहता था। इस सबके पीछे की वजह सिर्फ़ यह थी कि उसे लगता था कि उसकी पत्नी निष्ठा से उसके अलगाव की ज़िम्मेदार सिया ही है। उसका सिया पर आरोप था कि उसने ही निष्ठा को इतनी हिम्मत दी कि वह उसे छोड़ कर चली गई। सिया ने विशेष को कन्फ्रंट किया ताकि यश के मन में भर रहे ज़हर और विशेष की दख़लअंदाज़ी को वह बंद कर सके। लेकिन उसने अलग होने से पहले अपना काम कर दिया था। पुरुष होने का दंभ, उसका अहंकार आख़िर उसे डंक मार ही गया!

उस जगह और भी राइट-अप्स थे, जिनमें यश द्वारा किए गए फ़ोर्सफ़ुल सेक्स के बारे में लिखा था। सिया को बहुत ज़ख़्म मिले थे, बार बार रेप होने के कारण अब वह सेक्स से डरने लगी थी। कभी रेप इसलिए कि वह पार्टी के बाद किसी आदमी से बात कर रही थी और उसका विकृत सोच वाला सनकी पति यह सब बर्दाश्त नहीं कर सका। तो कभी सिर्फ़ उसका सामान्य बरताव भी उससे बलात्कार की वजह बना। वह उसे कभी फ़्लर्ट कहता तो कभी वेश्या कहकर बुलाता था। उसने यश का एक ऐसे सनकी आदमी के रूप में ज़िक्र किया था, जो उसे न तो अपनी ज़िंदगी सुकून से जीने देता है ना ही अपनी ज़िंदगी से जाने देता है। सिया की मानसिक यातनाएँ हमेशा जारी रहीं। उसने यह भी लिखा कि सिर्फ़ तृष्णा ही एक ऐसी थी, जो जानती थी कि उसका पति बेरहमी से उसका रेप कर रहा है और वह किन परेशानियों का सामना कर रही है। ये सारे ही राइट-अप्स तृष्णा और यश की वीडियो क्लिप से पहले के थे, जो सिया ने देखी थी।

सिया को यश ने कभी अलग से पीटा नहीं था। वह सिया को मेंटली और फ़िज़िकली दोनों तरह से तकलीफ़ देता था। उसने सिया को सज़ा देने के लिए हिंसक सेक्स का रास्ता चुना था। किसी कपल के लिए सेक्स करना आम बात है, लेकिन ज़बर्दस्ती सेक्स और ऐसा करते हुए अत्याचार करना, एक तरह का उत्पीड़न ही तो है। 'प्यार के ख़ूबसूरत अहसास को इस रूप में तब्दील कर देने से बड़ी सज़ा और क्या होगी? यश ऐसा कैसे कर सकता है? एक औरत के आम व्यवहार पर किस बात की सज़ा? क्या हंसना, बातें करना, किसी से

मिलना, कोई गुनाह है? अगर उसे सिया पर शक है, तो उसे सिया को तलाक दे देना चाहिए, पर उसे तकलीफ़ क्यों देना? यह किस तरह का बदला है?' अभिज्ञान के दिमाग़ में लगातार सवाल उठ रहे थे।

रात गहरा रही थी। अभिज्ञान अब एक्साइल फ़ोल्डर को पूरा पढ़ चुका था। और टेक्निकल प्रेज़ेंटेशन की एडिटिंग भी पूरी हो गई थी। वह स्काइप पर टेक्निकल टीम से बातचीत करते हुए अपने प्रेज़ेंटेशन को एडिट कर रहा था। सब कुछ लगभग तैयार था। तभी उसने देखा कि सिया बेड से हिली। उसने अचानक ही अपना इंटरनेट डिस्कनेक्ट कर दिया। 'हे! भगवान ये तो उठ गईं। अगर ऑफिस से किसी ने सिया को मेरे रूम में देखा या फिर उसकी आवाज़ सुनी, तो फिर वे उनके बारे में बातें बनाएँगे। क्या होगा अगर तृष्णा ने कोई मनगढ़ंत कहानी बनाकर यश को बता दिया? उनकी शादीशुदा ज़िंदगी तो पहले से ही ख़राब है।' वह तेज़ी से अपनी कुर्सी से उठा और उसके सामने खड़ा हो गया। वह एकदम से घबरा गई और फिर से बेड पर गिर गई।

"अभिज्ञान! आपने मुझे डरा दिया।" उसने कमज़ोर आवाज़ में कहा।

"सिया, उल्टा आपने मुझे डरा दिया! भला इस दुनिया में ऐसा कौन होगा जो कहेगा कि मैं बेहोश हो रही हूँ और सच में बेहोश हो जाएगा!" उसने उसकी तरफ़ देखा।

"ओह हाँ, मैं बेहोश हो गई थी। यह आपका कमरा है?" उसने चारों तरफ़ देखा।

"हाँ, यह मेरा कमरा है। रात के लगभग 2 बज चुके हैं।"

"ओह! मुझे माफ़ करना। आप सो जाइए, मैं अपने कमरे में चली जाती हूँ। कल हमारी टेक्निकल प्रेज़ेंटेशन है ना?"

"सो जाऊँ? वाक़ई? मैं अभी टेक्निकल टीम के साथ स्काइप पर था। लगभग सारा काम ख़त्म हो चुका है।" उसका फ़ोन बजा। अभिज्ञान ने सिया को चुप रहने का इशारा किया और फ़ोन पर टेक्निकल टीम के साथ बात की। फ़ोन कटने के बाद सिया ने उससे कहा, "मैं प्रेज़ेंटेशन बना देती हूँ, मुझे पता है कि वे क्या चाहते हैं।"

"आप आराम करें, सब कुछ पूरा हो चुका है। मुझ पर विश्वास कीजिए और चिंता मत कीजिए।" अभिज्ञान ने कहा।

"सब ?"

"जी हाँ। आई एम ऐट योर सर्विस, मैम! ऑल सेट, ऑल डन। आप इसे सुबह देख लीजिएगा। अब मैं आपके लिए कुछ ऑर्डर करता हूँ। नहीं तो आप दोबारा बेहोश हो जाएँगी।"

"नो, मेरा खाना खाने का मन नहीं है।"

"आपको खाना होगा। डॉक्टर ने मुझे बताया कि आप बहुत ही स्वीट और सेंसेटिव हैं।" उसने आँख मारते हुए कहा।

"हम्म..."

"येस।"

"उन्होंने आपसे और क्या कहा ?" सिया ने पूछा।

"उन्होने मुझे बताया कि आपको देखभाल की सख़्त ज़रूरत है। आप नाज़ुक हैं और मैं एक स्टीकर प्रिंट कराकर आपकी पीठ पर लगाने के बारे में सोच रहा हूँ, 'फ्रेजाइल! संभलकर कर पकड़ें, दूरी बनाए रखें, कहीं भी बेहोश हो सकती हैं।' हाहाहाहा..." अपना वाक्य पूरा करते ही उसने हँसना शुरू कर दिया।

सिया भी हँसने लगी। उसने सिया के लिए गर्म सूप और सलाद ऑर्डर किया। ड्रिंक के साथ ही कुछ फ़िश अपने लिए ऑर्डर किया। वह सिया को खिलाने के लिए एक बच्चे की तरह मना रहा था। अभिज्ञान उसे डाँट रहा था और वह मुस्कुरा रही थी। उनके बीच एक अनकहा सा रिश्ता था, जिसे वे देख नहीं पा रहे थे। एक-दूसरे के लिए बहुत ज़्यादा चिंता और इज़्ज़त। बातचीत करते वक़्त अभिज्ञान ने उसके मेडिकल प्रॉब्लम के बारे में पूछा और उसे निर्देश दिया कि भविष्य में जब कभी भी वह किसी के साथ सफ़र पर जाएँ, तो उस व्यक्ति को इन सबके बारे में पहले से ज़रूर बताएँ। सिया ने उससे वादा किया कि वह अब ऐसी लापरवाही कभी नहीं करेगी।

लगभग सुबह का वक़्त था। अभिज्ञान ने सिया को आराम करने के लिए कहा, ताकि वे अगले दिन के प्रेज़ेंटेशन की शुरुआत अच्छे से कर सकें। कुछ समय के लिए वे दोनों एक ही कमरे में आराम कर रहे थे। अब सिया को अभिज्ञान के साथ एक कमरे में होने से कोई दिक़्क़त नहीं थी। अभिज्ञान ने उसे 'एक्साइल' पढ़ने के बारे में कुछ नहीं बताया। उसने कोई सवाल नहीं किए। वह उसकी ख़ुशियाँ वापस लाना चाहता था। उसके पास एक प्लान था। वह

अब किसी भी तरह के अटेंशन की तलाश में नहीं था। उनके बीच का रिश्ता और विश्वास या तो कुछ अच्छे के लिए बेहतर हो रहा था या फिर सिया की ज़िंदगी को बदतर बनाने के लिए!

7

अभिज्ञान ने वीडियो कॉन्फ्रेंसिंग के ज़रिये टेक्निकल टीम के साथ प्रेज़ेंटेशन शुरू किया। सिया की ज़्यादा तैयारी नहीं थी, हालाँकि उसने सब कुछ पढ़ लिया था। वह ख़ुश थी कि अभिज्ञान आगे बढ़कर उसके प्रेज़ेंटेशन और डील्स पर काम कर रहा था। अब उसके ऑर्गनाइज़ेशन में एक ऐसा व्यक्ति था, जो लीडरशिप रोल के लिए तैयार था। उसे अच्छा लग रहा था कि टेक्निकल फ़ील्ड से न होने के बावजूद वह सारी समस्याओं को सुलझा ले रहा था। सिया उस मीटिंग में बस एक दर्शक के तौर पर मौजूद थी। दोनों ही टेक्निकल टीमों ने कई छोटी-छोटी चीज़ों पर एक लंबा और थकाने वाला सत्र पूरा किया, जिसका समाधान अगले दिन की मीटिंग में होना था। पर अच्छी बात यह थी कि इनवेस्टर्स इस बेहतरीन टीम से संतुष्ट नज़र आ रहे थे।

मीटिंग के दौरान अभिज्ञान इस बात का पूरा ध्यान रख रहा था कि सिया ठीक से खाना ले। सिया उसके केयरिंग रवैये से प्रभावित थी। मीटिंग ख़त्म हो चुकी थी और वे होटल की तरफ़ वापस जा रहे थे, अचानक सिया ने अभिज्ञान से कहा, "चलिए आपको पुणे घुमाती हूँ?"

"क्यों नहीं! क्या आप यहाँ कुछ ऐसी जगह जानती हैं जो घूमने लायक़ हो?" वह ख़ुशी-ख़ुशी तैयार था।

"आप किस तरह की जगह देखना पसंद करेंगे?" उसने पूछा।

"मुझे अपनी पसंदीदा जगह ले चलिए!"

"हा हा हा... पक्का? सोच लो?"

"हाँ पक्का!"

"ओके!"

उसने ड्राइवर को एनडीए के पास की पहाड़ियों की तरफ़ चलने का निर्देश दिया। अभिज्ञान इतनी ऊँचाई से पुणे शहर को देखकर हैरत में था। सिया ने एक छोटे से छप्पर के पास कार रुकवाई। वह पहाड़ पर छोटे से ढाबे जैसा था जहाँ से शहर की रौशनी और जुगनुओं को देखा जा सकता था। वहाँ से पुणे अपने-आप में जुगनुओं का एक गुच्छा सा नज़र आता था। यह एक सुंदर और शांत जगह थी। सिया की उस लाइफ़स्टाइल, जैसा कंपनी के लोग बताया करते थे, की तुलना में बिलकुल अलग। अभिज्ञान लगातार सोच रहा था कि वह इस जगह को अपनी पसंदीदा हैंगआउट बताकर ज़रूर उससे मज़ाक़ कर रही है, क्योंकि वह बेहद ही क्लासी और सलेक्टिव थी। ऐसी जगह, जिसे पुणे में 'टपरी' कहते हैं, उसके टेस्ट से बिलकुल मैच नहीं कर रही थी। मगर इन सारी अपूर्णताओं के बीच भी उस जगह में एक चुंबकीय आकर्षण था, यहाँ की ख़ूबसूरती से उसकी थकान छूमंतर हो गई थी। शाम की ठंडक हवा में घुल रही थी। वह छप्पर के पास गई और दुकान वाले से कुछ कहा। जल्द ही एक लड़के ने दो कुर्सियाँ पास की पहाड़ी पर पेड़ के ठीक नीचे रख दी।

"अभिज्ञान, कम!"

"येस। अच्छी जगह है, सिया। वैसे आपके साथ पहली डेट के लिए तो ये कमाल की जगह है।" उसने उससे चुहलबाजी की।

"ये डेट नहीं है!" उसने मुस्कुराहट के साथ जवाब दिया।

"अच्छा, फिर भी हम यहाँ हैं। ओके!" वह ज़ोर से हँसने लगा।

"शट अप। बस मेरे साथ आइए।"

अभिज्ञान उसके पीछे गया। सिया एक छोर पर खड़ी थी। वहाँ से जगमगाती हुई शहर की रोशनी, ट्रैफ़िक लाइट और तारों से भरे आकाश को देखा जा सकता था। उस पहाड़ी के अँधेरे कोने में चारों ओर जुगनू जगमगा रहे थे। पहाड़ी पर बिजली नहीं थी। वहाँ अँधेरा था, फिर भी पूरी जगह रोशनी से नहाई हुई थी।

"सिया... ये सच में ख़ूबसूरत है!"

"है ना! मुझे ये जगह बहुत पसंद है। लगभग 20 सालों से मैं जब भी पुणे आती हूँ, कोशिश करती हूँ कि कुछ समय यहाँ पर चाँद के साथ बिताऊँ। चाँद को निहारने की यह सबसे ख़ूबसूरत जगह है। देखो आज पूरा चाँद है!" उसने अपनी उँगली से आसमान की ओर इशारा करते हुए कहा, "कितना बड़ा और गोल चाँद है आज! अलौकिक और असाधारण!"

"तो आप मून गेज़र हैं?"

"हाँ... कभी-कभी।" वह मुस्कुराई। वह सफ़ेद रंग के कुर्ते और पैंट में थी। उसके कानों और हाथों में कई डायमंड जगमगा रहे थे और उनकी चमक में सिया की सुंदरता जैसे और निखर गई थी। उसमें कुछ तो ऐसा था जो बेहद करिश्माई था। सिया चाँद को देख रही थी और उसकी तारीफ़ कर रही थी। लेकिन वह चाँद को नहीं देख रहा था, वह बहुत ही आत्मीयता से चाँद को निहारती हुई सिया को देख रहा था। जितनी बार भी वह उसकी तरफ़ देख रहा था, उसे लग रहा था कि वह उससे उसकी ज़िंदगी और तकलीफ़ के बारे में पूछे। लेकिन उसने यह तय किया कि वह अपने-आप को कंट्रोल करेगा और अपने प्यार के ज़रिये उसे वह हिम्मत देगा जिससे वह अपनी दुखी ज़िंदगी से बाहर निकल सके।

"सर... सर!" एक लड़के ने उसे बुलाया। वह पलटा।

"आपका ऑर्डर सर।" उस लड़के ने उसे कॉफ़ी के 2 मग और एक प्लेट पोटैटो स्किन्स दिए।

"थैंक्स यू!" वह मुस्कुराया। वह सिया के पास गया, "आपके लिए कॉफ़ी, मैम।"

"हे... थैंक्स! लेकिन होस्ट मैं थी। सॉरी उसने आपको पकड़ा दिया।"

"इट्स ओके!" उसने जल्दी से कॉफ़ी का एक घूँट लिया। "वाह! बढ़िया कॉफ़ी!"

"ध्यान से अभिज्ञान। यह गर्म है। पोटैटो स्किन्स टेस्ट करिए। यह भी अपनी तरह के इकलौते हैं!"

"ओके! हालाँकि मैं आलू पसंद नहीं करता, फिर भी मैं कोशिश करता हूँ!" उसने एक बाइट ली। "वाह! अद्‌भुत!"

"मैंने कहा था न!" उसने चहकते हुए कहा। अभिज्ञान ने उसे देखा। वह

उस लम्हे में ख़ुश और तनाव से मुक्त लग रही थी। वह घंटों उसी जगह पर बैठकर बातें करते रहे। किताबें, संगीत, गाने, खाना, कपड़ा, शहर कुछ भी नहीं बचा जिसके बारे में उन्होंने पसंद-नापसंद की बात न की हो।

"दीदी! हम दुकान बंद करने जा रहे हैं।" दुकान वाले ने सिया को आवाज़ दी।

"ओके!" उसने हाथ से बाय का इशारा करते हुए कहा।

"आपका सामान मेरे पास है दीदी, दे दूँ आपको?" उसने पूछा।

"अरे हाँ! मैं तो भूल ही गई थी। दे दो। थैंक यू!"

"जी।" वह भागकर झोपड़ी के अंदर चला गया।

"वह किस चीज़ के बारे में बात कर रहा था?" अभिज्ञान ने पूछा। इस पर सिया ने एक शरारती मुस्कान बिखेर दी। लड़का अंदर से वाइन की बोतल और मसाला मूँगफली के साथ वापस आया।

"अरे! तुमने सब कुछ पहले से तैयार कर रखा है!" अभिज्ञान ने उस लड़के की पीठ थपथपाई।

"हम दीदी के ऑर्डर को जानते हैं।" वह मुस्कुराया और वापस चला गया।

"उसके पैसे?" अभिज्ञान ने सिया की तरफ़ देखा।

"आप मेरे गेस्ट हैं, चिंता मत कीजिए। सब हो चुका है।" उसने आँख मारते हुए कहा।

काफ़ी देर हो चुकी थी। उन दोनों ने अपना-अपना जाम उठाया।

"हमारी दोस्ती के नाम!" सिया ने कहा।

"एक नए रिश्ते की शुरुआत के नाम!" अभिज्ञान ने कहा

उन्होंने साथ में पूरी बोतल ख़त्म कर दी। गाते-गुनगुनाते और जिगरी दोस्तों की तरह गप्पें मारते रहे। दोनों खुलकर हँसने और बोलने लगे। सिया और अभिज्ञान एक-दूसरे के साथ अब कनूफर्टेबल महसूस करने लगे थे। अभिज्ञान ने उससे कहा, "आप जैसा ख़ुद को दिखाती हैं वैसी हैं नहीं, सिया!"

"मतलब?"

"मतलब कि बोरिंग और सख़्त जैसा आप जताती हो।"

वह हँसी, "ओके..."

"और मुझे आपके साथ अच्छा लगता है।" उसने उसकी आँखों में देखते हुए कहा।

"अब इसका क्या मतलब है?" उसने तपाक से पूछा।

"मुझे आपका साथ पसंद है! और क्या!"

"हाँ... बेहतर!" उसने राहत की साँस ली। "प्यार में मत पड़ना दोस्त। इसमें दर्द है।"

"लव इज़ ब्यूटीफ़ुल! सिया!"

"देखिए पहले आदमी किसी आज़ाद ख़याल औरत से प्यार करता है। औरत को लाड़-प्यार से रखता है। फिर वह उसके पंखों को काट देता है। वह प्यार के नाम पर उसकी आज़ादी का गला दबा देता है। और ये वाक़ई दुखदाई है, मेरी बात मानिए।" उसने धीमी आवाज़ में कहा। अभिज्ञान समझता था कि वह क्या कहना चाहती है, वह एक्साइल पढ़ चुका था।

"आपसे प्यार करना, कभी दुखदाई नहीं हो सकता। मुझे यक़ीन है।"

"आप मेरे साथ फ़्लर्ट कर रहे हैं?" उसने सीधे पूछा।

"मैं करना चाहता हूँ। फ़्लर्ट करना सेहत के लिए अच्छा होता है। ये आपकी ज़िंदगी को जीने लायक़ बना देता है।" उसने सीधे तरीक़े से कहा।

"हाँ... शायद! लेकिन मैं शादीशुदा हूँ और दो बच्चों की माँ हूँ और मुझे फ़्लर्ट करना पसंद नहीं है।" उसने साफ़ करते हुए कहा।

"ओके! तो फ़्लर्ट नहीं करते हैं, सीरियस हो जाते हैं।" वह फिर से शुरू हो गया।

"किस बारे में सीरियस?"

"अगर किसी को पसंद करती हैं तो उसके साथ सीरियसली प्यार कर लीजिए ना!"

"शायद आप भूल गए हैं। मैं शादीशुदा हूँ।" उसने साफ़-साफ़ कहा।

"हाँ हाँ... शादीशुदा... दो बच्चों की माँ... वग़ैरह-वग़ैरह... आपको पता है, आप लोगों को इस हद तक ढोती हैं जब तक कि आप ख़ुद टूटने न लगें। लेकिन आप पलटकर उन्हें उनकी हैसियत क्यों नहीं बता सकतीं? क्यों नहीं कर सकतीं आप ऐसा?"

अभिज्ञान उसके संबंधों के बारे में बात करना चाहता था। लेकिन सिया

फ़िलहाल खुश दिख रही थी और वह उसकी मुस्कान छीनने की हिम्मत नहीं जुटा सका और चुप हो गया।

"बोलो अभिज्ञान।"

"कुछ देर के लिए भूल जाइए कि आप शादीशुदा हैं। मेरी तरफ़ देखिए और इसी पल में जीने की कोशिश कीजिए।" उसने आँख मारते हुए बातचीत को हल्का किया।

"क्या आप कभी भी सीरियस नहीं होते?" वह ठहाका मारकर हँसी।

"मैं जो भी हूँ, अपने आप से ख़ुश हूँ।"

"आप आत्म-मुग्ध हैं, ये मुझे पता है।"

"आप कुछ भी कहें, पर मैं जानता हूँ कि आपको भी मैं ऐसे ही पसंद हूँ।"

वह हँसी, "कुछ भी!"

"क्या आप 'लॉ ऑफ़ अट्रैक्शन' पर विश्वास करती हैं?" अभिज्ञान ने उससे गंभीरता से पूछा।

"किताबों में पढ़ा है। कुछ कहानियों में देखा है..." सिया और कुछ कह पाती इससे पहले ही अभिज्ञान ने उसे टोक दिया।

"क्या आपने इसे कभी अपनी ज़िंदगी में भी परखा या आज़माया है?" उसने पूछा।

"मतलब?" सिया ने पूछा।

"आपका दिल क्या चाहता है? और आप क्या पाना चाहती हैं?"

"मैं शांति चाहती हूँ।" उसने साफ़-साफ़ कहा।

"और उस शांति को पाने के लिए आपने क्या कोशिश की? आपने लोगों को उनकी अंतरात्मा की आवाज़ सुनने के लिए प्रेरित किया। आपने उन्हें अनुशासन, श्रेष्ठता, लक्ष्य, जज़्बा और अच्छे-बुरे की समझ की तरफ़ प्रेरित किया..." अभिज्ञान ने विस्तार से कहा।

"तो?" सिया ने टोका।

"आप अपनी बात समझाने से पहले दूसरों की बात को समझना पसंद करती हैं। राइट!" उसने अपने सवाल जवाब दोबारा शुरू किए।

"क्या आप बातों को घुमाना बंद करेंगे?" सिया समझ नहीं पा रही थी कि वह क्या पूछना चाह रहा है।

“बस कुछ सवालों के जवाब धैर्य से दीजिएगा, प्लीज़! आपको निर्भरता, स्वाधीनता और परस्पर निर्भरता की बखूबी समझ है!”

“हाँ, मुझे पता है।” उसने उत्तर दिया।

“और आप नए विचारों, सुझावों और चीज़ों को न सिर्फ़ स्वीकार करती हैं, बल्कि उनका खुले दिल से स्वागत भी करती हैं!” उसने एक और सवाल पूछा।

“हाँ, करती हूँ।” उसने सिर हिलाया।

“देखिए, आप पहले से ही अपनी प्रोफ़ेशनल लाइफ़ में ये सब करती आई हैं। क्या आपको लगता है कि कहीं कोई कमी भी है?” वह चहका मगर फिर उसने ख़ुद को कंट्रोल कर लिया।

“बहुत कुछ है, सुधार के लिए। ये एक प्रकिया है।” उसने एक पेशेवर की तरह जवाब दिया।

“हाँ, ये सच है। लेकिन प्रसन्नता ही इसकी चाभी है। असली दौलत और ज़िंदगी का लक्ष्य तो ख़ुशी ही है ना?” उसने अपने कहने का मतलब स्पष्ट किया।

“बाबा अभिज्ञान! आप एक उपदेशक की तरह बात कर रहे हैं... एक संत की तरह!” वह हँसी।

“सिया, मैं एक ट्रेनर हूँ। मैं लोगों को उनके सामर्थ्य से रूबरू कराने का वर्कशॉप देता हूँ। आपके पास सब कुछ है। अपने हिस्से की शांति और ख़ुशी पाने के लिए आपको बस अपने दिल की आवाज़ सुनने की ज़रूरत है। आप ख़ुद जैसे हैं वैसी ही चीज़ों को आकर्षित करेंगे। अगर आपको ये स्पष्ट नहीं है कि आप ज़िंदगी से क्या चाहते हैं तो आपकी तलाश कभी खत्म नहीं होगी। जैसा कि आपके मामले में ‘शांति’ की तलाश। तो पहले ध्यान से सोचिए और इस बात पर फ़ोकस करिए कि आप असल में क्या पाना चाहती हैं। उसे सकारात्मक तरीक़े से सोचिए और उसे पाने की कोशिश कीजिए। आप जल्द ही चमत्कार देखेंगी। मुझ पर विश्वास कीजिए, जो आप ढूँढ रही हैं उसको आपकी भी तलाश है। प्यार, शांति और ख़ुशी, सब कुछ आपको ढूँढ रहा है।” उसने उसके अतीत के बारे में कुछ कहे बग़ैर ही बात ख़त्म कर दी।

सिया समझ चुकी थी कि अभिज्ञान उसे क्या बताने की कोशिश कर रहा है। उसने इस तरह से इस बारे में कभी नहीं सोचा था। सिया ने नाम, रुतबा, पैसा

और सफलता सबकुछ पा लिया था। अपने रिलेशनशिप में तालमेल और घर में शांति, ये सब चीज़ें थीं जिसे वह अब तक पा नहीं सकी थी। शायद इसलिए क्योंकि उसने कभी समस्याओं को स्वीकार नहीं किया। बस समझौता करना और उन्हें सुलझाने से पहले ही हार मान लेती थी। सिया को इसे समझना है, इसका सामना करना है, और इसे ठीक भी करना है।

वे दोनों तब तक बातें करते रहे और पुराने गाने गाते रहे जब तक वहीं पहाड़ी पर उनकी आँख नहीं लग गई। सूरज की रोशनी के साथ सिया ने अपनी आँखें खोली। उसने ख़ुद को अभिज्ञान की बाँहों में पाया। वह उसे एक गुड़िया की तरह अपनी बाहों में पकड़े था। उसका सिर अभिज्ञान की छाती के पास था। अभिज्ञान का एक हाथ उसके सर के नीचे था जबकि दूसरे हाथ से वह उसे थामे था। सिया ने उसे जगाए बिना उठने की कोशिश की। अगर वह जाग गया तो यह दोनों के लिए एम्बैरेसिंग होगा। उसने धीरे से उसका हाथ हटाया और उठ गई। वह याद करने की कोशिश कर रही थी कि सोने से पहले क्या हुआ था। लेकिन उसे कुछ याद नहीं था।

सिया का ड्राइवर भी कार में सो रहा था। वह टेंशन में थी। फिर भी उसे अजीब-सा संतोष था। वह अभिज्ञान के बगल में उसके चेहरे पर एक छाँह-सी बनाती हुई बैठ गई। कई सालों बाद उसने किसी से इतनी सारी बातें की थी। वह सारी ही बेवक़ूफ़ी भरी चीज़ें, जो उसने कभी अपने कॉलेज के दोस्तों के साथ की होगी। वह आनंदित थी जैसे उसके दिल में कहीं गुनगुनी सी रोशनी भर गई हो। जैसे उसने वह सारे नियम तोड़ दिए जो उसके पति के बनाए हुए थे। उसने ड्राइवर को आवाज़ दी और उससे होटल चलने के लिए तैयार होने को कहा। अभिज्ञान जाग गया।

"गुड मॉर्निंग।" वह उठा और उसने चारों तरफ़ देखा।

"हाँ, सुबह हो चुकी है।" वह उसके चेहरे की तरफ़ देखकर हँसने लगी।

"हे भगवान! आपने मुझे ज़मीन पर सुलाया। मैंने अपनी ज़िंदगी में कभी भी ऐसी चीज़ें नहीं की।"

"शट अप, यू कम्प्लेंट-बॉक्स!" सिया ने उसकी खिंचाई की।

"नहीं... सही में। अब मेरी इज़्ज़त, मेरी इमेज का क्या होगा!" वह मुस्कुराया।

"ये सब आपको मुझसे दोस्ती करने से पहले सोचना चाहिए था।" उसने कहा।

"हम्म!" उसने सिया की तरफ़ प्यार से देखा।

"तो अब चलें। कितना सोते हो! सुबह के पाँच बज गए हैं, हमें अब होटल पहुँचना चाहिए। ड्राइवर तो पहले से ही सकते में है।" वह एक लड़की की तरह खिलखिलाई। वे होटल की ओर चल पड़े।

"सिया, पहले दिन आप बेहोश हो गईं। दूसरे दिन आप एक सुनसान पहाड़ी पर सो गईं। अब तीसरे दिन पुणे का क्या प्लान है?" उसने नाश्ता करते वक़्त पूछा।

"मैं ज़िंदगी के लिए कोई प्लान नहीं बनाती। जो मेरे सामने आता रहता है, मैं उसे जीती जाती हूँ।" वह हँसने लगी।

"हाँ हाँ... फिलॉसफ़ी एंड ऑल!" उसने उसे चिढ़ाया।

"मेरा विश्वास करो... मैंने अपनी ज़िंदगी में कोई भी चीज़ प्लानिंग के साथ नहीं की। मैं विपरीत हालात से लड़ती हूँ। जहाँ मुझे लगता है कि मैं कमज़ोर हूँ, वहाँ तकलीफ़ झेलती हूँ, पर जब भी मुमकिन हो, जी लेती हूँ।" उसने जवाब दिया।

"गुड!" वह मुस्कुराया। "और आप जानती हैं, जो आप दिखती हैं और जो आप हैं, उसमें बड़ा अंतर है।"

"शायद आप पिछली रात ये बात बता चुके हैं। अब ये राज़ हम दोनों के बीच है।" उसने अपनी उँगली होठ पर रख के कहा।

"आप बेहद क्यूट हैं!" अभिज्ञान ने उसके होठों की तरफ़ देखते हुए कहा। उसे ऐसा लग रहा था, जैसे मानो उसके भीतर सैकडों तितलियाँ उड़ रही हों। 'हे भगवान! मैं अब फिर से आकर्षित हो रहा हूँ।' उसने चुप रहने की कोशिश की और अपने जज़्बात मुस्कुराहट में छिपा लिए।

"क्या! मुझे ये सब मत कहा करिए। मैं ऐसी नहीं हूँ!" उसने थोड़ा नखरे दिखाते हुए कहा।

वे दोनों ज़ोर से हँसने लगे। वे अब अच्छे दोस्तों की तरह बात करने लगे थे। उन्होंने आपस में एक अलग तरह का बॉन्ड क़ायम कर लिया था। यह मर्द और औरत के रिश्तों या फिर उनकी दोस्ती को लेकर लोगों की आम धारणाओं

के परे था। सिया, अभिज्ञान के आस-पास होने से खिली-खिली दिखती थी। अभिज्ञान भी उसके आस-पास ज़्यादा खुश और मलंग रहता था। कुछ ही दिनों में पनपे उनके बीच का सामंजस्य और बॉन्डिंग एक हैरानी का विषय था। किसी भी व्यक्ति के लिए इस बात पर यक़ीन करना बेहद मुश्किल था कि यह रिश्ता बस कुछ ही दिन पुराना है।

टेक्निकल सॉल्यूशंस के तीन राउंड के बाद दोपहर में डील साइन हो गई। यह बेंचमार्क कंपनी के लिए एक बड़ी उपलब्धि थी। सिया ने भास्कर को बताया। उसने सिया और अभिज्ञान की टीम की तारीफ़ों के पुल बाँध दिए। डाटा मैट्रिक्स के सीईओ सत्येंद्र चुग ने कंपनी के इस एसोसिएशन को सेलिब्रेट करने के लिए एक पॉश लाउंज में पार्टी रखी थी। वह अभिज्ञान और सिया को इस डिनर में आमंत्रित करने के लिए आए थे। वे दोनों दिल्ली जाने की तैयारी कर रहे थे। मगर चुग के ज़ोर देने पर उन्होंने अपनी टिकट पोस्टपोन कर दी।

दोनों जल्दी से होटल चले गए ताकि कुछ देर आराम कर सकें। उन्हें फिर पार्टी भी अटेंड करनी थी। अभिज्ञान ने सिया के कमरे के दरवाज़े पर नॉक किया, "आप क्या पहन रही हैं?"

"मैं अपने साथ पार्टी के कपड़े नहीं लाई हूँ, मैं साड़ी पहनूँगी।"

"ओके! किस रंग की?"

"पिंक! क्यों?"

"कुछ नहीं।" और वह वापस चला गया। सिया सोच में पड़ गई 'ये मेरे पास पूछने क्यों आया। इसे मेरे कपड़ों से क्या लेना-देना।'

वह सिया को पिक करने के लिए वापस आया। वह टक्सिडो सूट में था और बहुत ही हैंडसम लग रहा था। सिया ने उसकी तारीफ़ की।

सिया ने ऑर्चिड पिंक कलर की साड़ी के साथ हल्का बैंगनी रंग का स्लीवलेस ब्लाउज़ पहना था। वह बेहद ख़ूबसूरत लग रही थी। अभिज्ञान उस पर से अपनी नज़रें नहीं हटा पा रहा था।

"क्या?" सिया ने पूछा।

"कुछ नहीं।" वह मुस्कुराया पर बोला कुछ भी नहीं।

"आप ऐसे क्यों देख रहे हैं।" उसने फिर से टोका।

"आप बहुत ख़ूबसूरत लग रही हैं सिया।" उसके सिर पर इश्क़ का भूत पहले से ही सवार था, अब वह उसे दिन पर दिन और अच्छी लगती जा रही थी। वह अपनी भावनाओं को कंट्रोल नहीं कर पा रहा था। इसलिए वह कम बोलने की कोशिश कर रहा था।

सिया के गालों तक हया की लाली फ़ैल गई।

"आप क्यूट लगती हैं, जब भी आप ब्लश करते हुए मुस्कुराती हैं!" वह उसकी तारीफ़ करने से ख़ुद को रोक नहीं सका।

"नो! मुझे क्यूट मत कहना। और हाँ, सुनो, मैं शरमा-वरमा नहीं रही हूँ।" उसका चेहरा लाल हो गया।

"आप क्यूट हैं! शरमा रही हैं! आप मुझसे झूठ बोल सकती हैं, पर एक काम कीजिए, आप ख़ुद ही देख लीजिए।" उसने आइने की तरफ़ इशारा करते हुए कहा। सिया ने अपने बाईं तरफ़ के आईने में देखा। अभिज्ञान ने भी आईने की तरफ़ देखा और सोचा कि 'हम साथ में कितने अच्छे लगते हैं।' सिया उसकी तरफ़ देखकर मुस्कुराई।

"आप फिर से खो गए! होश में आइए! और हाँ, प्यार में मत पड़िएगा।" सिया ने उसे याद दिलाया।

"प्यार और आपसे? मैं पागल नहीं हूँ!" वह मुस्कुराया। वह सही थी। वह पहले से ही उसके प्यार में था, ट्रूली, मैडली, डीपली।

दोनों पार्टी के लिए गए। यह एक पॉश पब था, जो उनकी प्राइवेट पार्टी के लिए बुक था। ड्रिंक और डांस शुरू हो चुका था। अभिज्ञान सिर्फ़ सिया को देख रहा था। वह उससे ज़्यादा बात नहीं कर रहा था। वह अपने प्यार का इज़हार इस तरह नहीं करना चाह रहा था। उसके पास प्रपोज़ल के लिए एक प्लान था, लेकिन अभी नहीं। सही समय आने पर।

अभिज्ञान ने नोटिस किया कि डाटा मैट्रिक्स का टेक्निकल हेड सिया से बार-बार डांस के लिए कह रहा है। सिया ने उसे विनम्रता से मना कर दिया। वह फिर से अपने हाथ में ड्रिंक लेकर सिया के पास आया, पर इस बार अभिज्ञान बीच में आ गया। वह आदमी नशे में था। अभिज्ञान ने चुग से उसका ध्यान रखने को कहा। सिया अपसेट हो रही थी। उन्होंने माफ़ी माँगी और उस आदमी को किनारे किया। दोनों ने जल्दी से डिनर किया और फिर पार्टी से निकल गए।

उन्होंने कार में एक-दूसरे से कोई बात नहीं की। सिया उदास दिख रही थी जबकि अभिज्ञान ग़ुस्से और हल्के नशे में था। कार में अजीब-सा सन्नाटा था। वे होटल पहुँचे। जैसे ही कार रुकी, अभिज्ञान कार से उतरा और तेज़ी से अपने कमरे की तरफ़ जाने लगा, सिया से बात किए बग़ैर। वह भी उसके पीछे तेज़ी से चलने लगी। उसने अपना रूम खोला, अपना फ़ोन और जैकेट दोनों बेड पर फेंक दिए। सिया उसे शांत करने की कोशिश कर रही थी।

"अभि, सुनो! आप इतने नाराज़ क्यों हैं?"

"मुझे आपके बारे में केवल यही चीज़ पसंद नहीं है, सिया। आप ऐसे लोगों को थप्पड़ क्यों नहीं मार सकती हैं? आपको ये सब सहने की क्या ज़रूरत है?" उसने उसकी आँखों में देखते हुए पूछा।

"देखो, वहाँ पर रिएक्शन करने का कोई मतलब नहीं था, क्योंकि वह नशे में था।" उसने समझाने की कोशिश की।

"सच है, वह नशे में था और एक जोंक की तरह चिपकना चाहता था। ऐसे लोगों को बिज़नेस पार्टियों में आने की इजाज़त नहीं देनी चाहिए। उन्हें नहीं मालूम होता है कि एक औरत से किस तरह पेश आते हैं।" वह चिल्लाया।

"हमारे चारों तरफ़ हर तरह के लोग होते हैं। वह शायद केवल डांस करना चाह रहा होगा। जाने दो ना।" सिया ने उससे विनम्रता से कहा।

"डांस? किस दुनिया में हैं आप, उसकी आँखों में हवस थी। क्या आपको नहीं दिखा? आपको छूने की उसकी हिम्मत कैसे हुई? मैं बर्दाश्त नहीं कर सकता कि कोई आपको छुए।" वह ग़ुस्से में था। उसके हर शब्द के साथ सिया के दिमाग़ में कई विचार और सवाल तेज़ी से कौंधे। लेकिन इस समय वह केवल उसे शांत करने की कोशिश कर रही थी।

"मान जाओ प्लीज़!" सिया ने पीछे से उसके कंधे पर हाथ रखने की कोशिश की। अभिज्ञान अचानक मुड़ा और सिया को अनायास ही पीछे की तरफ़ धक्का-सा लगा। सिया के गिरने से पहले ही अभिज्ञान ने हाथों से पकड़कर अपनी ओर खींचा। वह गिरी नहीं। वह अब उसकी बाँहों में थी। सिया के बाल उसके चेहरे पर थे। सिया को अपनी बाँहों में पाकर अभिज्ञान अपने आपको रोक नहीं पाया। उसने अपने एक हाथ से उसे ज़ोर से पकड़ा और दूसरे हाथ से उसके चेहरे से बाल हटाए। सिया ने उसकी गहरी आँखों में

देखा, वह उसकी तरफ़ देख रहा था। दोनों एक-दूसरे की धड़कनों को महसूस कर पा रहे थे। अभिज्ञान ने उसके चेहरे को अपनी हथेली से पकड़ रखा था। उसे यह एक गुलाब की तरह लग रहा था, कोमल और आकर्षक। उसने धीरे से अपनी उँगली को उसके होठों की तरफ़ बढ़ाया। सिया ने अपना चेहरा फेरने की कोशिश की। अभिज्ञान ने उसे हिलने नहीं दिया, उसकी पकड़ मज़बूत थी। अभिज्ञान ने उसके माथे पर चूम लिया। सिया ने अपनी आँखें बंद कर लीं। वह कंट्रोल खो रही थी। वह उसे प्यार करना चाहता था, पूरे जुनून के साथ प्यार करना चाहता था। वह एक मासूम लड़की-सी लग रही थी, जैसे वह अपने शरीर पर किसी आदमी के स्पर्श को पहली बार महसूस कर रही हो। अभिज्ञान के हाथ की हर जुम्बिश से उसकी हालत तूफ़ान में काँपती पत्ती-सी हो रही थी। वह पीछे हटने की कोशिश कर रही थी। अभिज्ञान ने उसे और पास खींच लिया। वह उसकी साँसों को अपने चेहरे पर महसूस कर सकती थी। उसने अपनी आँखों को बंद कर लिया। अभिज्ञान का स्पर्श उसे बहका रहा था। वह उसकी मज़बूत बाहों में धीरे-धीरे पिघलती जा रही थी। अभिज्ञान ने उसके कान पर एक प्यारा-सा चुंबन रख दिया और फिर कहा, "मैं तुम्हें कभी गिरने नहीं दूँगा सिया। मैं तुम्हारे लिए बहुत शिद्दत से महसूस करता हूँ। मुझे नहीं पता कि मैं इस तरह क्यों बरताव कर रहा हूँ। मगर जिसने भी तुम्हें छूने की कोशिश की मैं उसकी जान ले लूँगा।"

ये शब्द उसके कानों में पिघलते लावे के जैसे लगे। वह होश में आ चुकी थी। वह शादीशुदा है, वह यश को धोखा नहीं दे सकती।

"मुझे जाने दो अभि... प्लीज़!" उसने एक कमज़ोर आवाज़ में गुज़ारिश की। अभिज्ञान ने झटके से उसे छोड़ दिया। वे दोनों काफी एम्बैरेस थे। सिया अपने कमरे की तरफ़ भागी। उसकी साँसें तेज़ी से चल रही थीं। उसका दिल भी ज़ोरों से धड़क रहा था। 'मैं क्या करने वाली थी? मैंने कैसे उसे अपने-आप को छूने दिया? मैंने उसे धक्का क्यों नहीं दिया... अगर इस जगह कोई और होता तो मैं उसे थप्पड़ मार देती। उसने मुझे किस किया और मैंने विरोध भी नहीं किया। ऐसे स्पर्श के लिए मुझे सालों से इतनी तड़प नहीं हुई। फिर अभिज्ञान के साथ क्यों? लगता है मैं पागल हो जाऊँगी।'

उसका दिमाग़ अभिज्ञान के साथ उसके ऑफिस में बीते पिछले दो महीनों

में घूम रहा था। वह ख़ुद भी अभिज्ञान के साथ अपने रिश्ते को स्कैन कर रही थी। यह रिश्ता अब बदल चुका था। हाँ, यह बदल चुका था। एक अजनबी से ऑफ़िस कलीग और फिर दोस्त, और फिर पिछले कुछ दिनों से इतनी सारी शेयरिंग ज़्यादातर चीज़ें आपस में डिसकस करना... वे अच्छे दोस्त की तरह क़रीब आ चुके थे। बेहद पक्के दोस्त और अब यह सब! क्या वह सिया के लिए वाक़ई कुछ महसूस करने लगा है? या महज़ दिखावा कर रहा है? क्या वह अपनी ज़िंदगी में प्यार तलाश रही है? क्या वह उसके साथ रिश्ते बारे में सोच रही है?

'वह दिलफेंक है।' सिया ख़ुद को समझाने की कोशिश कर रही थी। 'पर वह एक अच्छा आदमी भी है।' उसके पास मौक़े थे, पर उसने कभी किसी के साथ फ़िज़िकली इंटीमेट होने की कोशिश नहीं की, जबकि तृष्णा जैसे लोग उसके पास मौजूद थे। क्यों उसके छूने से वह बहकने लगी थी? बीते कई सालों में उसने प्यार की ऐसी तड़प महसूस नहीं की, न तो शारीरिक तौर पर और न ही मानसिक तौर पर। फिर आज क्या हुआ!' बेड पर बेजान-सी पड़ी वह पंखे को देख रही थी।

अभिज्ञान अभी भी एक ऐसी मानसिक स्थिति में था, जहाँ उसे सिया अपनी बाहों में दिख रही थी। वह उससे बात कर रहा था। उससे अपने प्यार का इज़हार कर रहा था। उसने अपने होठ उसके होठ पर रख दिए... ओह! वह कितनी शर्मिली है। वह इज़हार नहीं कर पा रही थी लेकिन वह उससे प्यार करती है, उसी की तरह बेपनाह! अभिज्ञान उसे पूरी शिद्दत से किस करता है। घंटों वे दोनों एक-दूसरे की आँखों में खोए रहे। फिर वह उसे अपनी बाँहों में उठाकर बेड पर ले गया। अभिज्ञान ने गर्दन से उसे फिर से चूमना शुरू किया और नीचे की तरफ़ बढ़ता गया। वह अपने प्यार की चमक उसके चेहरे पर साफ़ देख पा रहा था। अभिज्ञान के छूने भर से उसका पूरा बदन झूम उठता था। सिया ने उसे अपनी तरफ़ खींचा और उसकी पलकों को चूमा। फिर वह उसके होठों की तरफ़ गई और उसने उसे दोबारा किस किया।

टर्रर्रर्रर्र... टर्रर्रर्रर्र...

"ओह... अब ये क्या डिस्टरबेंस है। मैं देखता हूँ जान। कोई दरवाज़े पर है। आ रहा हूँ।"

उसने दरवाज़ा खोला।

"सर, आपकी फ़्लाइट का टाइम हो गया है। मैम आपका रिसेप्शन पर इंतज़ार कर रही हैं।" वह एक होटल स्टाफ़ था।

"कौन मैम?" उसने लापरवाही से पूछा।

"सिया मैम, सर!" होटल स्टाफ़ ने जवाब दिया।

"सिया? उसने पीछे मुड़कर देखा, कमरे में कोई नहीं था। 'ओह गॉड! क्या वाक़ई यह सपना था? नो! वह वहाँ नहीं थी। ये मुझे क्या हो गया है? क्या ये हैंगओवर है या मुझे उससे प्यार हो गया है या मैं सिर्फ़ उसे पाना चाहता हूँ...' अभिज्ञान गहरी उलझन में था।

"सर, आपको मदद चाहिए?" लड़का उसके अजीब व्यवहार से चकरा गया।

"न... नो! 15 मिनट। मैम को बता दो कि मैं 15 मिनट में तैयार होकर आ रहा हूँ।" उसने कहा।

उसने जल्दी से सब कुछ पैक किया। एक शॉवर लिया और तैयार हो गया। वह भागते हुए नाश्ते के लिए पहुँचा।

"हे! मार्निंग! सॉरी, मुझे देर हो गई।" उसने बिना सिया के चेहरे की तरफ़ देखे हुए कहा।

"इट्स ओके!" सिया ने बिना उसकी तरफ़ देखे ही जवाब दिया।

दोनों ने जल्दी से नाश्ता किया और एयरपोर्ट के लिए निकल गए। वे पिछली रात की घटना से उबर नहीं पाए थे। इसलिए आपस में बात नहीं कर पा रहे थे। हर बार नज़रें मिलने के बाद, वे इधर-उधर देखने लग जाते थे।

दोपहर के बाद सिया अपने घर पर थी। उसको तीन दिन बाद देखकर बच्चे बेहद ख़ुश थे। यश ने भी ट्रिप के बारे में कुछ बेमतलब सवाल नहीं किए। डील पक्की हो चुकी थी। सिया अपने आप को जितना हो सके, सामान्य रखने की कोशिश कर रही थी। लेकिन पुणे में जो हुआ, वह उसके बारे में अभी भी सोच रही थी। उसने अपने दिमाग़ को अभिज्ञान से हटाकर अपने बच्चों पर लगाया।

8

वह अगले दिन हमेशा की तरह अपने टाइम पर ऑफ़िस पहुँची। सभी लोगों ने उसे सक्सेसफुल डील के लिए बधाइयाँ दी। इस डील ने उन लोगों को कंटेंट और टेक्नोलॉजी मे नंबर वन बना दिया था। उसने वीकेंड पर एक सेलिब्रेशन की घोषणा की और विनम्रतापूर्वक सभी को काम पर वापस जाने को कहा।

"डील केवल तभी काम करेगी, जब हम सबसे अच्छा डिलीवर करेंगे। तो चलो नंबर वन बनने की शुरुआत का जश्न मनाते हैं। लेकिन वहाँ पर बने रहने के लिए हमें अभी से कड़ी मेहनत करनी होगी।" वह मुस्कुराई और अपने केबिन में चली गई।

नाम्या ने उसे उन सारी महत्त्वपूर्ण चीज़ों के बारे में बताया जो उसकी ग़ैरमौजूदगी में हुई थीं। उसने सारे महत्त्वपूर्ण ईमेल और दूसरे क्लाइंट्स के साथ हुई बातचीत के बारे में बताया। सिया ने नाम्या से तृष्णा को भेजने के लिए कहा।

"क्या मैं अंदर आ सकती हूँ, मैम ?" तृष्णा ने पूछा।

"आओ ! तृष्णा, कैसी हो तुम ?" उसने एक मुस्कान के साथ उत्तर दिया।

"मैं ठीक हूँ, मैम।"

"ग्रेट। तो डील पूरी हो चुकी है और चूँकि तुम कंटेंट टीम की हेड हो, इसलिए अपनी टीम को इंस्ट्रक्शनल डिज़ाइन की पहली खेप आईटी को देने के लिए तैयार करो और उससे पहले ट्रेनिंग मॉडयूल पर अभिज्ञान के साथ थोड़ा

मंथन कर लो। मैं चाहती हूँ तुम अपनी टीम से कम-से-कम 5 लोगों को तैयार करो, जो क्लाइंट के साथ प्रेज़ेंटेशन और बातचीत कर सकें। मैं इन लोगों से हर हफ़्ते मिलना चाहूँगी।" उसने उसे आदेश दिया।

"ओके मैम!" तृष्णा ने थोड़ी हिचकिचाहट के साथ सिर हिलाया।

"गुड लक!"

"थैंक्यू, मैम!" तृष्णा मुस्कुराई और चली गई।

सिया ने उसकी असहजता को दूर करने की ख़ातिर उस दिन के बारे में कुछ भी नहीं पूछा। सिया ने काम करना शुरू कर दिया। उसने नाम्या से अभिज्ञान के बारे में पूछा। उसे बताया गया कि वह आज ऑफ़िस नहीं आया है। नाम्या को उसके न आने का कारण जानने के लिए कहा क्योंकि उनके पास इस प्रोजेक्ट पर काम करने के लिए काफ़ी सारी चीज़ें हैं।

"मैम, सर फ़ोन नहीं उठा रहे हैं।" नाम्या ने बताया।

"हम्म!"

सिया ने अपने सेल फ़ोन से अभिज्ञान को कॉल किया। कॉल पहली रिंग पर ही उठ गई, जैसे कि वह फ़ोन को अपने हाथ में लेकर बैठा था। लेकिन उसने कुछ नहीं कहा।

"हैलो!"

"सिया..."

"आप कहाँ हैं?"

"मैं घर पर हूँ।"

"जानकर ख़ुशी हुई। उम्मीद है कि इतने थका देने वाले शेड्यूल के बाद आपकी नींद अब पूरी हो चुकी होगी।"

"जी हाँ।"

"ग्रेट। तो जितना जल्दी हो सके, ऑफ़िस पहुँचिए। फौरन।"

"मैं नहीं आ सकता।"

"मतलब?"

"मैं इस प्रोजेक्ट पर आगे काम नहीं करना चाहता हूँ।"

"देखिए, अभि। आप मेरे साथ ऐसा नहीं कर सकते।"

"आपके साथ?"

"मेरा मतलब है आप इस तरह से इस प्रोजक्ट को बीच में नहीं छोड़ सकते। भास्कर आप पर भरोसा करता है। आप उसे धोखा नहीं दे सकते।"

"मैं भरोसे के लायक़ नहीं हूँ, सिया। और ये आप जानती हैं।"

वह समझ चुकी थी कि वह अपने आप को किस बात का दोषी ठहरा रहा था।

"अभिज्ञान। हमें अभी मिलना चाहिए।"

"मैं ऑफ़िस नहीं आना चाहता।"

"ठीक। मैं आ रही हूँ।"

सिया ने नाम्या को महत्त्वपूर्ण चीज़ों पर ज़रूरी निर्देश दिए और ख़ुद अभिज्ञान के घर पहुँच गई। घर के दरवाज़े खुले थे।

"हैलो... कोई घर पर है ?" वह घर के अंदर गई।

"जी। मैं यहाँ हूँ।" अभिज्ञान कुर्सी पर बैठा हुआ था। वह अंदर आई और दरवाज़ा बंद कर दिया।

"इसे खुला ही रहने दें। आप नहीं जानती हैं, ख़ुद को बचाने के लिए आपको यहाँ से भागना पड़ सकता है।" अभिज्ञान ने उससे कहा।

"आप पागल हो गए हो क्या ? मैं आप पर भरोसा करती हूँ।"

"मुझ पर विश्वास मत करो सिया। मैं आपके आस-पास रहने के लायक़ नहीं हूँ।"

"मैं आस-पास हूँ। मैं आस-पास रहूँगी।" उसने दृढ़ता से कहा और पास के सोफ़े पर बैठ गई। उसने अभिज्ञान का हाथ अपने हाथ में ले लिया। वह अचकचा कर पीछे हट गया।

"डोंट टच मी। आपको नहीं पता आपके छूने से मेरे रोंगटे खड़े हो जाते हैं। ये टच मुझे पागल कर देता है। मैं आपको हर समय अपने आस-पास पाता हूँ। मैं हमेशा आपसे बातें करता रहता हूँ। मैं आपको दिन-महसूस करता हूँ, एक हमसफ़र की तरह, एक जीवनसाथी की तरह! मुझे लगता कि मैं पागल हो रहा हूँ। मुझे एक डॉक्टर से मिलने की ज़रूरत है।" वह पागलों की तरह बड़बड़ा रहा था।

सिया उससे कसकर लिपट गई। "शांत हो जाओ, अभि! शायद हम एक-दूसरे को बहुत ज़्यादा समझने लगे हैं। मेरे साथ भी कुछ ऐसा ही हो रहा है। मैं

समझ सकती हूँ कि आपके साथ क्या हो रहा है।" उसने पास ही रखे काउच पर उसे बिठाते हुए समझाया, "किसी के प्रति आकर्षित होना कोई गुनाह नहीं है और अब तो हम दोस्त हैं। ऐसा होता है। इट्स ओके!" उसने प्यार से कहा।

"मैं आपके प्रति आकर्षित नहीं हूँ। मैंने आज तक कभी किसी के लिए ऐसा महसूस नहीं किया है, जिस तरह से मैं आपके लिए करता हूँ। यह मेरे लिए अजीब और डरावना है। हाँ मैं मानता हूँ कि मेरे कम उम्र में ही कई सारे अफ़ेयर रह चुके हैं। मेरा एक सीरियस लव अफ़ेयर था, मेरा पहला प्यार... उसके बाद से मैंने इतना कभी किसी के लिए नहीं महसूस किया। मैंने कभी अपनी ज़िंदगी में किसी के होने का इतना भ्रम नहीं पाला।" वह काँप रहा था। "ये पागल कर देने वाला है! लगभग 11 साल तक मैं कभी किसी एक रिश्ते में नहीं बँधा। क्योंकि मैं जानता हूँ कि मैं कमिटेड नहीं होना चाहता। पर जबसे मैं आपसे मिला हूँ मैं वह नहीं हूँ, जो मैं कुछ महीने पहले था। आपको पता है, जब पहली बार तृष्णा मेरे पास आई, उस दिन भी मैंने आपको अपनी बाहों में महसूस किया था। मैं उसे छू भी नहीं पा रहा था। वह दबाव डालती रही। दूसरे दिन जब वह किस करने की कोशिश कर रही थी, मैंने उसे पीछे धकेल दिया और ग़ुस्से में उसने मुझे ब्लैकमेल करने के लिए अपने हाथ की नस काट ली! ऐसा क्यों है कि जबसे मैं आपसे मिला हूँ, मैं दूसरी औरतों की तरफ़ देख ही नहीं पा रहा हूँ। ना ही उनके साथ फ़िज़िकली इन्वॉल्व हो पा रहा हूँ? इसी हालत में मुझे दो महीने हो चुके हैं। मैं कभी ऐसा नहीं था, जैसा अब हूँ। मैं एक वफ़ादार और शादीशुदा आदमी की तरह व्यवहार कर रहा हूँ... जिसने आपसे शादी कर ली है, सिया।" उसका दर्द उसकी आवाज़ में झलक रहा था।

वह हैरानी में उसे देखने लगी।

"क्या बकवास है।" उसने समझने से इनकार कर दिया।

"हाँ। ये बकवास है। लेकिन यह सच है। आप पर से ध्यान हटाने के लिए मैंने तृष्णा के साथ इन्वॉल्व होने की कोशिश की, लेकिन मैं नहीं कर सका। इससे भी कोई फ़ायदा नहीं हुआ।" वह एडिक्ट की तरह बातें कर रहा था, जो प्यार में कमज़ोर और मजबूर हो चुका है।

"मेरी तरफ़ देखिए, अभिज्ञान। आप 'द अभिज्ञान सूर्यवंशी' हैं। एक एलीजिबल बैचलर... कई औरतों का ख़्वाब... उनका दिल तोड़ने वाला...

आप एक टीनेज लवर की तरह बातें मत कीजिए।" सिया ने उसमें जोश भरने की कोशिश की, "क्या आप जानते हैं इस ऑफ़िस में कितनी लड़कियाँ हैं जो आपके प्यार में पागल हैं! बस आपकी एक झलक पाने के लिए अंशुला उस दिन अपनी कुर्सी से लड़खड़ा गई थी। आपने ध्यान दिया, उस दिन पुणे में जो नई ट्रेनर थी, वह आपका अटेंशन पाने के लिए क्या-क्या नहीं कर रही थी। और उस रोज़ पार्टी में वह बारटेंडर... कुछ याद आया? आप बकवास मत कीजिए। इसमें प्यार जैसा कुछ नहीं है! आप अपनी ज़िंदगी के क़ायदे कैसे भूल सकते हैं? ज़िंदगी लुत्फ़ उठाने के लिए है, किसी एक पर अटकने के लिए नहीं। याद है न?"

"मैं आपके साथ ज़िंदगी भर के लिए अटकना चाहता हूँ, सिया।" उसने उसकी आँखों में देखा। "मैं आपके प्यार में पागल हूँ और यही सच है। मुझे पता है कि आप शादीशुदा हैं। मुझे ये भी पता है कि आप शादी में बुरे दौर से गुज़र रही हैं। आपके जैसी औरत को इतना सहन नहीं करना चाहिए। फिर भी, ये आपकी ज़िंदगी है। आप इसे बेहतर तरीक़े से जानती हैं पर मुझे सांत्वना मत दीजिए। और मैं ये साफ़ कर दूँ कि मुझे आपके लिए कोई हमदर्दी नहीं है। मेरा प्यार किसी हमदर्दी के चलते नहीं है। मुझे मालूम है कि हम अच्छे दोस्त हैं और आप मेरे लिए उस तरह से नहीं सोचतीं। पर आप मेरी परवाह करती हैं। मैं कुछ दिनों में ठीक हो जाऊँगा। मुझे थोड़ा वक़्त दीजिए। आप एक बहुत अच्छी इंसान हैं, मैं आपको खोना नहीं चाहता।" उसने कहा।

"क्या मैंने उस दिन अपनी निजी ज़िंदगी के बारे में आपको कुछ बताया था?" सिया ने पूछा। वह पुणे में पहाड़ी पर गुज़री उस शाम के बारे में सोच रही थी। उसे वह बातें याद नहीं थीं जो उन लोगों ने ड्रिंक के बाद की थी। पर अभिज्ञान की ओर से उसे कोई जवाब नहीं मिला और इसलिए उसने धीमी आवाज़ में बोलना शुरू किया, "ओके! मैं आपको परेशान नहीं करूँगी। लेकिन मैं ये नहीं चाहती कि आप इस प्रोजेक्ट को बीच में छोड़ दें। आपको अपनी ज़िंदगी के फ़ैसले लेने का पूरा हक़ है, लेकिन अगर आप इस प्रोजेक्ट को बीच में छोड़ देंगे तो आप अपनी क्रेडिबिलिटी, अपनी विश्वसनीयता को खो देंगे। मैं नहीं चाहती कि लोग उस पर सवाल करें।"

"आप मेरी इतनी परवाह करती हैं?" उसने उसकी तरफ़ देखा।

"हाँ! मैं करती हूँ।" उसने कहा।

"मैं आपसे प्यार करता हूँ। आप मेरा पहला प्यार नहीं हैं सिया, लेकिन आख़िरी ज़रूर हैं।" उसने दोबारा कहा।

"मैं आपकी क़द्र करती हूँ।" वह मुस्कुराई।

"...!" वह मुस्कुराया। वह ऑफ़िस लौट गई। अभिज्ञान उस दिन नहीं आया। हालाँकि उसने अगले दिन ऑफ़िस आने का वादा ज़रूर किया।

सिया पूरे दिन अभिज्ञान के बारे में सोचती रही। वह किसी रिलेशनशिप की कामना नहीं कर रही थी, लेकिन वह उसे खोना भी नहीं चाहती थी। क्यों? उसके पास शायद ही कोई ऐसा था, जिसके साथ हर तरह की बातें वह कर सकती थी। शायद यही वजह थी या फिर यह भी कि इतने साल अकेले रहने के बाद, उसे कोई ऐसा मिला था, जो छोटी-छोटी चीज़ों से उसे ख़ुश करने की कोशिश करता था! वह बहुत विचलित थी। उसने अपने-आप को काम में झोंक दिया। उसे यह भी नहीं पता चला कि बाहर अँधेरा हो चुका है। अभिज्ञान की तरफ़ से भी कोई बात नहीं हुई। सिया ने भी उसे परेशान नहीं किया। कुछ समय के लिए लोगों को अकेला छोड़ देना बेहतर होता है। इससे दिमाग़ को शांत रखने में मदद मिलती है, ताकि आप ठीक से सोच सकें।

उधर अभिज्ञान भी सोच रहा था कि उससे कब, कहाँ और क्या ग़लती हुई? उसके लिए तनाव से बाहर निकलाने वाली एक ही चीज़ थी, म्यूज़िक। ऐसे में फिर उसने एक गाना लिखा और उसे कंपोज़ किया। अब वह कुछ बेहतर महसूस कर रहा था। उसने अपना ध्यान उन बातों से हटा लिया जिन्हें वह लगातार सोचता आ रहा था। हालाँकि उसने यह गाना भी सिया को ज़ेहन में रखकर लिखा था। फिर भी वह अब हल्का महसूस कर रहा था। गाने के बोल कुछ यूँ थे...

'विद स्ट्रिंग्स ऑफ़ लव एंड पिक्सी डस्ट
मैजिक आई कैन वीव
फ़ॉर योर प्रिटी फ़ेस एंड हैप्पी हार्ट
बेबी... ऑल द रेस्ट आई केन लीव
हेयर यू सी, आई नील

वार्मिंग अप टू बीट्स विच यू फ़ील
हेयर यू सी... आई सिंग फ़ॉरएवर
द सॉन्ग ऑफ़ योर आइज़
फ़ॉलिंग इन लव ऑल ओवर
अगेन... एंड अगेन... फ़ॉरएवर
हेयर... टेक माई वाउ...
आई विल होल्ड यू टाइट
आई विल होल्ड यू राइट
फ़ॉर योर स्माइल
आई विल डू एवरिथिंग इन माई माइट
हेयर यू सी... आई सिंग फ़ॉरएवर
द सॉन्ग ऑफ़ योर आइज़
फॉलिंग इन लव ऑल ओवर...

उसकी आवाज़ में यह गाना जादू भरा रोमांटिक प्रोपोज़ल लग रहा था...

9

अभिज्ञान टाइम से पहले ऑफ़िस पहुँच गया। उसने एक कप कॉफ़ी ली और एक बेंच पर बैठ गया। उसने दो एक्ज़ीक्युटिव्स को आपस में बात करते हुए सुना, दोनों हमेशा साथ रहती थीं और उनकी घनिष्ठता के बारे में सब जानते थे।

"कल मेरी लड़ाई हुई।" तृप्ति ने अपनी बेस्ट फ्रेंड से कहा।

"क्यों ? क्या हुआ ?" गरिमा ने पूछा।

"उसने मेरे मोबाइल पर एक फ़ॉरवर्ड मैसेज देख लिया और भड़क गया।"

"देख लिया... मतलब ? वह चेक क्यों कर रहा था ? उसे तुम पर शक़ है ? क्या ये लव मैसेज था ? प्रपोज़ल या कुछ और ?"

"कुछ नहीं यार बस एक फ़ॉरवर्ड मैसेज, गुड मॉर्निंग और गुड नाइट वाला !"

"फिर इस तरह के मैसेज पर वह ग़ुस्सा क्यों हो गया ?"

"क्योंकि वह मैसेज ऑफ़िस के एक लड़के का था।"

"तो ?"

"तो क्या ! उसने सोचा कि वह लड़का मुझे रिझाने की कोशिश कर रहा है और मैं उसे रोक नहीं रही हूँ।"

"क्या बकवास है ? क्या वह लड़का तुम्हारे पीछे पड़ा है ?

"नहीं।"

"तो फिर तुम उससे बदतमीज़ी से क्यों पेश आओगी? मैसेज करना तो नॉर्मल बात है। ठीक है?"

"लेकिन वह मेरा ब्वॉयफ्रेंड है। मुझे किसी और लड़के से बात नहीं करनी चाहिए।"

"हाँ पर ब्वॉयफ्रेंड होने का ये मतलब नहीं है कि तुम अपने आप को यूँ समेट लो और लोगों से बातचीत करना ही बंद कर दो। तुम्हें ऐसे आदमी को छोड़ देना चाहिए, जो तुम्हारे फ़ोन को चेक करता हो और एक फ़ॉरवर्डेड मैसेज पर सवाल करता हो।"

"कम ऑन! वह मुझे लेकर थोड़ा पज़ेसिव है।"

"पज़ेसिव? यह बस एक अब्यूसिव रिलेशनशिप की शुरुआत है। वह तुम पर बंदिशें लगा देगा।"

"वह सही कहता है मुझे तुम्हारे साथ दोस्ती रखनी ही नहीं चाहिए। तुम तो मुझे भड़काने की कोशिश कर रही हो।"

"वाक़ई! अब वह तुम्हारे दोस्तों को भी तुमसे दूर करना चाहता है?"

"वह मुझसे प्यार करता है और मैं ये जानती हूँ।" उसने तड़ाक से बोला। गरिमा को एक किनारे करके तृप्ति चली गई।

अभिज्ञान ने कॉफ़ी का मग रख दिया। ऐसी बातचीत सुनने के बाद उसे चिंता होने लगी। उसने महसूस किया कि 'कभी-कभी औरतों का भावुक हिस्सा उनकी अक़्ल पर भारी पड़ जाता है। अक्सर ख़ुद पर हो रहे अन्याय के लिए वे ख़ुद भी ज़िम्मेदार होती हैं। यह भावुकता उनकी ताक़त भी है और कमज़ोरी भी। वह बहुत कश्मकश में था। ये कैसा प्यार है, जहाँ एक आदमी अपनी प्रेमिका को इस तरह क़ाबू में करने की कोशिश करता है, जैसे कि वह पालतू जानवर हो, न कि एक प्यारी-सी, भावुक स्त्री, एक अपने जैसी ही इंसान। प्यार बंदिशें नहीं लगाता, प्यार आपको स्वतंत्र करता है।'

यह सोचते हुए उसे फिर से सिया की याद आ गई। वह बेसब्री से सिया का इंतज़ार कर रहा था। 'वह लगभग 10 बजे तक आ जाती हैं।' उस समय 10:15 बज रहे थे, पर वह नहीं आई थी। 'क्या मुझे उन्हें कॉल करनी चाहिए? नो नो! धीरज रखो, यार!' उसने अपना ध्यान काम और प्रोजेक्ट पर लगाया और ख़ुद को मीटिंग में व्यस्त रखने की कोशिश की। उसके दिमाग़ में कई

तरह के तूफ़ान उमड़ रहे थे। वह अपने आप को सँभालने की कोशिश कर रहा था। अब लगभग 2 बज चुके थे पर वह नहीं आई थी। उसने अपना धैर्य खो दिया। उसने दरवाज़े को ठेला और सीधा उसके रूम में गया। वह वहाँ नहीं थी। अभिज्ञान ने उसकी असिस्टेंट से पूछा- "सिया मैम कहाँ है, नाम्या ?"

"सर, वह 2-3 दिनों के लिए नहीं आएँगी।"

"क्यों, क्या हुआ ?" उसे चिंता हुई।

"सर, वह मेरी बॉस हैं, मैं उनसे इस तरह के सवाल नहीं पूछ सकती।" वह मुस्कुराई।

"ओके !"

"वह घर से काम करेंगी।" उसने कहा।

वह वहाँ से निकला तो अपने केबिन में जाते वक़्त तृष्णा से टकरा गया।

"हैलो... अभि !"

"हैलो !" उसने जवाब दिया और अपने केबिन में जाने लगा। तृष्णा उसके पीछे केबिन में आ गई।

"मैं बात करना चाहती हूँ।"

"किस बारे में ?"

"तुम्हारे बारे में !"

"मेरे बारे में ?"

"हाँ, अभिज्ञान।"

"बोलो।" वह मुड़ा और रुक गया।

"सिया मैम कम-से-कम 3 दिनों के लिए नहीं आएँगी।"

"जानता हूँ, तुम्हें मुझे बताने की ज़रूरत नहीं है।"

"मुझे पता है कि तुम बेचैन हो और उनसे मिलना चाहते हो।"

"क्या बकवास है।"

"तुम मुझसे नहीं छिपा सकते। तुम्हारे चेहरे से साफ़ पता चल रहा है।"

"क्या पता चल रहा है ?" उसने तृष्णा की बात को ख़ारिज करने की कोशिश की।

"यही कि तुम्हें प्यार हो गया है। वह बेस्ट आदमी का शिकार करती हैं।

उसके डंक का असर, मैं तुम पर भी देख सकती हूँ।" उसने चिंता जताते हुए कहा।

"क्या मतलब है इसका? मुझे लगता है कि तुम अभी भी नशे में हो।" अभिज्ञान जानता था कि तृष्णा की चिंता भी उसकी ही तरह झूठी है।

"तुम इससे इनकार कर सकते हो, लेकिन इसके बारे में ध्यान से सोचना। जो कोई भी उनके प्यार में पड़ता है, अपनी नॉर्मल लाइफ़ में वापस नहीं लौट पाता है। तुम इसके बाद किसी और को प्यार करने के क़ाबिल नहीं रह जाओगे।" उसने अभिज्ञान को चेताया।

"उम्मीद है, तुम्हारा काम हो गया। अब जाओ।" अभिज्ञान ने उसकी आँखों में देखते हुए कहा।

"अभी नहीं। सिया एनश्योर कर लेती है कि वह किसी भी आदमी की ज़िंदगी का आख़िरी प्यार हो!" तृष्णा अपनी बेइज़्ज़ती पर तमतमा कर बोली।

उसके दिमाग़ ने उसे आगाह किया। 'उसने कहा कि 'आख़िरी प्यार' ये शब्द तो मैंने सिया से कल कहा था। इसका मतलब है तृष्णा वहीं थी?' अभिज्ञान अपना धीरज खो बैठा। उसने चिल्लाकर तृष्णा को केबिन से निकल जाने के लिए कहा।

"जाने से पहले एक और बात मैं तुम्हें बता दूँ। तुम्हें पता है कि वह ऑफिस क्यों नहीं आ रही। तुम्हारे साथ बिज़नेस ट्रिप पर जाने की वजह से उनके और यश के बीच लड़ाई हुई होगी। ज़रूर कल की रात उनके लिए बड़ी काली और लंबी रही होगी!" वह पागलों की तरह हँसी।

तृष्णा की बात ने उसका खून जमा दिया, इसके पहले कि तृष्णा वहाँ से जाती, वह बोला, "सुनो तृष्णा, जाने से पहले बस एक बात बोलना चाहता हूँ। ये युनिवर्सल लॉ है कि जो ग्रैटिट्यूड रखता है उसे ईश्वर बेशुमार वापस करता है, और जो कृतज्ञ नहीं है उससे वह सब भी छिन जाता है जो उसके पास है। मैं जानता हूँ कि तुम्हें सिया के लिए कोई ग्रैटिट्यूड नहीं है। और एक रोज़ ये सब खो दोगी जो तुमने हासिल किया है।"

तृष्णा चली गई। अभिज्ञान बहुत ज़्यादा परेशान था। 'क्या तृष्णा रेप के बारे में बात कर रही थी? नॉट अगेन!' वह सोफ़े पर निढाल हो गया। उसे ऐसा लग रहा था कि वह अभी दौड़ता हुआ सिया के घर पर चला जाए। नहीं वह शादीशुदा है। उसने फ़ोन करने की कोशिश की मगर कोई जवाब नहीं मिला।

'मैं केवल एक दोस्त हूँ। मैं इस तरह से उनके मामले में दख़ल नहीं दे सकता।' वह बहुत असहाय था। 'अभिज्ञान, तुम्हें इस नर्क से निकलने में उसकी मदद करनी चाहिए। तुम उनकी ही तरह लाचार और पीड़ित बनकर नहीं बैठ सकते।' उसने ख़ुद को याद दिलाया और उसके घर की तरफ़ निकल पड़ा।

गाड़ी ड्राइव करते वक़्त उसके दिमाग़ में हज़ारों ख़याल आ रहे थे। 'उनके घर पर जाना उनकी परेशानी को और न बढ़ा दे। वह सिया के साथ यश के बरताव को लेकर ग़ुस्से में था। सिया जब भी बात करती है यश को हमेशा एक परफ़ेक्ट मैन की तरह बताती हैं। वह अपनी ज़िंदगी के साथ क्या कर रही हैं? जब उन्होंने तृष्णा और निष्ठा जैसे लोगों की ज़िंदगी सँवारने में मदद की है, उन्हें उनके बुरे पतियों से बचाया है, तब वह यश के ख़िलाफ़ कोई एक्शन क्यों नहीं लेती हैं? उसने ज़रूर उनको नुक़सान पहुँचाया होगा। यश उनको लेकर पज़ेसिव है। उन पर शक करता है। पर क्यों वह इस बकवास को सह रही हैं? वह आख़िर अपने लिए स्टैंड क्यों नहीं लेतीं?'

अभिज्ञान उसके घर पहुँच चुका था। अमृता शेरगिल मार्ग पर एक बड़ा-सा बंगला। एक फ्रेंच आर्किटेक्ट द्वारा बनाया गया। गुलाबी और सफ़ेद बोगेनवेलिया की झाड़ियाँ खिड़की के बड़े शीशे पर फैली हुई थीं। ये विला जैसे यूरोप में कहीं होने का एहसास दिला रहा था। ज़्यादातर फूल सफ़ेद और गुलाबी थे। जैसे उसने अपने राइट-अप में लिखे थे। यश ने शून्य से सफल बिज़नेसमैन बनने की ख़ातिर कड़ी मेहनत और प्रतिभा के साथ संघर्ष किया है। उसने उसे वह सब दिया, जो वह पैसे से ख़रीद सकता था। उसके राइट-अप में दो चीज़ें इस बात का सबूत थीं। पहली कि यश उससे पागलों की तरह प्यार करता था और उसके लिए कुछ भी कर सकता था, और दूसरी वह उस पर शक़ करता था। कितना विरोधाभास है यहाँ? यह सोचते हुए वह गेट पर पहुँच गया। गार्ड ने उसे रोका, "आपको किससे मिलना है, सर?"

"सिया मैम से।"

"ठीक है सर, मुझे पूछने दीजिए। आपका नाम सर?"

"बेंचमार्क से अभिज्ञान।"

"पूरा नाम सर?"

"अभिज्ञान सूर्यवंशी।"

"एक मिनट सर।" उसने अंदर फ़ोन किया और फिर अभिज्ञान से कहा, "सर आप अंदर जा सकते हैं।" गार्ड ने उसे रास्ता बताया।

अभिज्ञान घर के अंदर आ चुका था। उसका दिल तेज़ी से धड़क रहा था। जैसे ही उसने लॉन पार किया और बरामदे में पहुँचा एक महिला ने उसका वेलकम किया। जो एक्ज़ीक्युटिव-सी दिख रही थी। उसे लाउंज की तरफ़ ले गई। वह वहाँ बैठ गया। उसे दूसरे स्टाफ़ ने पानी और कूकीज सर्व करना चाहा। उसने अपना सिर 'ना' में हिलाया।

"थैंक्यू!"

"प्लीज़, आप पानी लिजिए, सर। मैम आ रही हैं।" उसने विनम्रता से कहा।

"हाँ।" उसने एक घूँट में ही सारा पानी पी लिया। उसे इस रूम में आए हुए 15 मिनट हो चुके थे। वहाँ सिर्फ़ एक लड़का मौजूद था। अभिज्ञान ने उससे पूछा, "यश सर घर पर हैं?"

"नहीं, साहब सुबह जल्दी चले गए थे। उनकी विदेश में मीटिंग है।" लड़के ने जवाब दिया।

"ओके!" उसने सोचा, 'अगर वह घर पर नहीं है, तो सिया क्यों मुझसे मिलने के लिए इतना टाइम लगा रही हैं?' वह अब बेचैन हो रहा था और फिर उसने देखा कि सिया उसकी तरफ़ आ रही है। वह धीरे-धीरे चल रही थी। फ़ुल स्लीव्स का चाइनीज़ कॉलर वाला लंबा ढीला कुर्ता, पैंट और नीला दुपट्टा। उसके बाल खुले हुए थे। वह हमेशा की तुलना में आज भारी मेकअप में थी। वह हँस रही थी। जैसे ही वह पास आई, वह खड़ा हो गया। वह उसे गले लगाना चाहता था। फिर उसने ख़ुद को कंट्रोल किया।

"हैलो, सिया! कैसी हैं आप?"

"हैलो, अभिज्ञान! मैं अच्छी हूँ। बैठिए!"

"हाँ बिलकुल। प्लीज़ आप भी बैठिए।"

अभिज्ञान उसे लगातार देख रहा था। उसकी आँखों और नज़रों से सिया बेचैन होने लगी। "मुझे इस तरह मत देखो।"

"क्यों? तो फिर आप मुझसे बातें क्यों छिपाती हैं?"

"मैं कुछ नहीं छिपा रही हूँ।"

"आप कुछ नहीं छिपा रही हैं? आपको पक्का यक़ीन है?"

"छोड़ो ये सब। वॉट ए सरप्राइज़! आपको यहाँ देखकर अच्छा लगा।" उसने टॉपिक चेंज कर दिया।

"हाँ! अगर आप इसी तरह ग़ायब होती रहेंगी तो मैं आपको इसी तरह सरप्राइज़ देता रहूँगा!" अभिज्ञान ने एक मुस्कान के साथ जवाब दिया।

सिया ने उसकी आँखों में देखा। उसकी आँखें जैसे पूरे संसार का प्यार और संवेदना समेटे हुई थीं और यह सिर्फ़ सिया ही देख सकती थी। वे दोनों एक-दूसरे को देख रहे थे। सिया अपने ढीले कपड़ों और मेकअप के नीचे अपनी चोटें और खरोंच के निशानों को छिपा रही थी लेकिन अभिज्ञान को उसकी चप्पलों से झाँकते पैर पर पड़ा हुई नीला निशान दिख रहा था। शायद किसी ने काटा था। 'हे भगवान! ये बहुत झेल चुकीं अब,' उसका दिल चाहता था कि वह हाथ पकड़कर सिया को इस नर्क से ले जाए।

उसने बोलने की कोशिश की लेकिन उसका गला भर गया। उसकी आँखें डबडबा गईं।

"तो, आयरनमैन आपको किस बात ने इमोशनल कर दिया?"

वह मुस्कुराया, "आपने!"

वे दोनो हँसने लगे। जैसे ही सिया हँसी, उसकी आँखों के आँसू गालों पर लुढ़क गए।

"यू आर ए ग्रेट वुमेन। मुझे ख़ुशी है कि मैं आपके लिए शिद्दत से महसूस करता हूँ। जानती हैं, कुछ तो ऐसा है जो हमें एक-दूसरे से जोड़ता है। पता है, एक बंच ऑफ सोल्स एक साथ जन्म लेते हैं और ये आत्माएँ इसी दुनिया में अपनी ज़िंदगी में एक-दूसरे को ढूँढ लेती हैं। जीवनसाथी केवल पति-पत्नी या प्रेमी नहीं होते, ये आपके माँ-बाप, रिश्तेदार, दोस्त या कोई और भी हो सकते हैं।" उसने सिया से कहा।

"ओके!" सिया उसे ध्यान से सुन रही थी, जैसा वह हमेशा करती थी।

"और हाँ, ये भी ज़रूरी नहीं है कि ये सोल्स हमेशा एक साथ रहें। कभी-कभी ये हमारी ज़िंदगी में कैटलिस्ट की तरह आती हैं, हमें आगे बढ़ाने के लिए। जब हम किसी एक जगह पर अटक जाते हैं। कभी-कभी ये हमारी आत्मा के बोझ को बाँटने और कम करने के लिए भी आती हैं। और जब हम मुश्किलों

से निकल जाते हैं, तो ये वापस चली जाती हैं।"

"हम्म!" सिया गहरी सोच में थी। अभिज्ञान से बातचीत करने पर वह अपनी ज़िंदगी की परेशानियों के बारे में सोचने लग जाती थी। वह किसी भी चीज़ का समाधान निकाल लेता था, उस समस्या का ज़रा भी ज़िक्र किए बग़ैर।

"सिया, ये भी ज़रूरी नहीं है कि जिनसे आप प्यार करो, जिन्हें जन्म दो, या फिर जिससे शादी करो, वे ही आपके सोलमेट हों। वे आपके आस-पास के रिश्तों से परे दूसरे लोग भी हो सकते हैं। इन सब संबंधों, समाज के क़ायदे-क़ानून और उसके दबाव से अलग भी देखने की कोशिश करिए। आप पाएँगी कि इतना दुख झेलने का कोई फ़ायदा नहीं है ख़ासकर तब जब आप और आपको प्यार करने वाले लोग खुश ना हों, ऐसे समझौतों का कोई मतलब नहीं है। अपनी ज़िंदगी की प्राथमिकताओं की एक लिस्ट बनाइए और देखिए कि आप कैसे अपने चाहने वालों को ख़ुशियाँ दे सकती हैं। लेकिन यहाँ भी एक मसला है। जब तक आप स्वयं ख़ुश नहीं हैं, आप अपने आस-पास के लोगों को भी ख़ुश नहीं रख सकतीं।" अभिज्ञान ने उसकी ख़ुशी पर ज़ोर दिया।

"और इसका पता कैसे चलेगा?" उसने पूछा।

"ये बहुत सिंपल है। अपने पिछले समझौतों और परेशानियों की पड़ताल करो और मूल्यांकन करो कि क्या इन सारी बातों से आपके प्रियजनों को ख़ुशी मिलती है? क्या समाज ने आपकी ख़ुशियों के लिए कभी कुछ किया? क्या समाज ने आपके प्रियजनों के लिए कुछ किया? अगर नहीं! तो अभी इसी वक़्त से समझौता करना बंद करिए। देखिए, बात समझिए, आप पूरी दुनिया को ख़ुश नहीं रख सकतीं, लेकिन अगर आप ख़ुश हैं, तो उन लोगों की ज़िंदगी को सुधार सकती हैं जो आपसे प्यार करते हैं। मुझे पता है कि कुछ लोग ऐसे हैं जो सिर्फ़ आपको ख़ुश देखना चाहते हैं। क्या वे लोग जरूरी हैं, या वे जो आपको नीचा दिखाना चाहते हैं? आप किसे चुनोगे? सिर्फ़ आप ही हैं जो इस सबको बदल सकती हैं। आप अपनी ज़िंदगी में ख़ुशियाँ भर सकती हैं बस अभी से ज़्यादती सहना बंद कर दीजिए।"

सिया ने उसकी आँखों में देखा। वह अब रो नहीं रही थी। वह जानती थी, अभिज्ञान के लिए ये सिर्फ़ शब्द नहीं हैं, सच है। उसके पास अब कोई था जो उसे अपने आत्मसम्मान की लड़ाई लड़ने का भरोसा दे रहा था।

"मैं कर सकती हूँ। मैं ये करूँगी। मुझे इसे बदलना ही होगा।" उसने दृढ़ता से कहा।

"मुझे पता है आप कर सकती हैं और आप करेंगी! वैसे हमारे बीच कुछ प्लैटोनिक सा है।" अभिज्ञान ने कहा।

"हमारे बीच? प्लैटोनिक सा? मतलब?" सिया ने पूछा।

"किसी और दिन बताऊँगा। अभी आप आराम कीजिए। ऑफ़िस की चिंता मत कीजिए। लेकिन जल्दी वापस आने की कोशिश कीजिएगा!"

"यू मिस मी?" वह मुस्कुराई।

"आई मिस टीज़िंग यू।" वह मुस्कुराया।

अभिज्ञान खड़ा हुआ और उसे बाय कहा। सिया उसे बाहर छोड़ने के लिए आई। वह उसे जाता हुआ देख रही थी और ख़ुद से बातें कर रही थी- 'तुम बिलकुल मेरी ट्विन सोल हो अभि, तुम मुझे देखने भर से हर चीज़ समझ जाते हो। मैं नहीं चाहती कि तुम मुझसे प्यार करो और तकलीफ़ सहो। गॉड प्लीज़! मैं उसकी ज़िंदगी को बरबाद करने का बोझ नहीं उठा सकती। प्लीज़! अभिज्ञान को मुझसे दूर होना होगा। और यश... अगर उसे पता चल गया तो! उसे पहले से ही हर उस आदमी पर शक़ है, जो मेरे आस-पास रहता है। अगर उसे पता चल गया कि अभिज्ञान मेरे लिए फ़ील करता है तो यश उसे मार डालेगा।' उसका सिर घूमने लगा। वह बहुत ज़ोर लगा कर साँस लेने की कोशिश कर रही थी पर उसे साँस नहीं आ रही थी।

"मैडम-मैडम।" गार्ड बरामदे की ओर भागा।

अभिज्ञान ने पीछे पलटकर देखा कि सिया हाँफ़ रही थी और वह गिरने लगी। वह उसकी ओर लपका और उसके गिरने से पहले ही पकड़ लिया। घर का सारा स्टाफ़ मदद के लिए आ गया। पर इससे पहले ही अभिज्ञान ने सिया को अपनी बाँहों में उठाया और उसके रूम का डायरेक्शन पूछा। स्टाफ़ ने उसे बताया।

"मैं आपको कभी गिरने नहीं दूँगा, सिया।" सिया ने बेहोश होने से पहले ये आख़िरी शब्द सुने थे।

जब वह होश में आई, वह अपने कमरे में थी। अभिज्ञान वहाँ नहीं था। केयरटेकर ने उसे बताया कि कैसे वह गिरने वाली थी और फिर अभिज्ञान

साहब ने उसे बचाया। नहीं तो उसे गहरी चोट लग सकती थी। वह उसे उसके रूम तक लेकर आए और तब तक वहीं खड़े रहे जब तक डॉक्टर उसे देख रहे थे। उसे आराम करने के लिए इंजेक्शन दिए गए थे। यह एंक्ज़ाइटी अटैक था। "साहब डॉक्टर से आपकी मेडिकल हिस्ट्री के बारे में पूछ रहे थे और फिर डॉक्टर के साथ ही चले गए।" केयरटेकर ने बताया।

सिया के दिमाग़ में अभिज्ञान की कही बात गूँज रही थी... प्लैटोनिक! आखिर वह कहना क्या चाहता था! प्लेटोनिक के तो बहुत से मायने हैं... एक ऐसा प्यार जो नॉन-सैक्सुअल है, इसके बारे में सबसे पहले प्लेटो ने बताया था, इसलिए इस तरह के प्यार को प्लेटोनिक कहा गया। प्लेटो के 'डॉयलाग द सिंपोज़ियम' में इसे डीटेल में बताया गया है, सिया उसे पढ़ चुकी थी। पर वह समझ नहीं पा रही थी कि अभिज्ञान ने इसका जिक्र क्यों किया।

सिया ने इंटरनेट पर इसके नए आयाम ढूँढने की कोशिश की। किसी एक वेबसाइट में प्लेटोनिक लव और प्लेटोनिक फ्रेंडशिप को फ़िज़िकल और सैक्सुअल इच्छाओं से विहीन बताया गया। प्लेटो ने फ़िज़िकल इच्छाओं को स्वीकार किया, लेकिन इसके पीछे का विचार यह था कि जब कोई दो व्यक्ति वास्तव में एक-दूसरे से प्रेरित होते हैं तो उनके पवित्र या आदर्श प्रेम को स्वयं ईश्वर एक-दूसरे के क़रीब लाते हैं। एक दूसरी वेबसाइट ने बताया, "एक बहुत क़रीब का रिश्ता जिनमें रोमांस और सेक्स नहीं होता है।" डिक्शनरी में लिखा था कि 'प्लेटोनिक' प्यार दोस्ती का ही एक रूप है, जिसमें मेलजोल और घनिष्ठता होती है, मगर यह रिश्ता सेक्सुअल नहीं होता।

उसने लगभग सभी मौजूद राइट-अप्स को देखा, पढ़ा और निष्कर्ष फिर वही निकाला 'हाँ... सीधे शब्दों में एक पवित्र प्रेम! प्यार जो राधा और कृष्ण के बीच में था! यह सिर्फ़ कल्पना है, जो महज़ कविताओं और पुराणों में अच्छी लगती है। असल ज़िंदगी में ऐसा नहीं होता। ज़्यादातर लोगों के लिए सेक्स और प्यार दोनों ही कमोबेश एक जैसे होते हैं।'

'प्लेटोनिक! तो वह मुझे उस तरह से प्यार करता है। फिर क्यों अभिज्ञान ने उस दिन होटल में मेरे क़रीब आने की कोशिश की थी। शायद उसे लगा हो कि ये ग़लत है और वह इसे ठीक करना चाहता हो। लेकिन मैं क्यों इतना सोच रही हूँ? क्या मैं भी उसके बारे में वही महसूस करती हूँ? क्या मुझे उसका साथ

पसंद है? मैं उस पर भरोसा क्यों करूँ? हम एक-दूसरे की ख़ामोशी को कैसे समझ जाते हैं? वह कैसे बिना कुछ पूछे और मेरे कुछ कहे बग़ैर सब कुछ जान जाता है?' सिया उन सारे लम्हों को याद करने लगी जो उन्होंने साथ बिताए थे। कैसे उसने प्रेज़ेंटेशन के बीच में जब सिया का गला फँस गया था लेकिन वह कुछ कह नहीं पाई थी तो उसने पानी का ग्लास आगे कर दिया था। और उस दिन जब वह बेहोश हो गई थी। वह उन सारे ही अनगिनत लम्हों को याद कर रही थी, जब अभिज्ञान सिर्फ़ एक ऑफिस कलीग से कहीं ज़्यादा आगे बढ़कर उसके लिए करता था, वह भी उस वक़्त जब सिया को इसकी सबसे ज़्यादा ज़रूरत थी। हाँ, महज़ कुछ ही दिनों में उनके बीच एक अनकहा सा रिश्ता बन चुका था। उनके बीच कुछ ऐसा तालमेल था मानो वे एक-दूसरे को हमेशा से जानते हों। उसने सिया के तनाव को दूर करने का अपना एक मिशन बना लिया था। 'पता नहीं मैंने उस रात उसे क्या बताया! उस दिन से उसकी सारी बातों का बस एक ही मक़सद है कि मुझे मेरी ख़ुशियों पर काम करना चाहिए। वह मुझे प्रेरित करता है।' उसे घबराहट हुई, 'हे भगवान! ये ठीक नहीं है!'

उधर अभिज्ञान वापस ऑफ़िस पहुँच गया। उसके सामने सिया का चेहरा था। उसके गर्दन और गाल पर हिक्की के निशान थे। उसके पैर पर एक नीला निशान पड़ गया था। वह उन सारी चीज़ों को मेकअप और ढीले कपड़ों में छिपाने की कोशिश कर रही थी। वह ऐसे कपड़े अक्सर पहना करती हैं। इसका मतलब है कि उनके साथ ये सब पिछले दो महीने में भी हो रहा था। लेकिन उन्होंने एक्साइल में कुछ भी नहीं लिखा। शायद वह इन सब चीज़ों की आदी हो गई हों और जैसा कि उन्होंने अपने आख़िरी राइट-अप में लिखा था- "ऐसा लग रहा है, मानो मैं हर बार यहाँ एक ही चीज़ लिख रही हूँ। हर बार वह मेरे साथ ज़बरदस्ती करता है। पर इन सबकी शिकायत करने का कोई मतलब नहीं है, जब मैं इसे बदल नहीं सकती!"

'वह नाज़ुक हैं, फ्रिज़ाइल !' जैसे कि वह हमेशा चिढ़ाता रहता है। उस रोज़ जब अभिज्ञान ने उसे खींचा था उसके हाथों पर लाल निशान पड़ गए थे। 'वह बहुत ही नाज़ुक हैं, पर उन्हें बार-बार ऐसी चीज़ों से गुज़रना पड़ रहा है। इतनी निर्दयता झेलनी पड़ रही है।' वह अभी सोच ही रहा था कि तृष्णा उसके रूम में आई।

अभिज्ञान ने उसकी तरफ़ देखा, "तुम्हारे पास कुछ काम नहीं है?"

"मेरे पास एक ही प्रोजेक्ट है, जो तुम हो!" वह मुस्कुराई।

"बकवास बंद करो!" वह उससे बात करने के मूड में नहीं था।

"मेरे साथ इतना रूड होने की ज़रूरत नहीं है। मैं बस तुम्हें कुछ बताना चाहती हूँ।" उसने दोबारा पहेलियाँ बुझाना शुरू कर दिया।

"नॉट ऐट ऑल इंटेरेस्टेड!" सिया की 'एक्साइल' पढ़ने के बाद उसे तृष्णा की मनगढ़ंत बातों में कोई दिलचस्पी नहीं थी।

"कम ऑन! मैंने कई आदमियों के साथ रिलेशनशिप रखे हैं। मैं एक आज़ाद इंसान हूँ। लेकिन आज तक तुम ही एक ऐसे आदमी हो जो 'यश' की तरह हॉट हो।" तृष्णा ने आख़िरी शब्द पर ज़ोर दिया।

"मुझे तुम्हारी ज़िंदगी में कोई दिलचस्पी नहीं है।" लेकिन उसके दिमाग़ की घंटी बजी। 'यश', वह शांत हो गया।

"तुम जानना नहीं चाहोगे, कौन यश?" उसने उससे पूछा।

"समझ में नहीं आता तुम्हें कि मुझे इंटेरेस्ट नहीं है।" उसने दोहराया। वह सब कुछ जानता था इसलिए उसे उसकी कहानियों में कोई रुचि नहीं थी।

तृष्णा अभी भी बेशर्मी से बता रही थी, "यश सिया का पति है। तुम जानते हो। मैं उसके साथ रेगुलर हूँ। तुम समझते हो, रेगुलर? कम-से-कम पाँच दिन एक हफ़्ते में। क्या आदमी है! क्या बॉडी है उसकी! वह बिस्तर में बहुत अच्छा है! बहुत स्ट्रॉन्ग और रफ़ है, लेकिन मुझे उसके साथ सोना बेहद पसंद है!" उसने आँख मारते हुए कहा। "जबकि मुझे पता है कि मैं इकलौती नहीं हूँ, जिसके साथ उसके संबंध हैं। फिर भी मुझे कोई दिक़्क़त नहीं है। मुझे उसके प्यार की ज़रूरत नहीं है। मैं उसके शरीर और पैसे से काम चला लूँगी।" तृष्णा ने अभिज्ञान की तरफ़ देखा।

"तुम अपने बारे में एक प्रोफ़ेशनल प्रॉस्टिट्यूट की तरह बात कर रही हो। मुझे तुम पर तरस आता है। तुम जानती हो, जब मैंने तुम्हें पहली बार देखा था, मैंने सोचा कि तुम अकेली और बहुत ही संवेदनशील हो। तब मैं गलत था। मुझे तुम्हारे बारे में सोचकर बहुत घृणा होती है, तृष्णा! सिया तुम्हारे बारे में कितना सोचती हैं और तुम्हारी सोच ये है कि तुम उनका या उनके पति का इस्तेमाल कर रही हो?" अभिज्ञान ने धीरे से कहा।

“मैंने सिया के लिए काम किया है। उसने मुझ पर भरोसा किया क्योंकि मेरे पास टैलेंट था। और मैंने भी उसके यक़ीन को सही साबित किया। बस इतना ही है। कोई एहसान नहीं किया उसने। तुम उसे देवी की तरह मत पेश करो। मैं उसकी इज़्ज़त करती हूँ, मगर मुझे उस पर दया भी आती है। मैं अपनी लाइफ़स्टाइल को किसी और के लिए नहीं छोड़ सकती। यश मुझे सब कुछ देता है, जो मुझे चाहिए। मगर मैं फिर भी सीरियस हो सकती हूँ, अगर तुम कहो!” उसने एक प्रपोज़ल दिया।

“तुम वाक़ई में एक बेहद एहसानफ़रामोश औरत हो।” अभिज्ञान ने अपनी ज़ुबान को संभालने की कोशिश की। उसके मुँह में गालियाँ रुक नहीं रही थीं।

“कम ऑन! अभिज्ञान तुम इस पर इतना रिएक्ट क्यों कर रहे हो! मुझे यक़ीन है सिया जानती है कि उसका पति कैसा है।” उसने बेधड़क कहा।

“मैं तुम्हारे जैसे इंसान को बर्दाश्त नहीं कर सकता। अपने आपको इंसान भी मत कहो तुम। मैं तुम्हें बता दूँ कि तुम्हारे कर्म और तुम्हारी ये एहसानफ़रामोशी ही एक रोज़ तुम्हें तुम्हारी असली जगह दिखाएगी, जिसकी तुम लायक़ हो।” उसे तृष्णा से घिन आ रही थी।

“और सिया जैसी औरत? बेबी, तुम उससे प्यार करते हो? बेचारी सिया! तुम्हारी सिया। तुम उसे बचाना चाहते हो? हाहाहा...” वह ज़ोर से हँसने लगी। “वह आदमियों को फँसाती है। वे उसके प्यार में पड़ जाते हैं और उसे कभी नहीं पा पाते। तुम पागल हो। मैंने एक ऐसे ही आदमी को देखा है अभिज्ञान। मेरा यक़ीन करो। यश ख़ुद भी एक विक्टिम है।” वह हँसी “तुम जानते हो, तुम इस लाइन में बस अगले हो। मैं तुम्हें यश की तरह ही बेबस देखने के लिए तड़प रही हूँ। वह उससे प्यार करता है, और नफ़रत भी, मगर वह उसे छोड़ नहीं सकता। वह जब मेरे साथ होता है तो मुझे सिया बुलाता है। मुझे बहुत बुरा लगता है, फिर वह मुझे गालियाँ देता है और मुझे चोट पहुँचाता है। और ये सब उस सिया के कारण होता है। सिया की वजह से ही वह ये क़बूल नहीं कर पा रहा है, जो वह मेरे लिए फ़ील करता है।” उसने गालियाँ दीं और फिर रूम से चली गई।

अभिज्ञान चीख-चीखकर बोलना चाहता था- ‘मैं ऐसी औरतों से नफ़रत करता हूँ। तृष्णा ने मुझे उन लोगों की याद दिला दी, जिन पर आप कभी भरोसा नहीं कर सकते। मैंने अपनी ज़िंदगी अकेले गुज़ार दी ताकि इस जैसी कोई औरत

मेरी ख़ुशियाँ बरबाद न कर सके। लेकिन देखो मेरी ज़िंदगी में आए बिना ही सिया को दुख पहुँचाकर ये मेरी ख़ुशियाँ बरबाद कर रही है। आख़िर वह ऐसा क्यों कर रही है ? उसका एजेंडा क्या है ? या वह सिर्फ़ अपनी महत्त्वाकांक्षा के चलते ये सब कर रही है। हे भगवान, मैं पागल हो जाऊँगा!' अभिज्ञान तृष्णा की प्रतिक्रिया और सिया के लिए उसकी नफ़रत देखकर हैरान था।

'मैं क्यों सिया से ऐसे बँधता चला गया? मुझे दुबारा कभी प्यार नहीं करना था, फिर वह कब और कैसे मेरे दिल में घर कर गई ?' अभिज्ञान एक ओर अपने दिल से जूझ रहा था और दूसरी तरफ़ सिया की अनुपस्थिति में पूरा ऑफ़िस मैनेज करने की चुनौती सामने थी।

भास्कर और उसकी पत्नी सायमा अगले हफ़्ते इंडिया आने वाले थे। सप्ताह के अंत में उन्होंने एक शानदार पार्टी प्लॉन की थी। डॉटा मैट्रिक्स, बेंचमार्क और दूसरे बिजनेस एसोसिएट्स व पार्टनर भी इसमें आमंत्रित थे। सिया की तबीयत ख़राब थी, इसलिए अभिज्ञान ने इवेंट की ज़िम्मेदारी ले ली। सिर्फ़ चार दिन ही बचे थे इस पार्टी के लिए।

10

अभिज्ञान को सिया से मिले दो दिन बीत चुके थे। उसे अभी काम पर वापस आने के लिए एक दिन और लगना चाहिए। अभिज्ञान परेशान और बहुत व्यस्त था। वह बहुत बेसब्री से उसके वापस आने का इंतज़ार कर रहा था। हालाँकि वह कॉल और मैसेज पर सिया के संपर्क में था, फिर भी उसे देखने के लिए तड़प रहा था। बस कुछ फ़ॉर्मल बातचीत और मोटीवेशनल कहानियाँ थीं, जो अभिज्ञान ने सिया से फ़ोन पर की थीं। वह तर्क के साथ माइथॉलोजी को आज के परिदृष्य में संजोने और समझाने का महारथी था। उसने सिया को माइंडफुलनेस मेडिटेशन और तनाव मुक्ति के बारे में बताया था। ये ऐसी चीज़ें थीं जो उसने हमेशा धार्मिक गुरु और उपदेशक से सुनी थी, लेकिन कभी इतनी गहराई में नहीं गई। अभिज्ञान के मार्गदर्शन में उसने ज़िंदगी को एक नए नज़रिये से देखा और जाना था। आज का विषय था, कैसे तनाव मुक्त हों और अपनी परेशानियों को खुशियों में तब्दील करें। जैसे ही अभिज्ञान ने फ़ोन रखा, उसकी असिस्टेंट तृप्ति ने दरवाज़ा खटखटाया।

"मे आई कम इन सर?" तृप्ति ने पूछा।

"यस, तृप्ति। क्या हाल?" उसने एक मुस्कान के साथ जवाब दिया।

"मैं अच्छी हूँ, सर। वेन्यू बुक हो चुका है और सारी चीज़ें भी तैयार हैं। भास्कर सर के मेल में बताया गया है कि सारे क्लाइंट्स और पार्टनर्स को एक ही होटल या रिसॉर्ट में ठहराया जाए। उनकी देखभाल के लिए एक इवेंट टीम

रखी जाए, जो तृष्णा मैम के अंडर में होगी।" उसने कहा।

"तो?" अभिज्ञान ने पूछा।

"इसके बाद अभी कोई अपडेट नहीं है, सर।" उसने शिकायत भरे अंदाज़ में कहा।

"तृप्ति... चीज़ें हमेशा सिस्टम सेंट्रिक होनी चाहिए, न कि पीपल सेंट्रिक। बहरहाल सिया ने नाम्या या मीरा को भी ज़रूर इस बारे में निर्देश दिया होगा सो तुम उनके साथ कोऑर्डिनेट कर सकती हो। बल्कि तुम नाम्या को अभी कॉल करो।"

"ओके, सर।" उसने नाम्या को अभिज्ञान के रूम में मीटिंग के लिए बुलाया। नाम्या अपने नोटपैड और पेन के साथ आई।

"यस सर! आपने बुलाया?" नाम्या ने पूछा।

"हैलो, कैसी हो नाम्या?" उसने पूछा।

"मैं अच्छी हूँ सर, आप कैसे हैं?" उसने जवाब दिया।

"मैं भी अच्छा हूँ।" वह मुस्कुराया। वह जानता था कि उसे कब और कैसे अपने चार्म का इस्तेमाल करना है। "तो नाम्या बुकिंग की क्या स्थिति है?"

"सब कुछ तैयार है सर।" वह चेकलिस्ट के साथ तैयार थी।

"कूल! प्लीज़, तृप्ति के साथ नोट्स शेयर करो और तुम दोनों सारी तैयारियों को सीधे कोऑर्डिनेट करो। अमन और हरीश को अपनी टीम में रखो और तृष्णा मैम को गेस्ट के वेलकम के लिए फ्री रहने दो।" उसने बड़ी सूझ-बूझ से तृष्णा को सारे अरेंजमेंट से बाहर कर दिया।

अभिज्ञान सारी ज़िम्मेदारी सिया की ग़ैरमौजूदगी में बख़ूबी निभा रहा था। कॉन्फ्रेंस में अब केवल 2 ही दिन बचे थे। सुबह के लगभग 9 बज रहे थे और ऑफ़िस में कोई नहीं था। अभिज्ञान फ़ोन पर चिल्ला रहा था। वह कुछ भी सुनने के मूड में नहीं था। भास्कर और सायमा लंच के बाद आने वाले थे और अभी तक कुछ भी पूरा नहीं हुआ था। वह सोच रहा था आख़िर सिया इन मूर्खों को कैसे बर्दाश्त करती हैं। तभी दरवाज़े पर दस्तक हुई।

"कम इन!" वह मुड़ा।

"गुड मॉर्निंग! सॉरी! मुझे देर हो गई।" सिया हँसते हुए उसके रूम में आई।

"आप! उफ़्फ़... आप वापस आ गईं!" वह सिया को देखकर अपने दिल

पर काबू नहीं कर सका। उसका गला भर आया।

"हाँ। मुझे वापस आना ही था। मुझे पता है तुमने इतने दिनों में किसी से बात नहीं की होगी और कई सारी कहानियाँ होंगी तुम्हारे पास, जिन्हें तुम अभी यहाँ उलटने ही वाले हो।" उसने उत्साह से भरे अभिज्ञान की तरफ़ देखते हुए कहा।

"हाँ! बहुत सारी।" वह शरमा गया।

"हे भगवान! मेरी रक्षा करो। मैं पहले ही तुम्हारे रोज़ाना मिलने वाले जीवन उपदेश से गले तक भरी हुई हूँ।" उसने नाटकीय तरीक़े से अपने चेहरे को अपने हाथों से ढँक लिया।

अब सिया अभिज्ञान के साथ बिलकुल भी फॉर्मल नहीं थी। प्लैटोनिक रिलेशनशिप की बात ने अभिज्ञान और सिया के रिश्ते को एक नया आयाम दे दिया था। बड़ी आत्मियता के साथ सिया ने आप से तुम तक की दूरी तय कर ली थी।

वे दोनों हँसने लगे। अभिज्ञान सिया को देख रहा था। वह ख़ुश और स्वस्थ दिखाई दे रही थी। सबसे ख़ास बात यह थी कि उसकी हँसी उसकी आँखों में दिखाई दे रही थी। 'जब भी मेरे साथ होती हैं वह ख़ुश रहती हैं'।

"क्या देख रहे हो?" उसने खोए हुए अभिज्ञान से पूछा।

"मैं हमेशा आपको ऐसे ही हँसाता रहूँगा। आई प्रॉमिस मैं आपको ख़ुश रखूँगा।" उसने जवाब दिया।

"आयरन मैन, तुम फिर से पिघल रहे हो। वाच आउट!" वह चेतावनी देते हुए मुस्कुराई।

"पैपर! एवरीथिंग आई डू आई डू इट फॉर यू।" उसने आँख मारते हुए कहा।

"हाँ। मैं जानती हूँ!" उसने पहली बार यह स्वीकार किया।

"अच्छा आप जानती हैं!" वह मुस्कुराया।

दोनों अरेंजमेंट्स और भास्कर के प्रोफ़ेशनल एंगेजमेंट्स के बारे में बातें करने लगे। सब कुछ परफ़ेक्ट था। सिया की वापसी से अभिज्ञान काफ़ी रिलैक्स्ड था।

भास्कर और सायमा की फ़्लाइट लेट हो गई थी। वे अगले आधे घंटे में

पहुँचने वाले थे। सिया और अभिज्ञान इवेंट की तैयारियाँ, बुकिंग्स, इनवाइट, गिफ़्ट, बैकड्रॉप और इवेंट की चेकलिस्ट के साथ तैयार थे। हर छोटी से छोटी बात पर सिया ख़ुद नज़र रखे हुई थी। अभिज्ञान सिया के काम करने के अंदाज़ से बेहद प्रभावित था। सब कुछ उसकी उँगलियों की टिप पर था। बिना इधर-उधर घूमे-टहले उसने केवल दो घंटे में सारा काम कर लिया।

"आप ये सब कैसे कर लेती हैं, बिना चीखे-चिल्लाए?" वह ख़ुश था।

"ये मेरी जॉब है अभिज्ञान कि लोग अपना काम करें।" उसने जवाब दिया।

"हाँ। तभी आप साउथ और ईस्ट एशिया के एरिया को मैनेज कर लेती हो।" वह इंप्रेस्ड था।

"हा हा हा! यह कोई बड़ी बात नहीं है। यह कोई भी कर सकता है। आपकी प्रोफ़ाइल इस बात की डिमांड करती है कि आप परफ़ॉर्म करो।" उसने मज़ाक़ में कहा।

"मैं इसमें बहुत ख़राब हूँ। मुझे ग़ुस्सा आ जाता है। ख़ासकर उन लोगों पर जो बहाने बनाते हैं और अपने आप चीज़ें नहीं करते।" उसने सिया से कहा।

"देखो, लोग एक पैकेज के रूप में आते हैं। हो सकता है कि वे काम में अच्छे हों, पर शायद उनका एटिट्यूड बुरा हो। कुछ लोग सकारात्मक होंगे लेकिन वे काम में औसत होंगे या ऐसे ही और भी तरह के लोग। तुम्हें अपने काम के लिए सुपर हीरो नहीं मिलेंगे, काम इन्हीं लोगों से चलाना पड़ता है। उन्हें तैयार करो, ट्रेन करो और उन्हें अपना सर्वश्रेष्ठ देने के लिए मोटीवेट करो। अगर तुम ऐसा कर पाते हो तो तुम किसी सुपर हीरो से कम नहीं हो, आयरनमैन।" उसने विस्तार से समझाया।

"हाँ! तो फिर आप एक सुपरवुमैन हैं!"

"थैंक्यू सर! ये तारीफ़ मेरे लिए काफ़ी मायने रखती है।" उसने मुस्कुराते हुए अपना सर झुकाया।

सिया का बदलाव अभिज्ञान को बहुत अच्छा लगा। जिस हक़ से वह अब बात कर रही थी वह वाकई सुखद था। अभिज्ञान के साथ वह अपने पूरे जोश में थी। ज़िंदादिल, शरारती, एक बच्चे की तरह। सिया ने इस बदलाव को अपने अंदर महसूस किया। जब वह अभिज्ञान के साथ होती थी तो उसी तरह से फ़ील करती थी जैसे कि वह कॉलेज में हो। जैसे कि वह अपनी फ़ैमिली के साथ

एक समय पर फ़ील करती थी। जबसे अभिज्ञान से दोस्ती हुई वह अंदर से खुश रहने लगी है, वह भरपूर ज़िंदगी जीने लगी है। उसकी ज़िंदगी में चल रही सारी परेशानियों के बावजूद हर सुबह ऑफिस में अभिज्ञान का चेहरा देख कर उसे बहुत सुकून मिलता था। वह सिया को ऐसी परिस्थिति में भी हँसा सकता था जब वह मुस्कुराना भी नहीं चाहती हो। हाँ, सचमुच कुछ तो पवित्र-सा था उनके रिश्ते में। जैसा कि वह कहता था, 'प्लेटोनिक'!

"मैम! भास्कर सर की फ़्लाइट लैंड हो चुकी है।" नाम्या ने बताया।

"ओके! ड्राइवर है उन्हें पिक करने के लिए?" सिया ने पूछा।

"यस मैम! कार तैयार है। वे पहले होटल जाना चाहते हैं और आपसे शाम लगभग 5 बजे हयात में कॉफ़ी पर मिलेंगे।" नाम्या ने कहा।

"नो प्रॉब्लम। टीम को अपडेट करो कि हमारी सारी डील्स और असाइनमेंट की कल बोर्ड रूम में मीटिंग है। अकाउंट्स को बताओ कि कल के ऑडिट के लिए तैयार रहें। लेट्स रॉक इट! ताकि हम शुक्रवार को अच्छे से पार्टी कर सकें।" उसने नाम्या को निर्देश दिए। "और हाँ, मेरे लिए एक कॉफ़ी भेज देना। थैंक्यू!"

"ओके मैम!" उसने जवाब दिया।

इस बार जब से सिया काम पर वापस आई, वह बदली-बदली थी। अभिज्ञान से बातचीत ने उसकी ख़ासी मदद की। उसकी काउंसलिंग ने सिया पर अच्छा असर दिखाया था। एक दिन अभिज्ञान उसे बता रहा था कि अगर उसे अपनी परेशानियों से डील करना है, तो सबसे पहले उसे अपने पैनिक बटन को ऑफ करना होगा। ठीक वैसे ही जैसा वह ऑफ़िस में करती है। ऑफिस में वह हमेशा ठंडे दिमाग़ से काम करती है जबकि घर में समस्या देखकर वह टेंशन में आ जाती है और पैनिक करती है, न जाने किस बात की इनसिक्योरिटी उसे घेर लेती है। सही सोचने के लिए ज़रूरी है कि वह पहले अपने दिमाग़ से डर निकाल दे। अभिज्ञान ने उसे अपनी ज़िंदगी को स्वीकार करने और बेवजह संघर्ष न करने को कहा। तभी वह अपनी ज़िंदगी बेहतर करने के प्लान पर काम कर सकती है। उसे अपने ज़ख़्मों को कुरेदना बंद करना होगा और उन्हें भरने देना होगा।

अब वह अपने अतीत के बारे में नहीं सोचती। जैसा कि अभिज्ञान कहता है, जो होना है, होकर रहेगा। वह अब कुछ भी बदलना नहीं चाहती है। वह अब यश को कुछ साबित भी नहीं करना चाहती है। वह बस अपनी तरह सहज रहना चाहती थी। इतने सालों उसने केवल यश और उसकी फ़ैमिली को खुश करने में बिता दिया था। वह ख़ुद को भूलकर बस लोगों को ख़ुश करने में जुटी हुई थी। जो लोग उसका सम्मान करते थे, वे आज भी करते हैं। जो लोग उस पर सवाल करते थे, वे आज भी वैसे ही करते हैं। यहाँ तक कि अपनी ज़िंदगी में हर तरह के समझौते करने के बाद, एक योग्य बहू और पत्नी के रूप में भी वह लोगों को संतुष्ट नहीं कर सकी। वे उस पर सवाल उठाने की कोई-न-कोई वजह ढूँढ ही लेते थे। अब ज़िंदगी ऐसे पड़ाव पर आ चुकी थी, जहाँ उसे लोगों की सोच की परवाह नहीं थी।

उसकी फ़िलॉसफ़ी और नज़रिया अब पहले जैसे नहीं थे। 'मुझे जो करना है, करूँगी। जो लोग मुझे प्यार करते हैं, वे हमेशा करते रहेंगे। जो मेरी इज़्ज़त करते हैं, वे हमेशा क़रते रहेंगे। जिन्हें मुझ पर शक़ है, वे हमेशा शक़ करते रहेंगे। क्यों मुझे लोगों की ज़रूरतों के मुताबिक़ अपनी ज़िंदगी एक इमोशनल स्लेव की तरह बितानी चाहिए? मैं आज़ाद हूँ। कई सालों से मैंने अपने पति और उसकी फ़ैमिली की मानसिकता में फ़िट होने की कोशिश की, पर अब बस! अब बहुत हो गया। एक पति जो उसकी कलीग और उसकी कई दोस्तों के साथ, यहाँ तक कि उसकी बेस्ट फ्रेंड के साथ भी सो चुका है, वह भी सिर्फ़ अपनी पत्नी को नीचा दिखाने के लिए। ऐसे आदमी को कुछ भी और प्रूव करना बेकार है। अब वह इस तरह की मानसिक यातना से अपनी ज़िंदगी बरबाद नहीं होने देगी।'

वह किसी तरह के बदले या यश को सबक़ सिखाने के बारे में नहीं सोच रही थी। लेकिन उसे ख़ुद खुश रहने का हक़ है। अपनी पसंद के लोगों के साथ उठना-बैठना गुनाह नहीं है। एक औरत को अपने सहज व्यवहार के लिए टॉर्चर नहीं किया जा सकता। वह घर पर थी तो लगातार यही सारी बातें उसके दिमाग़ में घूम रही थीं। इस बीच घर पर सिया अपने पुराने एल्बम ढूँढने लगी, वह खुशहाल दिनों की यादें ताज़ा करा चाहती थी। स्टोर रूम में उसे 11 साल पहले यश की कराई एक डीएनए टेस्ट रिपोर्ट मिली। वह ये जानता था और रिपोर्ट ने साबित कर दिया था कि यश ही अनन्या और आदित्य का पिता है। यश ने

सिया को कभी उस रिपोर्ट और टेस्ट के बारे में नहीं बताया था। जब भी वह टेस्ट करवाने के लिए कहती, यश हमेशा जाने से मना कर देता। वह सोचती थी कि अगर एक बार रिपोर्ट में सब साबित हो जाएगा तो उनके बीच की सारी ग़लतफ़हमियाँ दूर हो जाएँगी। पर ऐसा कभी हुआ नहीं। यश उसके साथ टेस्ट करवाने कभी गया ही नहीं, उसने चुपके से टेस्ट करवा लिया था, और इतने सालो से वह डीएनए टेस्ट की रिपोर्ट्स पर ख़ामोश बैठा था।

उसके पास शक़ की कोई वजह नहीं थी। सारी रिपोर्ट सबूत थीं। फिर भी इतने लंबे समय से वह उसे बदचलन और बाज़ारू कहकर प्रताड़ित करता था। ये सब सिया के लिए शॉकिंग था। जो कुछ भी यश ने उसके साथ ग़ुस्से में आकर किया था वह सारी चीज़ें भूल जाने के लिए और एक बार को उसे माफ़ कर देने के लिए सिया तैयार थी। उसके अफ़ेयर, उसका बुरा व्यवहार और सबसे बड़ी बात उसके दोनों बच्चों के जन्म को लेकर उसका घटिया लांछन। उसने एक बार को सोचा कि अब उसे अपना प्यार और सम्मान वापस मिल जाएगा। अब वह यश की दी गई तकलीफ़ों के लिए उससे लड़ना चाहती थी। उससे जवाब चाहती थी।

लेकिन उसे एहसास हुआ कि यश तो सब-कुछ 11 सालों से जानता था कि सिया बेवफ़ा नहीं है। फिर भी वह उस पर इल्ज़ाम लगाता रहा और ख़ुद को विक्टिम की तरह पेश करता रहा। क्यों? वह इन सारी बातों को समझने की कोशिश कर रही थी। एक आदमी जो उदार होने का ढोंग करता है लेकिन अपनी पत्नी की आज़ादी पर उसने पाबंदी लगाई हुई है। एक ऐसा ढोंगी जो समाज के सामने एक अच्छा रोल मॉडल है, लेकिन उसकी ज़िंदगी को पूरी तरह अपने काबू में रखता है। अनन्या और आदित्य दोनों यश के ही बच्चे हैं। यह सच्चाई वह जानता था। सिया के चरित्र पर सवाल करने के लिए उसके पास कोई वजह नहीं थी। फिर भी 12 साल तक उसने ये ड्रामा जारी रखा। यश नहीं बदला। उसने इन सबूतों के बावजूद सिया पर आरोप लगाना जारी रखा। वह नहीं चाहता था कि सिया उसे छोड़ दे। वह एडिक्ट हो चुका था। उसने अपना खेल जारी रखा। अभी जब सिया ने पहली बार विद्रोह शुरू किया था तब से वह थोड़ा क़ाबू में था। लेकिन हाल में ही दोबारा उसने सिया से अभिज्ञान के साथ नजायज़ रिश्ते के नाम पर ज़बरदस्ती की थी। यश ने उसे टॉर्चर किया, उसका

रेप किया, क्योंकि वह अभिज्ञान के घर गई थी।

क़रीब 12 साल तक अपने आपको साबित करते रहने के बाद भी उसे न्याय नहीं मिला। उसे डर था कि उसमें आए इस बदलाव के लिए अभिज्ञान को ज़िम्मेदार ठहराया जाएगा। बहरहाल, सच तो इतना ही है कि यश को उस पर लांछन लगाने ही हैं, चाहे वजह हो या न हो। फिर ऐसे ही सही, अब वह फ़ैसला कर चुकी थी। उसने अब तक सारे समझौते इसलिए किए ताकि उसके बच्चों को माता-पिता के तलाक का दर्द न झेलना पड़े। कई बार जब वह अपनी ज़िंदगी को ख़त्म करने के बारे में सोचती, तो दोनों बच्चों का चेहरा सामने आ जाता। वह अपने बच्चों को यश के भरोसे छोड़कर नहीं मरना चाहती थी। वे बड़े हो रहे हैं। वे घर की परिस्थितियों को समझते हैं। उसकी इस ख़राब शादी का नकारात्मक असर उन बच्चों पर पड़ेगा। वह अपने बच्चों को ये सब नहीं सहने देगी, न ही उनकी ज़िंदगी बरबाद होने देगी। वह बच्चों के पैदा होने से पहले के वक़्त को याद करने लगी। यश शुरुआत से ही मैनिपुलेट करता था। कितनी आसानी से यश ने उससे वह सब कुछ करवा लिया, जो वह चाहता था। चाहे वह कपड़ों का चुनाव हो, या फिर काम करने की जगह। मतलब ये कि विशेष की ओर से शक़ का बीज बोए जाने से पहले ही यश के भीतर एक उपजाउ ज़मीन तैयार थी, जो इस खेल के लिए बढ़िया मैदान थी। शायद विशेष ने उसकी ऐसी ही सोच को भड़का भर दिया था। सिया ने हँसना शुरू कर दिया। 'हे भगवान! मैं पागलों की तरह बंद कमरे में हँस रही हूँ। क्या हो गया है मुझे?' उसने चारों तरफ़ देखा।

सिया और अभिज्ञान शाम को भास्कर से मिलने होटल गए। हालाँकि वे जानते थे कि ये केवल एक कैजुअल मीटिंग है। वे चारों बैठ गए और कॉफ़ी शॉप में बातें करने लगे।

"मुझे पता है आप लोग बहुत क़ाबिल है। मुझे इतनी फ़ॉर्मल चीज़ों की ज़रूरत नहीं है। आप दोनों बेंचमार्क की आजतक की सबसे बेहतरीन टीम है, जो रोज़ नई बुलंदियों को छू रही है।" भास्कर ने कहा।

"मैं इस बात पर भास्कर से सहमत हूँ।" सायमा ने कहा। तुम्हें इंडिया आकर कैसा लग रहा है, अभिज्ञान?" उसने ख़ुश दिख रहे अभिज्ञान से पूछा।

"इट्स ग्रेट!" उसने जवाब दिया।

"मुझे यह सुनकर कितनी राहत मिली। मैं ये सोचकर बहुत परेशान थी कि तुम यहाँ कैसे एडजस्ट करोगे!" उसने चुटकी लेते हुए कहा।

"यह उतना भी बुरा नहीं है, जितना मैं सोचता था। शायद मेरे पूर्वाग्रह थे।" अभिज्ञान थोड़ा संकोच के साथ चहकते हुए बोला।

"वाह! ये सुनकर अच्छा लगा। अब हम एक्सपैंशन कर सकते हैं और इस बारे में भी आश्वस्त रह सकते हैं कि अभि इसे बीच में नहीं छोड़ेगा।" सायमा ने भास्कर की तरफ़ देखा और मुस्कुराई।

सिया शांति से भास्कर और सायमा के अभिज्ञान के साथ तालमेल को देख रही थी। वे शायद उसे काफ़ी समय से जानते हैं। सायमा एक बड़ी बहन की तरह उसकी टाँग खींच रही थी। वह उनके साथ काफ़ी सहज था। उसे ऐसा लग रहा था जैसे एक परिवार बहुत दिनों बाद मिला है। कुछ देर के बाद भास्कर और अभिज्ञान सिरगरेट का कश लेने चले गए।

सायमा और सिया कई तरह के प्रोजेक्ट, डील्स और एक्सपैंशन के बारे में बातें करते रहे। सब कुछ पूरी तरह से बिज़नेस से संबंधित था। सिया काफ़ी प्रोफ़ेशनल थी और अपने प्रोफ़ेशनल दायरे में निजी ज़िंदगी पर बहुत कम बात करती थी। सायमा उसके प्रोफ़ेशनल सर्कल का हिस्सा थी, वे आपस में बहुत ही फ्रेंडली और क़रीब थे। कभी-कभी वे अपनी महिलाओं वाली बातों में मशगूल हो जाती थीं। लेकिन ये सब उनके लिए कभी बहुत पर्सनल नहीं रहा।

"तुम अभिज्ञान के बारे में क्या सोचती हो ?" सायमा ने पूछा।

"वह अपने काम में बहुत अच्छा है।" सिया ने उसकी आँखों में देखते हुए कहा।

"मैं जानती हूँ कि वह अपने काम में बहुत अच्छा है। मगर मैं पूछ रही हूँ कि अभिज्ञान, एक व्यक्ति के रूप में कैसा है।" उसने दोबारा पूछा।

"...!" सिया चुप हो गई। वह समझ नहीं पा रही थी कि सायमा जानना क्या चाहती है।

"देखो, मैं तुमसे कुछ शेयर करना चाहती हूँ, जो कि बहुत पर्सनल है... अभि के बारे में। मुझे पता है कि तुम्हें लोगों की पर्सनल लाइफ़ के बारे में बात करना बिलकुल पसंद नहीं है। मगर एक तुम ही हो जिस पर मैं विश्वास कर सकती हूँ।" सायमा ने उसका हाथ पकड़ लिया।

"हाँ! बिलकुल!" सिया ने जवाब दिया।

"अभि हमारे फैमली फ्रेंड का बेटा है। मैंने उसे बचपन से देखा है। बहुत प्यारा है। बहुत पॉजिटिव है। उसके पापा का यूएस में टेक्सटाइल्स का बिज़नेस है। जब हम छोटे थे, तब हमारी फ़ैमिली साथ में ही यूएस में शिफ़्ट हो गई थी। अभिज्ञान अपने घर का इकलौता बच्चा है। जब वह 16 साल का था, तब उसकी माँ नहीं रहीं। हम दोनों भाई-बहन की तरह एक साथ बड़े हुए हैं। मैं उसको लेकर बहुत प्रोटेक्टिव हूँ। वह केवल राखी भाई नहीं है। हमारे बीच के संबंध ख़ून के रिश्ते से भी गहरे हैं।" वो सिया को बताती जा रही थी, "उसकी फ़ैमिली के साथ उसका झगड़ा हो गया था, क्योंकि वह म्यूज़िक में करियर बनाना चाहता था। उसके पापा उसे टेक्सटाइल की पढ़ाई करवाना चाहते थे। मैंने उसे समझाया था कि वह अपनी मैनेजमेंट की पढ़ाई पूरा करे और साथ में अपने म्यूज़िक के पैशन को भी ज़िंदा रखे। उसने मेरी बात रख ली और दोनों चीज़ें साथ में की। वह बेस्ट ग्रेड के साथ पास हुआ। वह जीनियस है। जब वह हाथों में गिटार उठाता था तो अपने स्टैनफ़ोर्ड कैंपस का सबसे आकर्षक लड़का होता था। उसके आम लड़कों की तरह कंई प्रेम-प्रसंग और अफ़ेयर रहे।" सायमा ने सिया को अभिज्ञान के अतीत के बारे में बताना शुरू कर दिया। "वह सोलमेट कॉन्सेप्ट पर विश्वास करने वालों में से है और उसे सहर के मिलने पर लगा कि उसे अपनी सोलमेट मिल गई है। मेरी कजन, सहर, जो कि तब फ़ैशन डिज़ाइनिंग की स्टूडेंट थी। वे अचानक मिले और उनके बीच प्यार हो गया। वह अभि के लेखन की प्रेरणा बन गई। वह उसके लिए गाने लिखता और गाता था। वे एक-दूसरे के साथ परफ़ेक्ट लगते थे। सहर बेहद ख़ूबसूरत थी और अभिज्ञान को तो तुम देखती ही हो। तब वह अब से भी ज़्यादा हैंडसम था। लेकिन अब वह अच्छा दिखाई देता है। अपने सॉल्ट और पेपर बालों के साथ वह और भी ज़्यादा आर्कषक लगता है।" वह मुस्कुराई और सिया की राय के लिए उसकी तरफ़ देखने लगी।

सिया केवल मुस्कुराई। "मुझे नहीं पता, मैंने कभी उसकी पुरानी तस्वीरें नहीं देखी और शायद मैंने कभी नोटिस नहीं किया।"

सायमा हैरत में थी, "वास्तव में? तुम्हें पता है कि उसे नज़रअंदाज़ कर पाना नामुमकिन है। उसकी एक नज़र के लिए सारी लड़कियाँ और यहाँ तक

की औरतें, जिनमें उसकी प्रोफ़ेसर भी शामिल हैं, तरसते थे। मेरी बहुत सी सहेलियाँ क्या तलाकशुदा और क्या सिंगल, उसकी अटेंशन पाना चाहती थीं। पर उफ़्फ़! मैं ये सब क्या बताने लगी!" उसने फिर भी अभिज्ञान के अतीत के बारे में बताना जारी रखा, "सहर अपने फ़ैशन डिज़ाइनिंग के लास्ट ईयर में थी और यह आशा कर रही थी कि अभिज्ञान अपने पिता की कंपनी और पहचान के बूते यूएस मार्केट में उसे बड़ा ब्रेक दिलाएगा। लेकिन अभिज्ञान अपने पिता के बिज़नेस से जुड़ना नहीं चाहता था। उसने अपना ख़ुद का म्यूज़िक और इवेंट का वेंचर शुरू किया। जिसका मक़सद नवयुवकों को उनके सपनों का एहसास दिलाने के लिए ट्रेनिंग देना था। सहर ने उसे समझाने की बहुत कोशिश की, पर उल्टा अभिज्ञान ने उसे कड़ी मेहनत करने और अपने दम पर ख़ुद को साबित करने के लिए प्रेरित किया, ताकि बड़ी कंपनियाँ उसे सेलेक्ट कर सकें। बस यहीं से उनके रिश्ते में दरार आनी शुरू हो गई। सहर कैसे भी शॉर्टकट का इस्तेमाल करके सफलता चाहती थी। क्योंकि उसे अपनी क्षमता का अंदाज़ा था। उसे मालूम था कि वह इस मार्केट की प्रतियोगिता में टिक नहीं पाएगी। आख़िरकार एक पाँच साल पुराना रिश्ता उस वक़्त ख़त्म हो गया जब अभिज्ञान ने उसे अपने सबसे अच्छे दोस्त के साथ आपत्तिजनक स्थिति में देखा। वह दोस्त जो उसके ही पिता की कंपनी में लीडिंग डिज़ाइनर था।"

"ओह!" 'तो यही कारण है कि वह किसी भी रिलेशनशिप में नहीं आना चाहता और प्यार से नफ़रत करता है।' सिया सोचने लगी।

"अभिज्ञान ने सहर को समझाने की बहुत कोशिश की कि वह इस तरह के शॉर्टकट न ले। उसने उसे माफ़ भी कर दिया। लेकिन वह यहाँ पर भी नहीं रुकी। उसने उसके भरोसे को बार बार तोड़ा। अभि ने इन सारी ही बातों को नज़रअंदाज़ कर दिया क्योंकि वह उसे पागलों की तरह प्यार करता था। उसे लगा कि वह बहक गई है। एक दिन अभिज्ञान और उसके पिताजी के बीच बिज़नेस ज्वॉइन न करने की वजह से काफ़ी झगड़ा हुआ। उस दिन सहर ने भी उसे छोड़ दिया। सोच सकती हो?" सायमा की आँखें भर आईं। "मैंने उससे बात की, उससे भीख माँगी कि वह अभिज्ञान की ज़िंदगी के साथ न खेले। लेकिन वह महत्त्वाकांक्षी थी। उसने सच्चे प्यार के महत्त्व को नहीं समझा। अभिज्ञान अपने पिताजी के सहयोग के बिना भी संघर्ष कर सकता था, लेकिन

सहर के इस क़दम ने उसे पूरी तरह तोड़ दिया। वह डिप्रेशन में चला गया। वह 4 साल तक अपने डिप्रेशन से लड़ता रहा। फिर उसने यूएस छोड़ दिया और सिडनी शिफ़्ट हो गया। वह ज़िंदगी में अच्छा कर रहा था। ऐसा लग रहा था, जैसे उसने मूव ऑन कर लिया है। लेकिन अब वह प्यार और रिश्तों पर भरोसा नहीं कर पाता, उसने शादी भी नहीं की। वह कहता था कि वह अपनी ज़िंदगी को खुलकर जी रहा है। लेकिन असल में वह धीरे-धीरे ख़ुद को ख़त्म कर रहा है। उसके बाद से उसने कभी न तो गिटार को हाथ लगाया और न ही गाया।" सायमा ने दुखी होकर कहा।

"नो! वह हर वक़्त गाता रहता है, जबसे उसने बेंचमार्क ज्वॉइन किया है। मैंने उसे हमेशा गाते हुए देखा है। मैंने तो भास्कर को भी इसके बारे में बताया था।" सिया ने सायमा से असहमति जताई।

"क्या बात कर रही हो! उसने तब से गाना बंद कर दिया जबसे सहर ने उसे छोड़ा है। क़रीब 11 साल पहले!" सायमा ख़ुशी से उछल पड़ी।

"मेरा विश्वास करो। उसने हिंदी और इंग्लिश दोनों में ही बहुत सुंदर गाने कंपोज़ किए हैं।" सिया ने उसे बताया।

सायमा की आँखें ख़ुशी से छलक गईं "इसका मतलब है कि उसने प्यार और ज़िंदगी में दोबारा विश्वास करना शुरू कर दिया है। थैंक गॉड! तुम समझ नहीं सकती कि मैं आज कितनी ख़ुश हूँ।" उसने सिया को गले लगा लिया।

सिया भी सायमा की तरह उस ख़ुशी को महसूस कर पा रही थी। वह सायमा द्वारा कहे गए हर शब्द के बारे में सोच रही थी। अभिज्ञान के साथ काफ़ी कुछ हो चुका है। वह अपनी ज़िंदगी और म्यूज़िक को फिर से जी रहा है। सही मायने में वह एक वॉरियर है, एक योद्धा।

उसने अभिज्ञान को भास्कर के साथ बाहर स्मोकिंग करते हुए और हँसते हुए देखा। सिया ने पहली बार उसे, एक आदमी के तौर पर देखा। लाइक अ मैन। हाइट लगभग 6 फ़ीट, पतला और फ़िट, गोरा रंग, सॉल्ट और पेपर हेयर, चौड़ा माथा, गहरी आँखें, तीखी नाक, पतले होंठ, बिना शेव किया हुआ लुक। वह बहुत हैंडसम दिखता है। मैंने क्यों कभी नोटिस नहीं किया? मैंने शायद उसकी आँखों के सिवा कुछ नोटिस ही नहीं किया। वे आँखें मुझे कभी-कभी बैचेन कर देती हैं। उसके लुक से ज़्यादा, उसका आत्मविश्वास, उसकी बॉडी

लैंग्वेज, उसकी रगेडनेस की वजह से वह और भी बेहतर दिखता है।

सिया पहली बार उसकी तरफ़ इतनी आत्मियता से देख रही थी और ब्लश कर रही थी। अचानक वह सचेत हो गई कि कहीं सायमा ने उसे नोटिस न कर लिया हो। भास्कर और अभिज्ञान कॉफ़ी टेबल पर वापस आ गए।

"लेट्स गो फ़ॉर डिनर लेडीज़। इट्स लेट।" भास्कर ने कहा।

"मुझे अब चलना चाहिए।" सिया ने कहा।

"डिनर के लिए रुक जाओ सिया।" सायमा ने अनुरोध किया।

"देर हो जाएगी, सायमा। ड्राइवर को जाना होगा।"

"यह बेकार बहाना है। मैं आपको छोड़ दूँगा। आप ड्राइवर को जाने के लिए बोल दीजिए।" अभिज्ञान ने बीच में हस्तक्षेप करते हुए हक़ से कहा।

"लेकिन..." उसने मना करने की कोशिश की।

"मुझे कोई 'न' नहीं सुननी है। अब तुम्हें अभिज्ञान छोड़ देगा। तुम रुक रही हो।" सायमा ने फ़ैसला सुनाया।

सिया ख़ुद भी अभिज्ञान के साथ रुकना चाहती थी। आज वह सिर्फ़ उसे देखकर ही ग्लो कर रही थी। अभिज्ञान ने उसकी तरफ़ देखा तो वह ब्लश करने लगी। जब सायमा और भास्कर अपने कमरे में फ्रेश होने के लिए गए तो अभिज्ञान और सिया स्काई डेक लॉउंज में बैठ गए।

"बात क्या है?" अभिज्ञान ने उसकी तरफ़ देखा।

"कुछ नहीं।" वह मुस्कुराई।

"आप बहुत ग्लो कर रही हैं और ब्लश भी कर रही हैं। कहीं आपको प्यार तो नहीं हो गया?" उसने एक शरारती मुस्कान के साथ पूछा।

"तुम पागल हो? ऐसा कुछ भी नहीं है।" वह शरमा गई।

"सच में? क्योंकि मुझे लगता है कि आपको सायमा से प्यार हो गया है!" उसने हँसना शुरू कर दिया।

"इश्श्श...! शट अप! अपनी भयानक कल्पनाओं को थोड़ा आराम दो। ऐसा कुछ भी नहीं है। मैं बस बिज़नेस की तरक़्क़ी से बहुत ख़ुश हूँ।" उसने बात बदल दी।

"मुझे बहलाने की कोशिश मत कीजिए। आपकी आँखें झूठ नहीं बोलतीं। कहीं आपको कॉफी तो नहीं चढ़ गई, क्योंकि आप नशे में लग रही हैं। कुछ

तो गड़बड़ है, सिया। मुझे डर लग रहा है।" उसने सिया से गंभीरता से कहा।

"तुम्हें डरने की ज़रूरत नहीं है। मैं तुम्हें खाऊँगी नहीं।" उसने चालाकी से उसे जवाब दिया।

"सच... आओ, खा लो मुझे!" वह उसके क़रीब आकर बेहद शरारती अंदाज़ में ख़ुद को ऑफर करने लगा।

"अभि! बदमाशी नहीं!" सिया ने उसे प्यार से झिड़क दिया।

जब तक सायमा और भास्कर वापस आए तब तक वह दोनों बातें करते रहे और एक-दूसरे के साथ मस्ती करते रहे। सायमा ख़ुश थी। उसने अभिज्ञान से उसके नए सॉंग कंपोज़ीशन के बारे में पूछा। वे अलग-अलग जॉनर के चुनिंदा म्यूज़िक पर बात करने लगे। भास्कर ज़्यादा क्लासिकल पर बात कर रहा था, जबकि सायमा और अभिज्ञान रॉक और जैज़ पर। सिया गोल्डन एरा के बॉलीवुड पर बात कर रही थी। डिनर काफ़ी अच्छा था और वे हर तरह के म्यूज़िक पर बातचीत करते हुए इसका लुत्फ़ ले रहे थे। डिनर पर काम से संबंधित कोई बात का न होना सिया के लिए आश्चर्य का विषय था।

"इस बेहतरीन डिनर के लिए थैंक यू सायमा!" सिया ने कहा।

"गुड नाइट!" सायमा ने सिया को गले लगाया।

11

अभिज्ञान सिया को छोड़ने घर जा रहा था। गुनगुना रहा था। सिया हल्के नशे में थी और ख़ुद में खोई हुई थी।

"तुम मुझसे प्यार करते हो?" सिया ने उससे पूछा।

"अचानक आपने ये क्यों पूछा!" अभिज्ञान हैरान नहीं था।

"जवाब दो!" सिया ने ज़ोर दिया।

"हाँ, मैं करता हूँ!" उसने जवाब दिया।

"हम्म!" वह मुस्कुराई।

अभिज्ञान जानता था कि वह नशे में है। उसे सिया को सावधानी से संभालना होगा। आख़िरकार वह 'द सिया रायज़ादा' है, प्यार और पसंद का इज़हार करते ही, वह अपने शादीशुदा होने और दो बच्चों की माँ होने का अदृश्य झंडा बुलंद कर देती है। वह मुस्कुराया।

"तुमने कहा 'प्लेटोनिक', राइट? लेकिन आज मैंने नोटिस किया कि तुम हॉट लगते हो। यह स्टबल लुक तुम्हें सूट करता है।" वह पहली बार एक आज़ाद ख़याल इंसान की तरह बात कर रही थी।

"उम्मीद करता हूँ कि मैं आज आपके साथ सुरक्षित हूँ!" उसने शरारत भरे अंदाज़ में जवाब दिया।

वह हँसी, "बिलकुल! तुम मेरे साथ सुरक्षित हो, अभिज्ञान सूर्यवंशी! तुम मुझ पर भरोसा कर सकते हो।" उसने भी उसी शरारत के साथ जवाब दिया।

"वह तो मैं पहले से ही करता हूँ, आप ये बात जानती हैं। सिया... प्यार में वह ताक़त होती है, जो कुछ भी हल कर दे। प्यार हर चोट, हर घाव भर सकता है। ये प्यार ही है जो हमें विश्वास दिलाता है कि हम अकेले नहीं हैं। जब भी मौका मिले, आप आज़मा लेना। मैं कभी भी आपको निराश नहीं करूँगा। जब भी आपको मेरी ज़रूरत होगी, मैं हाज़िर रहूँगा। ये प्यार कभी भी कम नहीं होगा। मैं ज़िंदगी भर इंतज़ार करने के लिए तैयार हूँ, एक नई दुनिया की शुरुआत तक भी, सिया रायज़ादा।" अभिज्ञान ने सिया से कहा।

"मुझे तुम्हारे हर एक शब्द पर भरोसा है।" उसने शालीनता से कहा।

"अगली बार जब आपको डर लगे या जब आप लाचार महसूस करो, तब ये सोचना कि आपके आस-पास कितना प्यार है। ये आपको अपने डर से लड़ने के लिए साहस देगा। आप अपने दिमाग़ को शांत रखना और डर से जमकर लड़ना।" उसने कहा।

"अभि, तुम रोज़ की बातचीत में मुझे कितना कुछ सिखा देते हो, मुझे बेहतर बनाते जा रहे हो। तुम ये कैसे कर पाते हो, मिस्टर ट्रेनर?" उसने पूछा।

"यह मेरा फ़र्ज़ है और बेंचमार्क के रिंगमास्टर को ट्रेन करना, मुझे अच्छा लगता है।" उसने आँख मारते हुए कहा। वह दोनों ज़ोर से हँसने लगे।

अभिज्ञान ने सिया को उसके घर ड्रॉप कर दिया। वह तब तक वहीं खड़ा रहा, जब तक सिया लॉन क्रास कर अंदर नहीं चली गई। फिर वह चला गया।

"मैं हमेशा से तुम्हारे बारे में सही था।" जैसे ही वह अपने कमरे में घुसी, उसने यश की आवाज़ सुनी। उसने कोई प्रतिक्रिया नहीं की और ड्रेसिंग रूम में कपड़े बदलने के लिए चली गई। उसने अभिज्ञान को घर ड्रॉप करते हुए देख लिया। जैसे ही वह कपड़े बदलकर आई, यश ने उसे अपनी तरफ़ खींच लिया। वह नशे में था।

"छोड़ो मुझे।" उसने यश से धीमी आवाज़ में कहा।

"क्यों? तुमने अपनी ज़रूरतों को पूरा करने के लिए कोई और ढूँढ़ लिया है!" उसने ताना मारा।

"तुम पहले से ही ये बात हर दिन सौ बार कहते हो, क्या फ़र्क़ पड़ता है। तुम बहुत अमीर हो, मुझे छोड़ दो और अपने लिए कोई और औरत ढूँढ़ लो।" वह ग़ुस्से से बोली।

"तुम भूल गई, पिछले हफ़्ते क्या हुआ था हनी?" उसने क्रूरता से पूछा। सिया डर गई। "तुम जानती हो न कि मैं तुमसे कितना प्यार करता हूँ। उस तरह से तुम्हें कोई प्यार नहीं कर सकता, जिस तरह से मैं करता हूँ।" उसने सिया को अपनी तरफ़ खींचा और कसकर गले लगाया। वह अपने चेहरे को उसके बालों में रगड़ता हुआ उन्हें सूँघने लगा। सिया उसकी पकड़ से बाहर निकलने की कोशिश कर रही थी। उसने बोलने की कोशिश की। यश ने उसके होठ को अपने होठों से बंद कर दिए।

सिया ने उसे धक्का दिया और चिल्लाई, "नहीं... मैंने कहा नहीं यश। समझ आया तुम्हें!" उसने अपने चेहरे और आँसुओं को पोंछा।

यश उसकी प्रतिक्रिया से अप्रभावित था। वह उसे संघर्ष करता देख ख़ुश हो रहा था। "सेक्स के लिए मुझे शादी करने की ज़रूरत नहीं है डार्लिंग। मैं यह ऐसे भी कर सकता हूँ।" उसने सिया को बेड पर धक्का दिया और बकबक जारी रखी, "मेरे पास हर उम्र की औरतें हैं, जो मेरे लिए कुछ भी करने के लिए तैयार हैं। फिर भी मैंने तुम्हें चुना बीवी बनाने के लिए। मुझे धोखा देने के लिए तुम्हें आख़िरी साँस तक सज़ा दी जाएगी।" उसने ज़बरदस्ती करनी चाही।

"बस, अब और नहीं यश!" वह चिल्लाई। "यह बकवास बंद करो। सालों से तुम एक ही गाना गा रहे हो। मुझे पता है कि तुमने डीएनए टेस्ट करवा लिया था। हाँ, अब मुझे पता चल गया है।" उसने तेज़ आवाज़ में कहा। यश का चेहरा सफ़ेद पड़ गया। वह कहती रही, "तुम मुझ पर नज़र रखते हो, लेकिन तुम्हें कभी कोई सबूत नहीं मिला। फिर भी तुम्हारे लिए मैं एक वेश्या हूँ, जो किसी भी आदमी के साथ सो सकती है। लेकिन तुम मुझे तलाक नहीं दोगे, क्योंकि तुम्हारा दिल बहुत बड़ा है? तुम बहुत अच्छे और विनम्र इंसान हो? सच में? तुम्हें पता है, अगर मेरा कोई अफ़ेयर होता तो तुम मुझे उसी वक़्त छोड़ देते। लेकिन मेरा कोई अफ़ेयर नहीं है, तो इसलिए तुम अपना नाटक मत खेलो कि तुम्हारी शादी किसी बदचलन से हुई है। अब मेरे बच्चे बड़े हो रहे हैं और मैं तुम्हारी मानसिकता से उनकी खुशियाँ बरबाद नहीं करना चाहती। मुझे पता है तुम आज तक मेरे ख़िलाफ़ कुछ नहीं ढूँढ़ पाए। सिर्फ़ अपने मेल ईगो की ख़ातिर तुम मुझ पर उन सारी चीज़ों के लिए आरोप लगाते हो, जो कभी हुई ही नहीं। तुमने हमारी ख़ुशियों को बरबाद कर दिया और हमारे अच्छे पलों की यादें

मुझसे छीन लेने के लिए मैं तुम्हें कभी माफ़ नहीं करूँगी। मैं कोई ट्रॉफ़ी नहीं हूँ, जिसे तुम अपने शो केस में सजाकर रखना चाहते हो। मैं एक ज़िंदा औरत हूँ। मुझे छूने की कोशिश भी मत करना।" उसने तेज़ आवाज़ में उसे आगाह किया।

यश आवाक् रह गया। उसने बहुत सालों में सिया को इतने ग़ुस्से में कभी नहीं देखा था। शुरू में जब वह उसको शारीरिक प्रताड़ना देता था, तब वह हिंसक हो जाती थी। धीरे-धीरे साल-दर-साल इस शारीरिक और मानसिक यातना की वजह से सिया ने यश से डरना शुरू कर दिया। उसे असुरक्षित महसूस कराने के लिए यश की मौजूदगी ही काफ़ी थी। यश उसके साथ बहुत बेरहम था। सिया को शारीरिक कष्ट देना उसके लिए आम बात थी। चाहे उसे सिगरेट से दागना हो या फिर एसिड की बूँदों से उसे जलाना। वह उस वक़्त और भी हिंसात्मक हो जाता जब वह नशे में होता था। वह सिया से एक सेक्स स्लेव की तरह बरताव करता था। उसे बेडरूम में या घर पर देखकर सिया डर से काँपने लगती थी। यश को उसे डरा हुआ देखकर बहुत ख़ुशी मिलती थी। सिया का डर उस पर ड्रग्स की तरह काम करता था।

यश ने अपनी अलमारी से एसिड की बोतल निकाली और सिया की तरफ़ बढ़ा। "डीएनए रिपोर्ट तुम्हारा चरित्र नहीं बताती। ये सिर्फ़ इस बात को सिद्ध करती है कि ये बच्चे, मेरे हैं। पर ये तुम्हारे चरित्र का प्रमाणपत्र नहीं है। ये बच्चे पैसे और लाड़-प्यार से बिगड़ चुके हैं और ये तुम्हारे कभी नहीं होंगे। वे मेरा ख़ून हैं।" उसने बेशरमी से कहा।

बोतल की ओर देखते हुए सिया डर से जम गई। उसकी आँखें फैल गईं। यश ने उसे फिर से बेड पर धक्का दे दिया और ज़मीन पर एसिड गिराने लगा। एसिड की बदबू पूरे कमरे में फैल गई। सिया यश की तरफ़ देख रही थी और ख़ुद को याद कराने की कोशिश कर रही थी, 'हिम्मत मत हारना, अभी नहीं तो कभी नहीं'। उसने उठने की कोशिश की। यश ने सिया को उठने नहीं दिया। उसने सिया को पूरी तरह दबोच लिया।

जब वह उसे धक्का देने की कोशिश में छटपटा रही थी तब वह और ख़ुश हो रहा था। "अब बोलो, अब तुम क्या करोगी। मुझे मारना चाहती हो तुम। तुम जानती हो ना ... जब तक तुम ऐसे तड़पती नहीं हो, मुझे मज़ा नहीं आता। अब अपनी आख़िरी साँस तक छटपटाती रहो। मेरा यक़ीन मानो, स्वीटहार्ट। अब

मैं तुम्हें अपनी ताक़त दिखाऊँगा एंड आई विल लव यू हार्ड।" यश उस पर टूट पड़ा, और उसके होठ लगभग चबा लिए। दर्द से सिया के आँसू निकल गए। उसने संघर्ष करना बंद कर दिया। यश ने फिर भी अपना घटिया स्पर्श और चुभने वाली बातें, दोनों जारी रखे। "कोई भी तुम्हें इस सख़्ती से प्यार नहीं कर सकता बेबी। इस धरती पर कोई भी आदमी तुम्हें मेरी तरह से सेक्स की इंटेंसिटी महसूस नहीं करा सकता। तुम्हें भी मेरा ये रफ़ अंदाज़ पसंद था, तुम भी मुझे प्यार करती थी। तुम कब से छुई-मुई हो गई?" उसने सिया को उकसाना जारी रखा।

"मुझे छोड़ दो, नहीं तो मैं पुलिस बुलाऊँगी और तुम्हें अरेस्ट करवा दूँगी, अगर तुमने मेरे साथ दोबारा रेप करने की कोशिश की तो बहुत बुरा होगा।" अचानक सिया ने अपनी पूरी ताक़त के साथ उसे पीछे की तरफ़ धक्का दिया और खड़ी हो गई।

"रेप? मैं तुम्हारा पति हूँ। मेरे पास तुम्हारे साथ सेक्स करने के सारे अधिकार हैं।" वह हँसा और उसने उसे दोबारा दीवार पर धक्का दे दिया। सिया उसकी पकड़ से निकलने की कोशिश कर रही थी। यश उसे जरा भी हिलने नहीं दे रहा था। उसने उसकी गर्दन पर दाँत से काटना शुरू कर दिया। सिया इस बार रोई नहीं। उसने अपने घुटने से उसके पैरों के बीच में जोर से वार किया।

"मेरी इजाज़त के बग़ैर नहीं।" वह ज़ोर से चिल्लाई।

"कौन रोकेगा मुझे? तुम कुछ भी नहीं कर सकती। तुम जानती हो तुम्हारी क़िस्मत है मेरे साथ रहना और मेरी दी हुई इस ज़िंदगी को जीना। तुम्हारी हिम्मत कैसे हुई मुझे मारने की। बाज़ारू औरत।" वह दर्द से पागल हो गया।

"मेरे शरीर पर एक-एक घाव तुम्हें महँगा पड़ेगा। तुम्हारी इज़्ज़त को महँगा पड़ेगा, मिस्टर यशवर्धन राठौर। इस बार मैं पुलिस और मीडिया के पास जाऊँगी।" उसने उसे चेतावनी दी। बच्चे जग गए। वे सिया को बचाने के लिए उसके रूम की तरफ़ दौड़े।

यश आदित्य को धक्का मारते हुए ग़ुस्से में कमरे से बाहर चला गया। सिया डर से काँप रही थी। अनन्या और आदित्य रोने लगे। वे एक-दूसरे को शांत कर रहे थे। उसे यह भी याद नहीं था कि आखिरी बार कब उसने इतनी हिम्मत से यश का सामना किया था। उसका सारा अतीत हिंसात्मक था, जैसे

कोई भयानक सपना हो, जिसके डर से वह काँप जाती है। बीते सालों में पहली बार वह यश के सेक्सुअल असॉल्ट से बच पायी थी। सिया पूरी रात सो नहीं पायी। वह अपने बच्चों को लेकर कमरे में बंद हो गई। वह डरी हुई थी कि क्या होगा अगर यश वापस आ गया और उसके ऊपर दोबारा अटैक कर दिया तो। वह तीनों एक-दूसरे का हाथ पकड़कर सोने की कोशिश कर रहे थे। उसने बच्चों को कंफ़र्टेबल करने की कोशिश की। उन्हें भक्त प्रहलाद की कहानी सुनाई कि किस तरह उसके राक्षस पिता से बचाने में भगवान ने उसकी मदद की थी। उसने बच्चों को बताया कि कभी-कभी इंसान भी राक्षस हो सकते हैं और हमें हर एक बुराई के सामने डटे रहना है। जिस तरह अर्जुन ने महाभारत में किया था। वह अपने बच्चों को बुराई से लड़ने के लिए तैयार कर रही थी।

जैसा कि सिया को भीतर से अहसास हो रहा था, अगली सुबह उसका फ़ोन यश और उसकी फ़ैमिली द्वारा भेजे गए मैसेज और मिस्ड काल से भरा पड़ा था। इससे भी बुरी बात यह थी कि सिया की फ़ैमिली भी इस बार इसमें शामिल थी। उसकी फ़ैमिली को अंदाजा था कि वह किस तरह के हालात से गुज़र रही है और उसने कैसे यश के साथ इस शादी को बनाए रखने की कोशिश की है। सिया के पिता ने उसे कई बार शादी को तोड़ कर आज़ाद ज़िंदगी जीने के लिए समझाया था। लेकिन वह अपनी शादी और प्यार को बचाना चाहती थी। उसने कभी भी यश के बग़ैर अपनी ज़िंदगी की कल्पना नहीं की थी। सिया ने अपनी फ़ैमिली को बता दिया कि वह अब और सहने को तैयार नहीं है। सो उन्हें भी अब उसकी ओर से किसी कड़े फ़ैसले के लिए तैयार रहना चाहिए। यश व उसकी फ़ैमिली को सिया ने कोई जवाब नहीं दिया। उसने बच्चों को स्कूल भेज दिया और ऑफ़िस के लिए तैयार हो गई। यश ने उसे उकसाने की कोशिश की, लेकिन उसने उसे कोई जवाब नहीं दिया।

ऑफ़िस में उसने शांत और एकाग्रचित होकर काम पर ध्यान देने का प्रयास किया। यह एक बड़ा दिन था। दुनिया भर से डेलीगेट्स इस बिज़नेस मीटिंग और पार्टी के लिए उड़ान भर चुके थे। लगभग सारे बिज़नेस काउंटरपार्ट्स, ब्यूरोक्रैट्स, नेता, उद्योगपति, मीडिया और यहाँ तक कि प्रतियोगी भी। सिया सारी चीज़ों की जाँच पड़ताल ख़ुद कर रही थी। छोटी-सी भी ग़लती की यहाँ कोई गुंजाइश नहीं थी।

सायमा और भास्कर आज ऑफ़िस में ही थे। बेंचमार्क की टीम और उसके सभी पार्टनर्स अलग अलग हॉल में बैठ कर तरह-तरह के प्रेज़ेंटेशन कर रहे थे। कई मीटिंग्स और प्रेज़ेंटेशंस साथ साथ चल रही थीं। सारा ऑफ़िस पूरी तरह से सक्रिय था। अभिज्ञान धीरे से सिया के केबिन में कॉफ़ी और फ्राइज़ लेकर आया।

"हैलो, बिज़ी बी!" अभिज्ञान चुपके से उसके केबिन में घुसा।

"हैलो, अभिज्ञान!" उसने गर्मजोशी के साथ उत्तर दिया।

"आप के लिए।" उसने उसे कॉफ़ी दी और फ्राइज़ टेबल पर रख दिए।

"थैंक्स! कॉफ़ी की बेहद ज़रूरत थी।" उसने तुरंत एक सिप लिया।

"आराम से, यह गर्म है! इसे लीजिए और प्लीज़ बेहोश मत होना।" उसने फ्राइज़ की तरफ़ इशारा करते हुए कहा।

"हाँ। अब तुम मुझे बेहोश भी नहीं होने दोगे? बेचारी मैं! अब तो काम से बचने का कोई बहाना नहीं मेरे पास।" वह ज़ोर से हँसी। वह मुस्कराया। वह बस जाने ही वाला था कि फिर पीछे मुड़ा।

"आप आज हाईनेक वाला ढीला कुर्ता क्यों पहनी हैं?" उसे शक़ हुआ, वह सिया के पास वापस गया।

"तुम चिंता मत करो अभिज्ञान। मैं एक बहुत ही अद्भुत व्यक्ति के मार्गदर्शन में हूँ। उसने मुझे ज़िंदगी की सारी बाधाओं से लड़ने के लिए तैयार किया है।" उसने विश्वास भरी मुस्कान के साथ उसे आश्वासन दिया। सिया का आत्मविश्वास अभिज्ञान को निश्चिंत कराने के लिए काफ़ी था कि वह ठीक है। वह वहाँ से चला गया।

दो दिन बहुत ज़्यादा काम था और वह बेहद थका देने वाले रहे क्योंकि लगातार मीटिंग, प्रेज़ेंटेशन, ऑडिट्स और पार्टियाँ हो रही थी। इवेंट अच्छा गया था। भास्कर और सायमा ने टीमवर्क और सिया की लीडरशिप की तारीफ़ की। पार्टी के अगले दिन ऑफिस बंद था और स्टाफ की छुट्टी थी। भास्कर और सायमा को न्यूयार्क वापस जाना था। सिया हमेशा की तरह उनके जाने तक उनके साथ थी। इस बार अभिज्ञान भी उसके साथ था। अभिज्ञान और सायमा होटल के दूसरे रूम में थे। भास्कर और सिया पार्टी और मीटिंग पर मिले रिव्यूज़ के मुताबिक भविष्य के किसी दूसरे वर्टिकल पर बातें कर रहे थे।

सायमा और अभिज्ञान ज़ोर से हँस रहे थे। उनके हँसने की आवाजें बाहर तक आ रही थीं। "उसकी हँसी इन्फेक्शियस है।" भास्कर ने कहा। सिया ने केवल मुस्कुराहट से जवाब दिया। सायमा अभिज्ञान का हाथ पकड़कर बाहर आई।

"अरे सिया, मुझे एक बात बताओ! मैं ऑफ़िस के लिए एक कंवेंशन हॉल प्लॉन कर रही हूँ। मुझे कुछ थीम सुझाओ। अभिज्ञान का कहना है ब्लू। काफ़ी बोरिंग है ना?" सायमा ने सिया से पूछा।

"हाँ... ब्लू काफ़ी कॉमन है कॉर्पोरेट में और बोरिंग भी।" सिया ने सधा हुआ जवाब दिया। "नहीं! मैंने ब्लू नहीं कहा। मैंने कहा, ऐज़्योर (आसमानी नीला)।" उसने बीच में ही बोला।

"एक ही बात है, ब्लू!" सायमा मानी नहीं। "महिलाओं की योग्यता पर विश्वास करो, अभिज्ञान। शांति से बैठ जाओ। ऐज़्योर... ये मनहूस सैड सा रंग है। सिया तुम क्या कहती हो?" उसने उलझन में दिख रही सिया से पूछा।

अभिज्ञान ने तपाक से जवाब दिया, "ब्लू मतलब अकेला या दुखी से जोड़ना बस एक धारणा है क्योंकि डिक्शनरी में ब्लू का समानार्थी शब्द ऐसा ही है। फिर इस तरह एक दिन पैदा हुए लोग एक जैसे होने चाहिए? सभी समान राशियों वाले लोग एक जैसे होने चाहिए? या जिनका नाम एक जैसा है उनकी ज़िंदगी भी समान होनी चाहिए?" सायमा और सिया उसके इस जवाब पर चुप हो गई। अभिज्ञान अभी भी समझा रहा था, "मैं आपको एक उदाहरण देता हूँ। हम अपनी सिया की पूजा करना क्यों नहीं शुरू करते? या जिनके नाम सिया के नाम के समान हैं, जैसे कि सीता, जान्हवी, मैथिली हम सभी को देवी मानकर उनकी पूजा क्यों नहीं करते? सभी एक जैसे नाम वाले लोगों की ज़िंदगी और नियति एक जैसी नहीं होती। रामायण में सीता, राम के साथ वनवास गईं। उनका अपहरण हुआ। राम उनके लिए लड़े और बाद में सीता जी को उन्हीं राम जी के चलते दोबारा वनवास जाना पड़ा। सिर्फ़ इसलिए कि एक सीता की ज़िंदगी ख़ुशहाल नहीं रही, इसलिए सीता या सिया जैसे नाम के लोगों की क़िस्मत एक जैसी होती होगी, ये केवल हमारी धारणा है। अगर आपने ख़ुश रहना चुना है तो आपको ख़ुश रहने से कोई नहीं रोक सकता। क्या कहती हो सिया! उम्मीद है, आप अपनी ज़िंदगी से खुश हैं!" वह मुस्कुराया।

सिया कुछ बोल पाती इससे पहले ही सायमा ने फिर से टोका, "हम यहाँ रंगों के बारे में बात कर रहे हैं और तुम रामायण के बारे में! ये उदाहरण यहाँ कैसे फ़िट होता है, संत अभिज्ञान?" सायमा ने उसके तर्क पर सवाल किया।

"इस दुनिया में सारी सीता जैसे नाम वाली औरतों की क़िस्मत में दुख नहीं होता। सभी ब्लू रंग दुख के प्रतीक नहीं होते। और ऐज़्योर एक चमकदार अनमोल पत्थर है, और एक तितली भी। एक नीली तितली जो नई ज़िंदगी का प्रतीक होती है..." और उसने सिया की तरफ़ देखा, "आप क्या कहती हैं, सिया?"

"हाँ, सच में ये सिर्फ़ नज़रिये का फ़र्क़ है, हम वही देखते हैं जो देखना चाहते हैं, ऐज़्योर केवल एक ख़ूबसूरत ज़िंदगी के बारे में है।" सिया ने मुस्कुराते हुए अपना सिर हिलाया। "ये ज़रूरी है कि हम हर बात के सकारात्मक पहलू के बारे में भी ध्यान दें जैसे कि ऐज़्योर। ये केवल हमारी धारणा ही है... ऐज़्योर, ब्लू बटरफ़्लाई, बहुत शानदार है।" सिया वही सारी बातें दोहरा रही थी, जो अभिज्ञान ने कही।

"देखा, कहा था मैंने," उसने सायमा से कहा, "वह मेरे नज़रिये को अच्छी तरह से समझती हैं। आप यह हम पर छोड़ दें। हम ये सब आपके लिए कर देंगे। आप बस निश्चिंत होकर वापस जाओ। वैसे कंवेंशन हॉल को ठीक करने के साथ ही मैं महिलाओं के लिए कुछ करना चाहता हूँ। एक विमेन क्लब जो कंपनी का हिस्सा होगा। मैं चाहता हूँ कि वह बोलें, बहुत सी ऐसी घटनाएं होती हैं जो वह किसी से कह भी नहीं पातीं और ज़िंदगी के खराब फ़ैसले करती हैं या चुपचाप सहती रहती हैं। मैं चाहता हूँ कि ये क्लब उन्हें बोलने और बताने का मौका दे।" उसने अपना आइडिया सामने रखा।

"ग्रेट आइडिया।" सायमा तुरंत सहमत हो गई, "और केवल यहाँ ऑफ़िस में ही क्यों, कोशिश करो कि हम ये सारी चीज़ें सीएसआर के तहत बड़े और बेहतर तरीक़े से कर सकें, अभिज्ञान।" सायमा ने भास्कर को विस्तार से बताया।

"बेशक, ये क्लब ट्रेनिंग वर्टिकल के तहत एक पायलट प्रोजेक्ट होगा और हम इसका विस्तार करेंगे। वैसे भी हम समाज के कितने क़र्ज़दार हैं!" भास्कर ने सिया की तरफ़ देखा।

“हाँ, समाज के लिए हमारा भी दायित्व है। चलो मिलकर ज़िंदगियाँ सुधारते हैं।” सिया ने मुस्कुराते हुए बात पूरी की। ‘वह हमेशा की तरह कितनी आसानी से सब कुछ बयाँ कर देता है, बग़ैर सीधे सवाल उठाए।’ सिया अभिज्ञान की तरफ़ गर्व से देख रही थी। और उधर उसके घर पर दिन पर दिन चीज़ें और बदतर होती जा रही थीं।

12

सिया और यश के बीच कोल्ड वॉर अभी भी जारी था। उस रात के बाद से वे दोनों एक-दूसरे से बात नहीं कर रहे थे। बच्चे भी घर पर गुमसुम ही रहते थे। सिया एक साइकायट्रिस्ट की मदद से अपने बच्चों को अपने और यश के रिश्ते की सच्चाई और समस्याएँ धीरे-धीरे बताने लगी। वह देख रही थी कि उसके रिलेशनशिप से उसके बच्चों की ज़िन्दगी पर बुरा असर पड़ा था।

शनिवार का दिन था। बच्चे स्कूल जा चुके थे। यश और सिया वीकेंड पर कभी काम नहीं करते थे, लेकिन बीते कुछ सालों से वे दोनों अपने ख़राब रिश्ते के कारण अपने आपको व्यस्त रखते थे। सिया अपने रूम में ही लेटी थी। वह डायनिंग हॉल में नाश्ते के लिए देर से गई। उसने पाया कि यश भी वहाँ बैठा हुआ है। कुछ दिनों से वे दोनों एक-दूसरे के सामने आने से बच रहे थे। शायद वे टकराव से बचना चाहते थे। लेकिन सिया आई और यश के साथ डाइनिंग टेबल पर बैठ गई।

"गुड मॉर्निंग!" वह मुस्कुराई।

यश उसके मुस्कुराने और विश करने पर हैरान था। काफ़ी सालों से सिया ने उसे विश नहीं किया था। उसने जवाब दिया, "मॉर्निंग!"

"मुझे तुम्हें कुछ बताना है।" सिया ने बातचीत शुरू की।

"... ?"

"मैं इस घर से जा रही हूँ।" उसने बिना भूमिका बनाए सीधे-सीधे बोल दिया।

"क्या? क्या तुम पागल हो! ऐसा कभी नहीं होगा!" उसने एक आक्रामक टोन में जवाब दिया।

"पहले मुझे बात ख़त्म करने दो।" सिया ने ठंडे लहजे में कहा, "मैं अपने बच्चों के साथ केवल इस घर से जा रही हूँ, मैं अभी तलाक नहीं ले रही हूँ। हमारे झगड़ों के कारण हमारे बच्चों का बचपन ख़राब हो गया है। वे हमें लड़ता हुआ देखेंगे तो वे भविष्य भी ख़राब कर लेंगे। शायद उन्हें प्यार, रिश्ते या शादी पर यक़ीन न रहे। मैं उनकी ज़िंदगी बरबाद नहीं होने दे सकती, वह भी सिर्फ़ इसलिए कि हमारे बीच के मसले सुलझ नहीं सकते।" उसने बात ख़त्म कर दी।

"तलाक? तुम्हें लगता है इतनी आसानी से छुटकारा मिल जाएगा? तुम्हे यहाँ से कोई आज़ाद नहीं करा सकता !" वह टेबल पर ज़ोर से हाथ पटकता हुआ खड़ा हो गया।

"तुम्हें मैं अच्छी तरह से जानती हूँ। क्या तुम कुछ भी एक नॉर्मल इंसान की तरह नहीं कर सकते? ख़ैर छोड़ो, मैंने पहले ही हमारे अलग होने की एप्लीकेशन वुमेन कमीशन को दे दी है। जिसमें मेरी मेडिकल रिपोर्ट्स और बच्चों के डीएनए रिपोर्ट्स। कुछ वीडियो क्लिप्स जो तुमने मुझे टॉर्चर करते हुए बनाई थी और कुछ मैसेजेज़ हैं, जिनमें तुमने मुझे धमकाया है। सब रिकॉर्ड है। मैंने उनसे कह रखा है कि इन्हें अभी राज़ रहने दें और इसे तब तक किसी से न बताएँ, जब तक तुम मुझ पर अपने साथ दोबारा रहने के लिए दबाव नहीं डालते हो। इस बार मैं पूरी तरह से तैयार हूँ। मैं किसी बदले के कारण तुम्हारी ज़िंदगी बरबाद नहीं करना चाहती। मैं बस अपने बच्चों के साथ शांति से अपनी ज़िंदगी जीना चाहती हूँ।" सिया ने कॉफ़ी की सिप लेकर, उसकी आँखों में देखते हुए सीधे कहा।

यश लड़खड़ाकर कुर्सी पर बैठ गया। "नहीं तुम मुझे नहीं छोड़ सकती। तुम नहीं जा सकती। हमारे बीच कोई प्रॉब्लम नहीं है। तुम जानती हो मैं तुमसे प्यार करता हूँ। मैं तुम्हारे बिना अपनी ज़िंदगी सोच भी नहीं सकता।" यश ने अब गिड़गिड़ाना शुरू कर दिया।

ऐसे समय पर सिया पहले पिघल जाया करती थी और कभी अलग होने की बात नहीं करती थी। वह यश को रोते हुए नहीं देख सकती थी। सिया ने उसे शांत कराया और उसे सांत्वना दी और फिर अपने मन की बात कहना शुरू की। "देखो, मैं जानती हूँ कि तुम मुझसे बहुत प्यार करते हो। मैं भी तुमसे प्यार करती हूँ। लेकिन फिर भी हम जो सोचते हैं, चाहते हैं, और ज़िंदगी जहां ले जाती है, उसमें बड़ा फ़र्क़ है। बहुत बड़ा फ़र्क़। मैं अब इसे और आगे नहीं ले जा सकती। मैंने काफ़ी सालों तक इसे सुलझाने की कोशिश की, लेकिन मैं नहीं कर पाई। मैं तुम्हारी सनक बन चुकी हूँ। तुमने चाहते, न चाहते हुए भी मेरे प्यार, भरोसे और आज़ादी का गला घोंट दिया है। मैं इस ज़िंदगी से तंग आ चुकी हूँ। तुम मुझ पर शक़ करते हो। मेरे ऊपर नज़र रखते हो। मेरी कॉल्स और ई-मेल्स चेक करते हो। मैं इन सबकी आदी हो चुकी हूँ। लेकिन मैं अपने बच्चों पर इसका असर नहीं होने दूँगी। मैं सिंपल ज़िंदगी चाहती हूँ। उम्र के इस पड़ाव पर मैं हर दिन किसी को अपनी वफ़ा का इम्तिहान नहीं दे सकती। बात को समझने की कोशिश करो। मैंने फ़ैसला कर लिया है। मैं अब और इस पिंजड़े में नहीं रह सकती।"

यश चौंक गया था। वह उसे समझा नहीं सका। यश ने विनती करने से लेकर उसे अपने साथ बिताए अच्छे लम्हों की यादें गिनाने तक की सारी कोशिशें कर डाली। पर सिया पर कुछ भी असर नहीं हुआ। वह बाहर लॉन में चली गई। वह अपनी अलग दुनिया में थी। यश जानता था कि अनन्या और आदित्य उसका ख़ून है। वह जानता था कि सिया हमेशा ही से उसके साथ लॉयल है। वह जानता था कि उसके सारे शक़ बेबुनियाद है। इन सब पर भी वह उसे धोखा दे रहा था। उसने सिया को ठेस पहुँचाने के लिए कई औरतों के साथ रिलेशनशिप बनाए और सिर्फ़ ये साबित करने की कोशिश में कि समाज में एक कामकाजी महिला को किस तरह देखा जाता है और कैसे आदमी उनका यूज़ करते हैं, उसे बिलकुल भी पता नहीं चला कि वह कब एक लविंग हसबैंड के रोल से बाहर निकल गया और एक पुरुषवादी, अहंकारी व धोखेबाज़ बन गया।

सिया ने अब तक उसकी सारी ज़्यादती बर्दाश्त की थी क्योंकि वह जानता था कि सिया उसके बग़ैर नहीं रह सकती। आज उसने वह पिंजड़ा तोड़ डाला और आख़िरकार उसे छोड़ दिया। यश सोचता था कि उसके पास जाने के लिए

कोई जगह नहीं है। वह कहाँ जाएगी भला! क्योंकि उसे साथ के लिए एक मर्द की ज़रूरत होगी। लेकिन अपनी दकियानूसी सोच के चलते वह इस बात को भूल गया था कि सिया एक आत्मनिर्भर महिला है। वह बहुत पहले उसे छोड़ सकती थी, लेकिन उसने ऐसा नहीं किया। यश के डर के कारण नहीं, सिर्फ़ अपने प्यार की वजह से। मगर आज यश ने उसे खो दिया। वह अपने सारे बुरे कामों के लिए उससे माफ़ी माँगना चाहता था, लेकिन आख़िर 'एक आदमी किसी औरत से कैसे माफ़ी माँग सकता है!' उसकी परवरिश और संस्कार उसे इस बात की इजाज़त नहीं देते। उसने अपने आँसू पोछे।

यश उसे खिड़की से देख रहा था। उसने अपने शक़ के कारण सिया के शरीर को इतने सालों से पिंजड़े में क़ैद करके रखा था ताकि वह किसी और आदमी के लिए उसे छोड़ न दे। सिया शांत और दृढ़ दिख रही थी। वह ऐसे दिखाई दे रही थी, जैसे एक ख़ूबसूरत सी इतवार की सुबह हो, जैसे सर्दी में गुनगुनी सी धूप। ओह, एक समय वो सिया के लिए यही सब गाने तो गाया करता था। उसकी आँखों से दोबारा आँसू निकल आए।

सिया बहुत हल्का महसूस कर रही थी। वह नंगे पैर घास पर चल रही थी। वह बहुत आत्मविश्वास से भरी दिखाई दे रही थी। वह लॉन में नीली तितली का पीछा कर रही थी और एक बच्चे की तरह हँस रही थी। उस आलीशान बंगले के गार्ड और स्टाफ़, अपनी सिया मैडम को इस अवतार में देखकर हैरान थे।

सिया वीकेंड पर अपने लिए एक घर खोज रही थी, जिससे उसके बच्चों के रूटीन और स्कूल जाने और आने में कोई परेशानी न हो। पूरे वीकेंड उसने बस कुछ ज़रूरी चीज़ों की शांति से पैंकिग की। दोनों की फ़ैमिली में से किसी ने भी उसे समझाने की कोशिश नहीं की। सिया की फ़ैमिली घर शिफ़्ट करने में उसकी मदद कर रही थी।

सोमवार को ऑफ़िस थोड़ी देर से शुरू हुआ। बड़े इवेंट्स के बाद कुछ दिनों तक ऐसा ही माहौल रहता था। अभिज्ञान अपने टाइम पर पहुँचा था। तृष्णा उसके रूम में दाखिल हुई।

"हे! हैंडसम!" उसने अभिज्ञान को विश किया।

" तुम?" अभिज्ञान ने सुबह-सुबह उससे मिलने की उम्मीद नहीं की थी।

"आम तौर पर लोग हाय या हैलो से जवाब देते हैं!" वह मुस्कुराई।

"ठीक है। ऐसा उन लोगों के लिए है, जिनका स्वागत किया जाता हो। कोई काम है क्या?" उसने तृष्णा से उसी लहजे में बात की।

"हाँ! मुझे तुमसे एक ज़रूरी काम है।" वह अभिज्ञान के बहुत क़रीब चली आयी।

"क्या हरकत है" अभिज्ञान पीछे हट गया, पर तृष्णा नहीं रुकी। अभिज्ञान ने उसके दूसरी तरफ़ से निकलने की कोशिश की, मगर वह बीच में आ गई।

"बंद करो ये सब और मेरे रूम से अभी निकल जाओ।" वह चिल्लाया।

"क्या तुम डर रहे हो कि अगर मैं ज़्यादा क़रीब आ गई तो तुम अपने आपको सँभाल नहीं पाओगे। मैं तुम्हारे पास आती हूँ तो तुम टर्न ऑन हो जाते हो ना? यही डर है न तुम्हारा?" उसने अभिज्ञान के पीठ पर हाथ रखते हुए कहा। अभिज्ञान उसका हाथ झटक कर दरवाज़े की ओर बढ़ गया। तृष्णा ने हाथ से पकड़ कर उसे अपनी ओर खींचा।

इसी धक्का-मुक्की के बीच मीरा रूम में घुसी। उसने अभिज्ञान को तृष्णा को सोफ़े पर धक्का देते हुए देख लिया। तृष्णा दौड़ती हुई मीरा के पास गई और उससे गुहार करने लगी, "हेल्प मी! हेल्प! वह पागल हो गया है। वह मेरे साथ ज़बरदस्ती कर रहा था।"

तृष्णा के तेज़ी से बदलते रंग देखकर, अभिज्ञान दंग रह गया। उसने एक नई ही कहानी बना दी थी। तृष्णा, मीरा के पीछे छिप गई थी। कुछ ही देर में ऑफिस से कई लोग तृष्णा के आस-पास इकट्ठा होने लगे। तृष्णा रो रही थी। ज़्यादातर लोग उसे सांत्वना देने की कोशिश कर रहे थे।

इसी फुसफुसाहट के बीच सिया ऑफ़िस आई। अभिज्ञान अब अभी उसी सोफे पर चुपचाप बैठा था। वह उन लोगों के ताने सुन रहा था जो एक औरत की शिकायत पर उसके ख़िलाफ़ जजमेंट पास कर रहे थे। उनके हिसाब से वह दोषी था। सिया ने कुछ कॉल्स करने के बाद सभी को कॉन्फ्रेंस रूम में बुला लिया। वह कुछ कहना चाहता था, लेकिन सिया ने उसे कुछ भी कहने से मना कर दिया और बैठ जाने का इशारा किया।

उसने तृष्णा से पूछा, "क्या हुआ?"

"मैं ऑफ़िस जल्दी आ गई थी। यहाँ कोई नहीं था। मैंने अभिज्ञान को देखा। मैंने सोचा कि उसे इवेंट की ग्रांड सक्सेस पर बधाई दे दूँ..." बोलते हुए

उसका गला रूँध। सिया ने उसे पानी दिया और सांत्वना दी। "उसने मुझे पकड़ लिया और मेरे साथ छेड़छाड़ करने की कोशिश करने लगा। उसने मुझे दबोचा और मेरे साथ ज़ोर-ज़बरदस्ती करने लगा। मैंने भागने की कोशिश की लेकिन इसने मुझे सोफ़े पर धक्का दे दिया। तभी मीरा वहाँ आ गई। उसने सब कुछ देख लिया और ऑफ़िस के कुछ लोग आ गए। तब मैं बच गई। नहीं तो इसने मेरा रेप कर दिया होता।" उसने दोबारा रोना शुरू कर दिया।

सिया ने अभिज्ञान को देखा। वह अकेला और असहाय बैठा था। सभी उसकी तरफ़ नफ़रत और ग़ुस्से से देख रहे थे।

"मुझे लगता है, हमें पुलिस को बुलाना चाहिए।" एक एक्ज़ीक्युटिव ने सलाह दी। इस बात पर ज़्यादातर लोगों ने हामी भर दी।

"शांत रहें!" सिया ने तेज़ी से बोला। "मीरा, तुमने क्या देखा?"

"मैम, अभिज्ञान सर तृष्णा मैम को सोफ़े पर धक्का दे रहे थे। वह मेरे पास दौड़ती हुई मदद के लिए आई। जब मैं उनके पास पहुँची तो वह बेहद डरी हुई थीं और उन्होंने रोना शुरू कर दिया।" मीरा ने बताया।

"ओके! सुब्रमण्यम जी, क्या हम कुछ देख सकते हैं?" सिया ने सिक्योरिटी हेड को बुलाया।

"यस मैम!" सुब्रमण्यम ने कहा। वह पिछले छह सालों से कंपनी के सिक्योरिटी हेड थे।

अभिज्ञान के रूम का सीसीटीवी फ़ुटेज प्रोजेक्टर स्क्रीन पर चलाया गया। उसमें ऑडियो नहीं था, लेकिन ये साफ़ पता चल रहा था कि वास्तव में हुआ क्या था? कैसे तृष्णा अभिज्ञान को लुभाने की कोशिश कर रही थी। जब उसने इनकार कर दिया तो तृष्णा ने ज़बरदस्ती करने की कोशिश की और धक्का-मुक्की में वह ख़ुद सोफ़े पर गिर गई। उसी वक़्त मीरा वहाँ आई।

वहाँ मौजूद सभी लोग ये देखकर हैरान थे। अभिज्ञान अपनी सीट से उठा। वह नहीं जानता था कि उसके रूम में सीसीटीवी कैमरा लगा है। पब्लिक एरिया को छोड़कर किसी भी केबिन में कोई कैमरा नहीं लगा था। सभी लोग केबिन का सीसीटीवी फ़ुटेज को देखकर चौंक गए।

तृष्णा रंगे हाथों पकड़ी गई। वह सीट से उठी और सिया के पास गई, "तुम मेरे साथ ऐसा नहीं कर सकती। तुम्हारी हिम्मत कैसे हुई मेरा तमाशा बनाने

की!" वह ग़ुस्से में चिल्लाई।

"शट अप! अब एक शब्द भी मत कहना, तृष्णा! उत्पीड़न उसे कहते हैं जो तुम अभिज्ञान के साथ कर रही थी। सिर्फ़ इसलिए कि तुम एक औरत हो, तो तुम किसी भी आदमी पर आसानी से आरोप लगा सकती हो? और सारे लोग उसे दोषी मान लेंगे क्योंकि एक औरत रो रही है और मनगढ़ंत कहानियाँ बना रही है?" सिया ग़ुस्से में वहाँ खड़े सारे लोगों पर चिल्लाई। "कभी भी जजमेंटल मत बनें, सिर्फ़ इसलिए कि एक औरत रो रही है। ज़रूरी नहीं कि वह सच कह रही हो। आपने देखा न यहाँ कितनी ग़लत थी आपकी सोच!" लोगों के चेहरे शर्म से झुक गए, अपनी सोच और तृष्णा की हरकत की वजह से। "आप लोग जल्दबाज़ी में नतीजे पर पहुँचते हुए एक आदमी की ज़िंदगी बरबाद कर देते। बिना ये जाने-समझे कि सच क्या है?"

पहली बार सिया को इतने ग़ुस्से में देखकर तृष्णा की घिघ्घी बँध गई लेकिन अपने दिमाग़ में वह इस कहानी को नया मोड़ देने के लिए नए मंसूबे तैयार कर रही थी।

अभिज्ञान बैठ गया। वह पसीने से भीग चुका था। उसने अपने हाथ जोड़े और ऊपर देखकर भगवान का शुक्रिया अदा किया। फिर उसने सिया की तरफ़ देखा, जो अब भी सबकी लताड़ लगा रही थी और इस बार तृष्णा को भी नहीं बख्शा उसने।

"तृष्णा अरोड़ा, आपको तत्काल प्रभाव से कंपनी से निकाला जाता है। नाम्या, मैं चाहती हूँ कि तुम इस केस के डॉक्यूमेंट्स तैयार करो और इन्हें भरकर एचआर को रिकॉर्ड के लिए दे दो।"

"मैम, प्लीज़, मैं डर गई थी। जब मीरा वहाँ आई मैंने अभिज्ञान के साथ अपने बरताव को दूसरा ही मोड़ दे दिया। मैं अभिज्ञान से पागलों की तरह प्यार करती हूँ। मैं अपने काम पर ध्यान नहीं दे पा रही थी। लेकिन उसने मुझे नज़रअंदाज़ किया। मुझे पता है, मुझे ऐसा नहीं करना चाहिए था। मुझे माफ़ कर दीजिए, प्लीज़। ये मेरी पहली और आख़िरी ग़लती है।" वह बेशर्म होकर गुज़ारिश कर रही थी।

"बैठो तृष्णा! सिया ने धीमी आवाज़ में कहा। फिर उसने ऊपर देखा। थैंक्यू सुब्रमण्यम जी। सभी लोग काम पर वापस जाएँ और नाम्या तुम वह करो,

जो तुम्हें करने को कहा गया है। अभिज्ञान तुम रिलैक्स करो और प्लीज़ अपने केबिन में जाओ।" उसने मुस्कुराते हुए कहा। तृष्णा ने बीच में बात काटने की कोशिश की। लेकिन सिया ने उसे ऐसा करने नहीं दिया। अब कॉन्फ्रेंस रूम में केवल तृष्णा और सिया थे।

"तुम्हें अब और कहानियाँ बनाने की कोई ज़रूरत नहीं है, तृष्णा। सारा खेल ख़त्म हो चुका है। हम साथ काम नहीं कर सकते।" सिया ने उससे धीरे से कहा।

"तुम मेरे साथ ऐसा नहीं कर सकती। तुम शायद मेरे और यश के रिश्ते की वजह से पक्षपात कर रही हो।" कड़वी सच्चाई से तृष्णा ने सिया का मुँह बंद करना चाहा।

सिया मुस्कुराई, "अगर यही वजह होती तृष्णा तो मैंने तुम्हें 4 साल पहले ही निकाल दिया होता!"

"तुम जानती थी?" उसकी आँखें डर से फैली गईं।

"शुरुआत से ही मुझे सब कुछ पता था। तुम्हें क्या लगता है, तुम यश की ज़िंदगी में इकलौती औरत हो? तुम ग़लत हो। ख़ैर छोड़ो। इसका मेरी पर्सनल लाइफ़ से कोई लोना-देना नहीं है। ये मेरा ऑफ़िस है। मैं एक मंदिर की तरह इसकी पूजा करती हूँ। मैं कभी नहीं चाहूँगी कि तुम्हारी गंदी सोच के कारण यह जगह ख़राब हो। तो बेहतर यही होगा कि तुम यहाँ से जाओ, नहीं तो मुझे सीसीटीवी फ़ुटेज को सबूत के तौर पर पेश करके तुम्हारे ख़िलाफ़ एफ़आईआर दर्ज करनी होगी।" उसने तृष्णा को चेतावनी दी।

तृष्णा पैर पटकती हुई बाहर चली गई। सिया ने सिक्योरिटी को आगाह किया कि तृष्णा अपने बैग के अलावा किसी और चीज़ को हाथ न लगाए। उसे अपने केबिन से कुछ भी ले जाने की इजाज़त नहीं है। उसे एक अपराधी की तरह ऑफ़िस छोड़ना पड़ा।

सिया ने नाम्या से अभिज्ञान के रूम में दो कॉफ़ी भेजने को कहा। वह उसके रूम में धीरे से गई। अभिज्ञान शीशे की दीवार के सहारे खड़ा होकर आसमान की तरफ़ देख रहा था।

"कॉफ़ी मैम!" नाम्या अपने हाथ में दो कॉफ़ी मग लेकर आती है। अभिज्ञान पीछे पलटकर देखता है, सिया पहले से ही सोफ़े पर बैठी हुई थी।

"थैंक्यू! प्लीज़ इसे टेबल पर रख दो।" सिया ने नाम्या से कहा। नाम्या ने कॉफ़ी मग टेबल पर रख दिया और केबिन से बाहर चली गई।

सिया ने कॉफ़ी मग उठाया और उसे अभिज्ञान की तरफ़ बढ़ाया। "थैंक्स!" अभिज्ञान ने कॉफ़ी मग टेबल पर रख दिया और सिया को कस कर गले लगा लिया। "सॉरी मुझे पता है, मुझे ये नहीं करना चाहिए... लेकिन प्लीज़! आज मैं लोगों को अपनी तरफ़ घूरता हुआ देखकर बेहद डर गया था। लोग यह तय कर चुके थे कि मैं दोषी हूँ। मुझे लगने लगा था कि बचने का कोई रास्ता नहीं है। किसी को भी मुझ पर यक़ीन नहीं था। मैंने सोचा कि आप भी मुझ पर यक़ीन नहीं करेंगी। लेकिन आप... आप मेरी रक्षक हो।" वह एक छोटे बच्चे की तरह रोने लगा। सिया ने अभिज्ञान को सांत्वना दी। उसने अभिज्ञान की पीठ पर एक हाथ से थपकी दी और दूसरे हाथ से अभिज्ञान के आँसू पोछे। उसने अभिज्ञान को कुर्सी पर बैठाया और उसे एक गिलास पानी दिया।

"शांत हो जाओ अभिज्ञान। मुझे लग रहा था कि ऐसा कुछ होने वाला है। आमतौर पर हम केबिन में सीसीटीवी नहीं लगाते हैं। ये प्राइवेट जगह होती है। लेकिन मैंने इसे दो दिन पहले ही पार्टी वाली रात में लगवाया था। जब सारे लोग पार्टी में बिज़ी थे, सूबू और सुनील केबिन में सिक्योरिटी कैमरे लगा रहे थे।" सिया ने मुस्कुराते हुए कहा।

"आपने सीसीटीवी यहाँ भी लगवाया था। मुझे इसके बारे में नहीं पता था। मेरा मतलब है क्यों? पूर्वानुमान?" अभिज्ञान ने पूछा।

"तुम अनमोल हो अभिज्ञान सूर्यवंशी। तुम्हारी सेफ़्टी मेरी प्राथमिकता है।" वह मुस्कुराई। सिया पहले ही भाँप चुकी थी कि यश तृष्णा को ज़रिया बनाकर अभिज्ञान को बाहर निकलवाने की कोशिश ज़रूर करेगा। उसने अभिज्ञान से इस बारे में कुछ भी नहीं बताया था। वे दोनों कॉफ़ी पीते वक़्त बात कर रहे थे। बातचीत ख़त्म होने के बाद अभिज्ञान को सुकून मिला।

"आप जानती हो, मैं आपके बारे में ग़लत था। आप बस नाज़ुक हैं कमज़ोर नहीं हैं, कोमल दिखाई देती हैं, लेकिन आप बहुत स्ट्रॉन्ग हैं। आप सिर्फ़ अपना ही नहीं हम सबका ध्यान रखने के क़ाबिल हैं। मैं ये देखकर ख़ुश हूँ कि आप कितने सही फ़ैसले लेती हैं। यू आर ए ग्रेट वूमेन! आप इस दुनिया की तमाम ख़ुशियों की हक़दार हैं। हमेशा ख़ुश रहना!"

सिया मुस्कुराई। "थैंक्यू!"

सबसे अच्छी बात जो उनकी दोस्ती में थी, वे दोनों एक-दूसरे को किसी भी बात पर ज़्यादा सीख नहीं देते थे। अभिज्ञान ने सिया के साथ उसके पति के संबंधों पर कभी कोई राय नहीं दी और सिया ने भी कभी उससे इस बारे में कोई बात नहीं की। एक-दूसरे के बारे में सब कुछ जानने के बाद भी उन दोनों ने कभी एक-दूसरे की ज़िंदगी में दख़लअंदाज़ी नहीं की। वे दोनों जानते थे कि वह एक-दूसरे के लिए हर जरूरत वक्त खड़े रहने वाले दोस्त हैं। ऐसे दोस्त जो कभी कोई सवाल नहीं करते और एक-दूसरे पर यक़ीन करते हैं। उनके बीच एक गहरे लेवल की समझ थी। वे एक-दूसरे की ख़ामोशी तक को पढ़ सकते थे।

'ये वही है न अभिज्ञान... जिसे तुम 'प्लेटोनिक' कहते हो।' सिया ने अपने दिमाग़ में सवाल किया। वह मुस्कुराई और उसने अभिज्ञान की तरफ़ देखा। अभिज्ञान ने अपना सिर हिलाया और मुस्कुराया! 'हे भगवान, मैं कुछ ज़्यादा ही ऊँचा सोच रही हूँ, उसने सुन लिया।' वह शरमा कर उसके रूम से बाहर चली गई।

उसके फ़ोन पर अभिज्ञान का मैसेज आया, 'आप क्यूट लगती हैं, जब भी आप शरमाती हैं!'

'उफ़्फ़! वह और उसके मैसेज! मैं उसे सुधार नहीं सकती।'वह मुस्कुराई।

सारा दिन पूरा ऑफ़िस स्टाफ़ अभिज्ञान से उसके केबिन में माफ़ी माँगने और सहानुभूति दिखाने आता रहा। एक औरत भी एक आदमी का शोषण कर सकती है, पूरे ऑफ़िस में यह बात चर्चा का विषय बन गई। यह सिलसिला कुछ दिन जारी रहने वाला था।

सिया के बारे में मीरा अपनी सोच के चलते शर्मसार थी। मीरा सोचती थी कि तृष्णा को सिया ने ही डील्स के लिए कई सारे आदमियों के साथ सोने के लिए मजबूर किया। आज जब सच सामने आया तो सब हैरान हो गए। वह समझ नहीं पा रही थी कि वह किस तरह सिया से माफ़ी माँगे? मीरा सिया के लिए हमेशा ग़लत सोचती थी। वह नाम्या के पास गई और दिल की बात बताई। नाम्या ने उसे सांत्वना दी और काम पर ध्यान देने को कहा।

तृष्णा ने ऑफ़िस से निकलते समय यश को फ़ोन किया। वह यश को बताना चाहती थी कि उसकी बीवी ने उसके साथ क्या किया है। तृष्णा के पास और भी कई तरीक़े थे, जिससे वह उसी कंपनी में दोबारा जॉब कर सकती थी। यश ने तृष्णा का इस्तेमाल न सिर्फ़ शारीरिक तौर पर किया था बल्कि सिया की दिनचर्या और उसके चरित्र पर जासूसी के लिए भी किया था। तृष्णा ने यश को सिया के बारे में कभी झूठ नहीं बताया। सिया कहाँ जाती है, किससे मिलती है, सारी चीज़ों की जानकारी उसने यश को दी थी। सिया के आस-पास के लोगों के प्रति व्यवहार के बारे में भी। उसने अभिज्ञान के बारे में यश को कुछ नहीं बताया था क्योंकि वह जानती थी कि सिया की ज़िंदगी में अभिज्ञान की रुचि होना महज़ एकतरफा आकर्षण भर है। अभिज्ञान कभी भी किसी औरत के साथ सेटल नहीं हो सकता। वह इस बात को जानती है। लेकिन सिया का व्यवहार आज अपमानजनक था। सिया ने कॉन्फ्रेंस रूम में पूरे ऑफ़िस के सामने तृष्णा का पर्दाफ़ाश किया था।

सिया ने कैसे उसे बताए बग़ैर पूरे ऑफ़िस में कैमरे लगवा दिए? आमतौर पर सिया तृष्णा को ऑफ़िस से जुड़ी सारी बातें बताया करती थी। 'वह जानती थी कि मैं ऐसा कर सकती हूँ? इसका मतलब है अभिज्ञान ने उस रात की सारी बात सिया को बता दी जिस दिन मैंने अपनी हाथ की नस काटी थी। हे भगवान! क्या उसने सिया को सब कुछ बता दिया था!' यश उसका फ़ोन नहीं उठा रहा था। काफ़ी देर लगातार फ़ोन करने के बाद यश ने फ़ोन उठाया।

"तुम पागलों की तरह बार-बार फ़ोन क्यों कर रही हो? तुम्हें समझ नहीं आ रहा है कि अगर मैं फ़ोन नहीं उठा रहा हूँ तो मैं बिजी हूँ?" यश तृष्णा पर चिल्लाया।

"बेबी, तुम्हारी बीवी... उसने मुझे ऑफ़िस से निकाल दिया है। उसने मेरे ख़िलाफ़ साज़िश रची थी।" वह फ़ोन पर रोने लगी।

"देखो मेरे पास तुम्हारी इन सब बकवासों के लिए टाइम नहीं है। मुझे दुबारा कॉल मत करना।" यश ने तृष्णा को पूरी बात भी कहने नहीं दी।

'यश ऐसा कैसे कर सकता है!' तृष्णा सकते में थी, उसने ख़ुद को सँभाला और दुबारा बोली, "बेबी! आई लव यू और मुझे पता है कि तुम भी मुझसे प्यार करते हो। सिया ने यह सब इसलिए किया क्योंकि मैंने उसे उसके ब्वॉयफ्रेंड

अभिज्ञान सूर्यवंशी के साथ पकड़ लिया था। वे दोनों साथ में पुणे गए थे और तभी से ही उनके बीच कुछ चल रहा है, उन्होंने ज़रूर वहाँ भी खूब गुलछर्रे उड़ाए होंगे।" उसने शिकायत की।

"कमीनी औरत! तुम्हारी हिम्मत कैसे हुई सिया के बारे में ये सब कहने की! मैं उसे बहुत अच्छी तरह से जानता हूँ। मेरे साथ कोई नौटंकी करने की कोशिश मत करो और दुबारा यहाँ फ़ोन मत करना, वरना तुम्हारे लिए ये अच्छा नहीं होगा। सिया ने तुम्हें पुलिस के हवाले नहीं किया, क्योंकि वह तुम्हारे बारे में सोचती है। लेकिन मैं जानता हूँ, तुम्हारी जगह जेल में है।" यश ने चिल्लाकर कहा।

तृष्णा बहुत उलझन में थी, उसे सदमा लगा था। यश ने उसे सिया की जासूसी के लिए कहा था। लेकिन आज वह उसके ख़िलाफ़ एक शब्द भी नहीं सुनना चाहता। 'क्यों? कुछ तो बदल गया है'। कई सालों से वह सिया के बारे में हर जानकारी लेता रहा, लेकिन उसने कभी ये नहीं बताया कि वह ये सब क्यों कर रहा है। तृष्णा को लगा था कि उसे सिया पर शक़ है। तृष्णा ने ही यश के शक का फायदा उठाया और उससे सम्बन्ध बढ़ाये, यश के लिए वैसे भी ये कोई बड़ी बात नहीं थी। वह उसे उसकी पत्नी की जासूसी के लिए पैसे देता था। इसी दौरान तृष्णा को लगने लगा था कि यश उसके लिए कुछ महसूस करने लगा है। लेकिन आज उसे कड़वे सच का सामना करना पड़ा। वह बहुत ग़लत थी। यश ने केवल उसका इस्तेमाल किया है।

"कर्म! और कर्मों का फल।" उसके ज़हन में एक आवाज़ गूँजी।

13

"कोई भी तुम्हारी मुस्कान नहीं छीन सकता। कोई भी तुम्हें छोटा नहीं महसूस करा सकता। अगर तुम अपने लिए आवाज़ नहीं उठा सकते हो, तो तुम किसी और के लिए क्या आवाज़ उठाओगे। एक औरत के रूप में, आप ज़िंदगी की निर्माता हो। आपके पास वे शक्तियाँ हैं जिससे आप नए जीवन को जन्म दे सकती हैं तो आखिर कैसे आप अपने सपनों को मरने दे सकती हैं? अपने अंदर की आवाज़ सुनो। अपने जीवन का लक्ष्य निर्धारित करो। अपनी ख़ुशियों की, अपने सपनों की, ख़ुद ज़िम्मेदारी लो और उन्हें पूरा करो।" अभिज्ञान हैबिटेट सेंटर में महिलाओं के एक ग्रूप को संबोधित कर रहा था। ये 'अनचेंड डिवा कैंपेन' के तहत अभिज्ञान की सेल्फ़ डेवलपमेंट वर्कशॉप थी।

सवालों और जवाबों के बीच एक महिला ने बताया कि कैसे उसके लिए एक रिलेशनशिप में रहना मुश्किल हो गया था, वह इतनी बुरी तरह से फँसी कर भी उससे निकल नहीं पा रही। उस महिला की बात पूरी भी नहीं हुई थी कि सिया तेज़ी से चिल्लाई, "बचाओ मेरा हाथ फँस गया है।" उसकी चीख सुनकर सब उसकी तरफ़ देखने लगे। सिया लगातार कसमसा रही थी पर किसी को भी अपने क़रीब नहीं आने दे रही थी। अभिज्ञान सिया की तरफ़ भागा, लेकिन सिया ने अभिज्ञान को वापस जाने का इशारा किया। सारी महिलाएँ उसकी कुर्सी के चारों ओर इकठ्ठा हो गईं। सिया ने कोशिश की कि कोई उसे छूए नहीं। ऐसा लगा कि उसका हाथ कुर्सी में फँसा था।

"अगर आप हमें देखने नहीं देंगी और मदद नहीं करने देंगी तो आपको आराम कैसे मिलेगा।" ये बात वह महिला बोल रही थी जिसकी बात पूरी होते ही सिया ने चिल्लाना शुरू करा था और उसकी बात का जवाब अभिज्ञान को देना बाक़ी था। सिया अचानक शांत हो गई ताकि वह औरत देख पाए कि समस्या क्या हुई। महिला ये देखकर चौंक गई कि सिया बिलकुल ठीक है।

"आपने हमें डरा दिया। हैंडल तो आपने ख़ुद पकड़ा है, हाथ थोड़ी ना फँसा है!"

सिया ने मुस्कुराकर सभी से शांत रहने को कहा। लोगों को फुसफुसाता देख, वह स्टेज पर आ गई। "मुझे माफ़ कर दीजिए, मैंने आपको इस तरह डरा दिया। मुझे लगता है, आप में से कुछ लोग पहले ही समझ चुके होंगे कि जहाँ बातों से चीज़ें स्पष्ट नहीं हो पाती हैं, वहाँ एक रोल प्ले करने से काफ़ी कुछ साफ़ हो जाता है।" सिया ने अभिज्ञान की तरफ़ देखा और उस भीड़ को संबोधित करते हुए कहा, "समस्याएँ हमारे पीछे नहीं पड़तीं, बल्कि हम उन्हें जकड़े रहते हैं। हम फँस जाते हैं क्योंकि हम ये नहीं समझ पाते कि समस्याएँ हमसे ज़्यादा शक्तिशाली नहीं हो सकतीं। समस्याओं को शक्तिविहीन करो, और इनसे बाहर निकलो। जैसा कि मेरे दोस्त अभिज्ञान ने आपको बताया कि अपने अंदर की आवाज़ सुनो और अपनी समस्याओं को ख़त्म करने की ज़िम्मेदारी लो। इन परेशानियों को किसी विरासत की तरह ज़िंदगी भर मत ढो। ख़ुशियों की विरासत बनाओ, क़ामयाबी को विरासत बनाओ। अपने-आप को बेड़ियों से आज़ाद करो और अपने सपनों को साकार करो। अपने आंतरिक विकास की शुरुआत हम कभी भी कर सकते हैं।" सिया ने विस्तार से समझाया। उस महिला ने सिया की तरफ़ देखा और मुस्कुरा कर अपना सिर हिलाया।

अभिज्ञान सिया के पास गया, "ऐसा स्टेज पर कौन करता है? सिया, ये एक सेल्फ़ इन्क्वॉयरी ट्रेनिंग है, आपका कोई कॉरपोरेट गेम नहीं है।"

"देखो मुझे पता है कि मैं ज़्यादा तेज़ चिल्लाई थी। ट्रेनर के ग्रूप में हर कोई एक जैसा नहीं होता। कुछ लोग ऐसे भी होते हैं, जो पीड़ित बने रहते हैं जब तक उन्हें प्रभावी तरीक़े से समझाया न जाए। मुझे लगता है, कई तरीक़े प्रयोग किए जा सकते हैं।" सिया ने कहा।

“हिटलर, आपको थोड़ा सौम्य होने की ज़रूरत है, ये मेरी सलाह है। लेकिन मुझे लगता है कि आप एक अच्छी ट्रेनर भी बन सकती हैं।” अभिज्ञान ने कहा।

“ये मेरे बस की बात नहीं है। मैं तब इसमें कुछ कर सकती हूँ जब मुझे लगे कि तुम कहीं फँसे हुए हो।” सिया मुस्कुराई।

सिया और अभिज्ञान आपस में बातें कर रहे थे, तभी उन्होंने सुना कि काउंसलर भूमिका और एक महिला किसी मुद्दे पर बात कर रहे हैं- “मिस रेनू, मैं आपको सलाह दूँगी कि आप पहले अपने रिलेशनशिप पर काम करें। तलाक ही कोई विकल्प नहीं है। अभी आपकी शादी को केवल तीन महीने ही हुए हैं। ये छोटे-छोटे मुद्दे हैं, जो आसानी से हल किए जा सकते हैं। अगर आप अपने पति से बात करें तो... या अगर आप चाहती हैं तो हम किसी मनोचिकित्सक के ज़रिये आपकी मदद भी कर सकते हैं और आपके पति से भी बात कर सकते हैं।” भूमिका ने उस महिला से कहा।

“मुझे आपकी बातें सुनकर अच्छा लगा। फिर भी मुझे लगता है कि अब कोई भी चीज़ इसमें काम नहीं कर सकती। मेरे पति काफ़ी धार्मिक व्यक्ति हैं। पूरे सप्ताह उनकी धार्मिक दिनचर्या रहती है। जैसे व्रत रखना, मंदिर जाना। कहने का मतलब ये है कि वह हर वक़्त एक पुजारी की तरह रहते हैं। शायद वह किसी धार्मिक ग्रंथ का पालन करते हैं। पर वह मुझ पर शक़ करते हैं और मुझसे सवाल करते हैं। जब उनके ईष्ट देव ने ही अपनी पत्नी को छोड़ देने और उस पर शक़ करने का उदाहरण दे रखा है, तो मैं उस जैसे इंसान से क्या उम्मीद कर सकती हूँ? मैं नहीं चाहती कि वह मुझ पर शक़ करें और मेरी वफ़ा का इम्तिहान लें, जैसे कि उनके भगवान श्रीराम ने किया। उस आदमी ने अपनी पूरी ज़िंदगी इसी बात पर गुज़ार दी कि कैसे एक व्यक्ति को भगवान राम के आदर्शों पर चलना चाहिए। इसमें कोई अचंभे की बात नहीं होगी अगर वह बग़ैर किसी कारण के मुझे छोड़ दें।” उस महिला ने भूमिका से कहा।

भूमिका इस केस को लेकर किसी सीनियर कंसल्टेंट को ढूँढ़ रही थी। तभी अभिज्ञान उठा। सारे कांउसलर महिलाओं की समस्याओं को सुनने और सुलझाने में व्यस्त थे।

"मैं आप सभी का ध्यान इस ओर खींचना चाहूँगा। आप जहाँ कहीं भी हैं बैठे रहिए। मैं एक बहुत छोटी और ज़रूरी बात बताना चाहता हूँ।" अभिज्ञान अपने हाथ में माइक लेकर बोलने लगा। उसने भीड़ की तरफ़ देखा और कहा, "दिवा में हम बार-बार लोगों से कहते हैं कि हम यहाँ रिश्तों को तोड़ने के लिए नहीं हैं, बल्कि हम यहाँ इसलिए आए है ताकि आप अपनी परेशानियों को समझ सकें और उन्हें दूर करने के लिए उनसे लड़ सकें। ज़्यादातर समस्याएँ सुलझाई जा सकती हैं, अगर हम उन समस्याओं की तह तक जाने की कोशिश करें। बस केवल हिंसा और अपमान वाले मामलों में रिलेशनशिप में रहना और उसे सुलझाना बेहद मुश्किल और ग़ैरज़रूरी हो जाता है।" अभिज्ञान ने भूमिका की तरफ़ देखते हुए कहा, "भूमिका, मैं तुम्हारे साथ बैठी उस महिला से कहना चाहता हूँ कि मैम... हम 21वीं सदी में हैं और हर चीज़ को विज्ञान से परखते हैं। सभी पहलुओं पर गौर करना ज़रूरी होता है। आज हम समझ सकते हैं कि महाभारत के समय पर 'गांधारी' ने ज़रूर टेस्ट ट्यूब बेबी पैदा किया होगा, वरना ऐसा कैसे संभव है कि एक पत्नी एक ही ज़िंदगी में सौ बच्चे पैदा कर दे!"

महिलाएँ हँसने लगीं। अभिज्ञान ने अपनी बात जारी रखी, "क्या हमारा देश उस समय इतना विकसित था? शायद हाँ! क्या आप देखते हैं कि कैसे स्टूडियो में बैठकर हमारे इंटलेक्चुअल्स और बुद्धिजीवी, द्रौपदी और कुंती जैसे पात्रों के चरित्र का विश्लेषण करते हैं? अपने समय की प्रगतिशील औरतों को हमेशा ही समाज की नाराज़गी और ताने मिले हैं। हम आज भी उन्हें नहीं बक्शते। ए.सी. स्टूडियो में बैठे उन लोगों के लिए बहुत आसान होता है किसी के चरित्र पर सवाल उठा देना। क्या कभी आपने ये देखा है कि किसी ने सीता के चरित्र पर सवाल किया हो? कोई भी बताए?" उसने चारों देखा।

सिया समझने की कोशिश कर रही थी कि अभिज्ञान ने ये टॉपिक क्यों उठाया। इस टॉपिक पर बात करने का यहाँ कोई प्वॉइंट नहीं था। वह उलझन में थी। हॉल में सब शांत हो गए। अभिज्ञान मुस्कुराते हुए बोला, "आज अगर किसी महिला का सिर्फ़ दो दिन के लिए अपहरण हो जाए, तो भी व्यक्ति ये नहीं मानेगा कि उसे छुआ नहीं गया है। हम औरतों के बारे में हमेशा ये ग़लत धारणाएँ लेकर बातें करते रहते हैं कि जो महिलाएँ बुद्धिमान हैं, स्वतंत्र हैं,

सशक्त हैं, उनके चरित्र पर ऊँगली उठाना बहुत आसान होता है। जब मैंने कहा कि हम, तो इसका मतलब है पुरुष और महिलाएँ दोनों। मुझे बताएँ अगर मैं कहीं ग़लत हूँ तो? आमतौर पर, न तो पुरुष और न ही महिलाएँ, किसी भी कामयाब और आज़ाद ख़याल महिला का समर्थन करते हैं। मैं हमेशा सोचता रहा कि क्यों एक आदर्श पुरुष राम ने अपनी पत्नी के साथ ऐसा किया? जिसके लिए वह इतने बड़े राक्षस से लड़े, सीता को आज़ाद कराया, फिर आख़िर क्यों रामजी ने उन्हें छोड़ दिया? किसी को भी ऐसा नहीं करना चाहिए। सीताजी को ही क्यों 'अग्नि परीक्षा' देनी पड़ी। राम जी भी तो पत्नी के बग़ैर जंगल में रहे थे, फिर तो उनको भी अपनी पवित्रता की परीक्षा देनी चाहिए थी! लेकिन नहीं, केवल औरतों को ही उनकी वफ़ादारी की परीक्षा देनी पड़ती है। अपने-आप को सही साबित करने के बाद जब सीता जी 'अग्नि परीक्षा' से सही सलामत वापस आ गईं, फिर भी उन्होंने उनके साथ रहने से इनकार कर दिया। क्यों? मुझे किसी से भी इस बात का जवाब नहीं मिल पाया। इसलिए मैं नास्तिक हूँ। लेकिन एक दिन मेरी माँ ने मुझसे कहा था कि 'अगर राम उस वक़्त सीता को नहीं छोड़ते, हम फिर भी सीता के चरित्र पर सवाल करते जैसा कि आज हम राम और उनके निर्णय पर सवाल करते हैं।' वह सही थीं। हम हमेशा सीता के लिए राम के फ़ैसले पर सवाल करते हैं। लेकिन हम कभी उनकी पत्नी के बारे में ग़लत नहीं कहते। राम ने उन्हें वनवास भेजकर हमेशा के लिए सुरक्षित कर दिया शायद। उन्होंने आने वाले सालों में अपनी पत्नी की गरिमा को बनाए रखने के लिए उन्हें छोड़ दिया। उन्होंने असंवेदनशील होने का इल्ज़ाम अपने सर पर ले लिया।" अभिज्ञान ने चारों तरफ़ देखा और कहा, "ये मेरी अपनी राय है और इससे हर कोई सहमत हो ये ज़रूरी नहीं है। मैम, मैं आपसे गुज़ारिश करना चाहूँगा कि किसी पौराणिक कथाओं को अपनी ज़िंदगी में हावी न होने दें। पौराणिक कथाएँ सौ अलग-अलग तरीक़ों से अलग-अलग इंसानों द्वारा बताई और समझाई जा सकती हैं। लेकिन बिना समस्याओं को समझे और उन पर बात किए किसी को छोड़ देना सही नहीं है। ये और बेहतर होता अगर राम, सीता से बात कर लेते। लेकिन उन्होंने न इस पर कोई बात की और न ही सीता ने कोई सवाल किया। राम ने उन्हें बस वनवास भेज दिया। शायद उनके कुछ अभिप्राय रहें हो। लेकिन क्या उन्होंने सीता से पूछा कि वह जाना चाहती हैं या

नहीं? वे इसका समाधान निकाल सकते थे। उनके बीच कोई संवाद नहीं था, इसलिए जब राम उन्हें वापस लेने आए तो सीता ने उनके साथ जाने के बजाय धरती में समा जाना उचित समझा। ये उनके आत्मसम्मान की बात थी। आपको राम की ग़लती को नहीं दोहराना है। धार्मिक होने की वजह से आप अपने पति को नहीं छोड़ सकतीं और न ही ये कोई कारण है। अगर आपके बीच कोई मुद्दे हैं, तो उन पर बैठकर अपनी पति से बात करें और उन्हें ख़त्म करने की कोशिश करें। हो सकता है आप अपने प्यार को दुबारा पा लें।"

रेनू उसकी बात समझ चुकी थी, उसे एहसास था की वह ग़लती करने जा रही है। और उसे अपने पति को बातचीत का एक मौका देना ही चाहिए। रेनू की आँखों में आँसू आ गए। सारी महिलाएँ ताली बजाकर अभिज्ञान की सलाह का अभिवादन करने लगीं। सिया अभिज्ञान को देखकर बहुत गौरवान्वित महसूस कर रही थी। यही अभिज्ञान का लक्ष्य था कि 'अनचेंड डिवा' को एक कभी न रुकने वाली सक्सेस स्टोरी बनाना।

ऑफ़िस में वुमेन क्लब के शानदार आग़ाज़ और सफलता के बाद, बेंचमार्क ने 'अनचेंड डिवा' मैट्रो सिटी में लॉन्च कर दिया। फिर स्कूल और कॉलेज में महिलाओं को प्लेटफ़ॉर्म दिया गया जिसमें वे अपनी समस्याओं पर खुलकर काउंसलर से बात कर सकें। रैगिंग, और चाइल्ड एब्यूज़ से लेकर घरेलू हिंसा, मैरिटल रेप, स्टॉकिंग और कई मुद्दों पर। साथ ही वुमेन क्लब ये भी निश्चित करता था कि महिलाओं को उनके सैनिटरी हाईजीन और सेक्स से संबंधित सारी जानकारियाँ दी जाएँ। 'अनचेंड डीवा' ने अपनी एक दूसरी संस्था 'ब्युटीफ़ुल मी' को लॉन्च किया। जो एसिड अटैक सरवाइवर के लिए थी। ये संस्था उनकी दवाई, सर्जरी और सेटलमेंट के इंतजाम करती थी। इस कदम में उन्हें सरकार का भी काफी साथ मिला।

इस संस्था की शुरुआत बहुत अच्छी रही। उन्होंने काफ़ी लड़कियों को यौन उत्पीड़न से बचा लिया और साथ-ही-साथ यह भी सुनिश्चित किया कि लड़कियों के कौशल विकास में कोई कमी न रहे। 'अनचेंड डीवा' ने एनजीओज़ से टाई-अप कर लिया। वे गाँव- गाँव जाकर जगह-जगह नुक्कड़ नाटक कर कैम्पैन करते थे। तक़रीबन एक साल के अंदर ही इस कैंपेन ने कई

उपलब्धियाँ हासिल कर लीं। मीडिया व कॉरपोरेट में जगह-जगह इस संस्था की सराहना की गई।

इस संस्था की शुरुआत ने सिया को वही शांति और संतुष्टि दी, जिसकी उसे तलाश थी। सिया ने अभिज्ञान के इस विचार को एक बेहतरीन कैम्पैन के रूप में स्थापित कर दिया, जो सामाजिक कार्यों के लिए एक एनजीओ की तरह भी काम करता था। आख़िरकार सिया ने अपने अंदर की आवाज़ सुनी और लोगों को प्रेरित करके उन्हें अपनी ज़िंदगी संवारने में मदद करने लगी।

हाल ही में सिया को कंटेंट और टेक्नोलॉजी के सेक्टर में अपने विशेष योगदान के लिए 'वूमेन ऑफ़ द ईयर' के पुरस्कार से सम्मानित किया गया। सिया को 'अनचेंड डीवा' की शुरुआत के लिए अभिज्ञान के साथ विशेष प्रशस्ति पुरस्कार से भी सम्मानित किया गया।

सिया ये सब कुछ हासिल कर सकी, क्योंकि उसने अपने आप को पीड़ित मानना बंद कर दिया और अपनी समस्याओं को कंप्यूटर पर लिखने की जगह उसका हल ढूँढना शुरू कर दिया। सिया ने ये निश्चय कर लिया कि वह अपनी इन समस्याओं का सामना करेगी और अपने पति के दिए गए इस वनवास से बाहर निकलेगी।

अभिज्ञान उसकी फ़ैमिली का हिस्सा बन चुका था। वह उसके बच्चों के साथ घुल-मिल चुका था। एक तरह से वह उसके सपोर्ट सिस्टम का हिस्सा था। उसका मैन फ्राइडे। वर्कप्लेस पर और घर पर सब कुछ ठीक चल रहा था। सिया अपने बच्चों के साथ अलग रह रही थी। शुरुआत में यह उसके लिए थोड़ा कठिन था। "अगर आप घायल हैं और आप फिर भी अपने घाव को बार-बार छू रहे हैं, तो ये कभी भी नहीं भरेंगे। इसलिए ये ज़रूरी है कि उन घाव को बार-बार न कुरेदें और कुछ दिन के लिए छोड़ दें, ताकि उन्हें भरने का मौक़ा मिल जाए। तुम लोग अब बच्चे नहीं हो। बड़े हो चुके हो। तुम जानते हो, जब भी तुम लड़ते हो, मैं तुम लोगों से अलग कमरे में बैठने के लिए कहती हूँ। कुछ समय के लिए मन को किसी काम में लगा देने को कहती हूँ। ज़्यादातर केस में यही होता है कि तुम्हें मालूम चल जाता है कि समस्याएँ क्या हैं और तुम इन्हें अपने माता-पिता के बिना हस्तक्षेप के ही आपस में ही सॉल्व कर लेते हो।" सिया ने अपने बच्चों को याद दिलाया।

“यस मम्मा। हम समझ गए।” अनन्या और आदित्य ने सिया को कसकर गले लगा लिया। “लेकिन हम पापा से भी बहुत प्यार करते हैं और उन्हें मिस करते हैं।”

“अरे, वह यहीं पर हैं। केवल एक कॉल की दूरी पर। एक ही शहर में। तुम लोगों से कुछ किलोमीटर की दूरी पर। तुम लोग उनसे जब चाहो तब मिल सकते हो। लेकिन मैं तुम्हें सलाह दूँगी कि उन्हें कुछ वक़्त दो आत्मचिंतन के लिए।” सिया ने अपने बच्चों से कहा।

अभिज्ञान ने सिया से अपने अतीत को, उसकी सच्चाई को अपने बच्चों से छिपाने से मना किया। उसने सिया से कहा कि वह अपने बच्चों से अपने पति के बारे में कुछ भी नकारात्मक न कहे, पर बच्चों को यह पता होना चाहिए कि उनकी माँ को कैसी परिस्तिथियों से गुज़रना पड़ा और क्यों उसने यह ज़िंदगी चुनी! सिया अकेले यह काम नहीं कर सकती थी, इसलिए उसने एक रिलेशनशिप कंसल्टेंट को चुना जो समय-समय पर उसके बच्चों की काउंसिलिंग करता था। सिया नहीं चाहती थी कि उसके बच्चे अपनी माँ की शादी के बुरे अनुभवों का दर्द लेकर जिएँ। उसने एक अलग तरह से अपने बच्चों के साथ बातचीत करना शुरू किया, जो सूझबूझ वाली और काफ़ी दोस्ताना थी।

लगभग एक साल हो गया, जब वह यश से अलग हुई थी। उसकी प्रोफेशनल लाइफ़ पहले से ही सेट थी। अब उसकी पर्सनल लाइफ़ भी सुधर रही थी। अलग रहने से सिया का आत्मविश्वास बढ़ गया था। आर्थिक रूप से उसे कभी यश के सहारे की ज़रूरत थी ही नहीं।

इस एक साल में यश ने सिया को वापस बुलाने के लिए अपने सारे तरीक़े आज़मा लिए और अब उसने हार मान ली थी। अब यश उसकी ज़िंदगी में दख़ल नहीं देता था। सिया ने तलाक की अपील दायर कर दी थी। वह अगली पेशी के लिए तैयार थी। लेकिन यश ने उससे गुज़ारिश की कि वह तलाक दोनों की सहमति से ले। यश नहीं चाहता था कि उनकी बीती हुई ज़िंदगी सार्वजनिक हो। वह अलगाव के चलते पहले ही अपने बिज़नेस में घाटे से जूझ रहा था। मीडिया ने पहले से ही यश के अफ़ेयर और सिया के अलग होने को लेकर तरह-तरह की बातें बनाना शुरू कर दी थी। सिया ने यह फ़ैसला किया कि वह उस मीडिया हाउस के ख़िलाफ़ लीगल एक्शन लेगी और यश ने भी उसका

साथ दिया। वे दोनों यह नहीं चाहते थे कि यह सब चीज़ें उनके बच्चों पर बुरा असर डाले।

सिया और उसके बच्चों के लिए हालात फिर से नॉर्मल होते जा रहे थे। चीज़ें रूटीन में आ रही थीं। वे अपनी आज़ाद ज़िंदगी से ख़ुश थे। हालाँकि वह जगह छोटी थी, वहाँ कम सुविधाएँ थी, लेकिन वे फिर भी ख़ुश थे। ख़ासतौर पर सिया ख़ुश और स्वस्थ दिखाई दे रही थी। वह काम के बाद ज़्यादातर वक़्त अपने बच्चों के साथ बिताया करती थी।

वह अपने बच्चों के साथ टीवी पर टॉम एंड जेरी देख रही थी, तभी रात के क़रीब 10 बजे उसका फ़ोन बजता है।

"हैलो!"

"आप कौन?"

"आपने कॉल किया है, आप बताएँ, आपको किससे बात करनी है?" सिया ने चुटकी ली, जैसे वह जानती थी कि फ़ोन पर कौन है।

"हाँ! माफ़ कीजिएगा... क्या मैं मिस सिया रायज़ादा से बात कर रहा हूँ? मेरा नाम अभिज्ञान सूर्यवंशी है। कुछ समय पहले आपने मुझसे कहा था कि आप मेरे जैसे ही किसी को ढूँढ़ रही हैं!"

"अरे, मैंने ऐसा कहा था क्या? तो फिर?"

"क्या आपकी ज़िंदगी में अभी कोई ओपेनिंग है?" अभिज्ञान ने नाटक करते हुए पूछा।

"हाँ, मुझे कुछ 'प्लेटोनिक टाइप' की आवश्यकता है। क्या आप उसके लिए तैयार हैं?" वह हँसने लगी।

"यस मैम! मैंने इसे अनुभव किया है। ये दैवीय है। कोई उम्मीद नहीं। सौ फ़ीसदी समर्पण और प्रतिबद्धता, मेरी आख़िरी साँस तक। आप हमेशा मुझे अपनी परछाईं की तरह अपने साथ पाएँगी।" अभिज्ञान ने वादा किया।

"मेरे जीवन में यूँ ही उजाला बनकर साथ रहना।" सिया ने जवाब दिया।

***